NF文庫
ノンフィクション

# 彗星爆撃隊

## 海軍五〇三空搭乗員・富樫春義の戦い

大野景範

JN147715

潮書房光人新社

彗星爆撃隊——目次

写真／雑誌「丸」編集部

# 彗星爆撃隊

## 海軍五〇三空搭乗員・富樫春義の戦い

# はじめに

加登川幸太郎
（元陸軍中佐、当時、第二方面軍参謀兼第四南遣艦隊参謀）

この物語の進行した時期は、太平洋戦争がはじまって三年目に入った年、すなわち昭和十九年（一九四四年）である。

昭和十六年にはじめた戦争は、緒戦快調な進撃のうちに半歳余を経過したが、昭和十七年八月に米軍がガダルカナル島に上陸してきたことをもって、連合軍の反攻がはやくも始まった。

戦場は日本本土を遥か離れた、ソロモン諸島の先端である。この二ヵ月前の六月に、ミッドウェー島攻略作戦を強行して、空母部隊に大きな損失をだしていた帝国海軍ではあったが、敵軍反撃の報にひるみを見せるわけはなく、艦隊航空部隊をつぎこんでの連日の攻撃が開始された。

陸上に基地を占めた敵を撃退しようと陸軍部隊もつぎこまれ、母艦航空部隊を基地航空部隊として使っての反撃も、それなりの効果は示したのだが、陸海軍必死の活躍をもってしても、一度陸上に足場を占めた敵を撃退することはできなかった。

そして、このソロモン諸島周辺での死闘五ヵ月、大本営はガ島の部隊の撤退を決定して昭和十八年を迎えた。二月初旬、約一万名の陸海将兵のブーゲンビル島への撤退は終わったが、所詮、退却であり、戦闘の焦点が北に移っただけで、米軍の攻撃に緩みはなかった。

米軍の反攻は、一つは東部ニューギニアの北岸沿いに、一つはソロモン諸島沿いにと進められ、南東正面の日本陸海軍はこの双方をくいとめるのに懸命の努力を重ねたのだが、陸上基地に根拠をおいた米軍大型機の活躍を封ずることはできず、ジリジリと押される苦しい戦いの連続であった。

母艦航空兵力の主力を注ぎこんで、一時的にでも制空権をとり、その掩護下に輸送を強行し防備強化の足がかりにしようとして、山本連合艦隊司令長官みずから、トラックの基地からラバウルに進出し、航空作戦を指揮したのが昭和十八年四月、予期以上の成果をあげたものの、山本長官戦死という思わぬ結末をみたのもこの時であった。

これから昭和十八年の夏まで、南東正面のニューギニア沿いと、ソロモン諸島沿いの二戦線での文字どおりの血闘がつづいたのであるが、ここで日本陸海軍の努力にイキのきれる兆《きざ》しがみえてきた。ガ島反攻開始いらい、ちょうど一年であった。

日本連合艦隊の対米作戦の基地はカロリン諸島であり、トラック島はその根拠地である。その東方にあるギルバート諸島やマーシャル諸島は、その基地防衛の第一線であり、ともに、米国艦隊勢力の漸減《ぜんげん》を図《はか》るという、日本海軍の根本とする対米戦法のための要域である。これらの島々は海軍の進攻・邀撃《ようげき》作戦のため航空哨戒網を構成するに重要であり、大した防備なしにも確保できると考えていたのだが、ガ島いらいの戦闘の結果によると、陸上防備兵力も大でなければならず、航空部隊を移動集中できるような基地が作られねばならぬ。

こうした島々を連ねた基地群を足場に、航空・海上の両兵力を集中して有利な艦隊決戦を行なうほか途なし、となったのが昭和十八年の春ころであった。これから海軍はもちろん、陸軍部隊も投入されて、ギルバート諸島、南鳥島、ウェーキ島など、太平洋の島々の防備強化が開始されたのであった。

一方、戦いのつづくソロモン諸島方面は、これまたカロリン諸島の玄関口である。日本海軍がこの方面での努力をゆるめ得なかったのは、この理由による。

だが、戦力に優る敵と四つに組んでの消耗戦にひきずりこまれていたのでは、やがて力つきて土俵を割ることは目に見えてきた。何とか敵と間合いをとって、時間の余裕を得、この間に後方要域を固め、航空兵力を中核とする陸海戦力を極力、充実して米英軍の反攻に対応するほかない、という風に日本の戦争指導の方策を変えねばならぬことになってきた。これが、昭和十八年の九月に決定された新しい国策で、その作戦にかんする部分は、南東方面は持久戦闘を行なうこととし、カロリン諸島方面からバンダ海（現在のインドネシア方面をこう総称）にわたって防備を完成し（絶対国防圏と通称した）反撃戦力を整え、ここを足場に来攻する敵を邀撃《ようげき》しようとする方策である。

こうした戦策の大変換は、単に太平洋戦域での苦戦の結果だけからではない。すでに、この大戦の主戦場であるヨーロッパで戦勢は大変換を示していた。独ソ戦線では昭和十八年七月、ドイツ軍のクルスク会戦失敗、ソ連軍は大反攻に移っている。連合軍は九月にはイタリア本土に上陸、イタリアは無条件降伏して戦争から脱落した。日本としては、太平洋戦域で、〝一匹狼〟として頑張りとおすほか途がない、という情勢が目に見えてきたからである。

ここで日本国民は、開戦以来はじめてといえる困難を味わうことになった。飛行機を、船を――、増産第一である。あらゆる戦争資源の活用、企業整備、さては徴兵適令の一年切下げから学徒兵の入隊など、当然、戦争決意の時から、おそくとも昭和十七年、米軍反攻開始とともに講ぜられるべきであった施策の数かずが、大あわてで、国民の上に課せられたのであった。文字どおり大混乱である。

敵から〝間合い〟をとりたい。しかしそれは日本軍の希望だけである。後方要域を固める。それとても、この広大な地域である。思うようには進まない。

昭和十八年十一月一日、米軍はソロモン諸島中部のブーゲンビル島に上陸してきた。連合艦隊は、トラックに在った第二艦隊を出動させ、基地および母艦航空部隊をもって反撃に出た。この第二艦隊は十一月五日、ラバウルに入港したが、とたんに二百機の敵機の空襲をうけ被害甚大、即日ここを引き上げた。

もう敵と四つに組んだ戦域では、水上艦隊を集中して使うことはできないように、戦局は変ってきたのである。

次の敵の攻撃はマキン島、タラワ島に向けられた。カロリン基地群の表玄関、ギルバート諸島の要点である。十一月二十一日上陸。戦闘数日、守備隊は玉砕した。もうソロモン諸島や、ニューギニアどころではない。

連合艦隊の目は東に向く。

マーシャル諸島やカロリン諸島の防備を固めなくてはならない。

一方、ニューギニア沿いのマッカーサーの攻勢は、すでにダンピール海峡周辺に迫って、陸軍部隊はこのジャングル地帯で戦闘をつづけていた。

昭和十九年の正月を迎えたときの情勢は、このようであった。

私は、この昭和十八年秋の新作戦方針にもとづいて、西部ニューギニアからバンダ海方面の要域を担任することになった第二方面軍司令官（阿南惟幾大将）の参謀として従軍した。

昭和十八年十二月、連日の爆撃下のラバウル方面の実状を体験し、敵の陸海空の戦力の増強ぶりにびっくりした私を、さらに驚かせたのは、マーシャル、カロリン群島方面における米空母艦隊の連続的な暴れぶりであった。

マーシャル群島方面は海軍基地航空隊が防備にあたっていたが、その戦力強化は進んでおらず、海軍警備隊や、到着したばかりの陸軍部隊の地上防備も十分でなかった。

そこへ、昭和十九年一月三十日、敵の機動部隊が突如、クェゼリン、ルオット、ウォッジェのわが航空基地を襲った。ギルバート諸島に足場を占めた陸上航空部隊との協同作戦である。わが航空部隊は、全くの奇襲をうけて、アッという間に壊滅した。

二月一日となるとクェゼリン、ルオットも攻撃され、ともに数日たらずで敵手に落ちた。

こうして開戦前から「日本海軍の海上決戦は、敵がマーシャルにかかってきた時」として研究準備されていた要地が、ほとんど瞬間的に崩れてしまったのである。

びっくりするような敵の機動部隊の猛威は、息もつかせずトラックに加えられた。いわゆる〝絶対国防圏〟の要衝であり、日本海軍長年の根拠地であったトラックが襲われた。二月十七日早朝の大空襲である。すでに主力艦隊はここを去っていたが、艦砲射撃まで受けるという惨憺たる状況で被害甚大であった。連合艦隊司令長官もパラオに移った。

かくして日本は、対米作戦のための艦隊根拠地を失ってしまったのである。戦勢の大転換であった。

米軍の空母艦隊は、すでに継続的に陸上基地に対して戦いを挑みうるだけに力を増してきていた。陸上航空基地こそ不沈の母艦群であるという日本陸海軍の希望は、ここにうち砕かれてしまった。

ニューギニア方面でも、このトラック空襲から十日後、敵はラバウルの西方のアドミラル島に上陸してきた。これまで〝蛙《かわず》とび〟といわれていた跳躍距離とは段ちがいであった。こうして俄然、モメンタムを増してきた米軍との戦さ、そして敢然、陸上基地に戦いを挑む米空母機動部隊群と、これを何とか陸上航空基地群の活用によって喰いとめようとして闘った戦さ、それが昭和十九年の太平洋戦線の死闘であり、ついには「特攻」を生むにいたった苦戦である。

闘った将兵の善戦力闘の模様は、本書が物語る。

私の従軍した第二方面軍の正面では、昭和十九年四月、敵は中部ニューギニアのホーランジアに跳躍上陸してきた。守備部隊のほとんどいない補給基地であった。それで、ここから東にいる日本軍は完全に孤立してしまった。驚くべき敵のアンフィビアス（水陸両用）作戦の力であった。

トラックに奇襲をかけた米軍は、すでに二月下旬にはマリアナ諸島を襲っている。絶対国防圏どころの話ではない。

そしてサイパン、グアム、日本の表玄関である。すでに〝本土危し〟となった。急遽、この方面に陸海軍部隊がつぎこまれる。五月末には、西部ニューギニアの要点ビアク島に火がついた。ここへの逆上陸をねらった陸海協同の「渾」作戦、その直後におこったサイパン上陸や、その前後の「あ号」作戦、あるいは、マリアナ海戦、すべて本書の物語の時間的背景である。

この年の十一月、私がレイテ作戦末期の戦場にかけつけるまで、体験したことの苦しかった思い出が、三十年を経た今日、走馬燈のように私の脳裡をよぎるのである。

そして、このころ南海に散華《さんげ》した、第五〇三海軍航空隊はじめ多くの陸海軍将兵への哀悼の念、さらに切なるものがある。

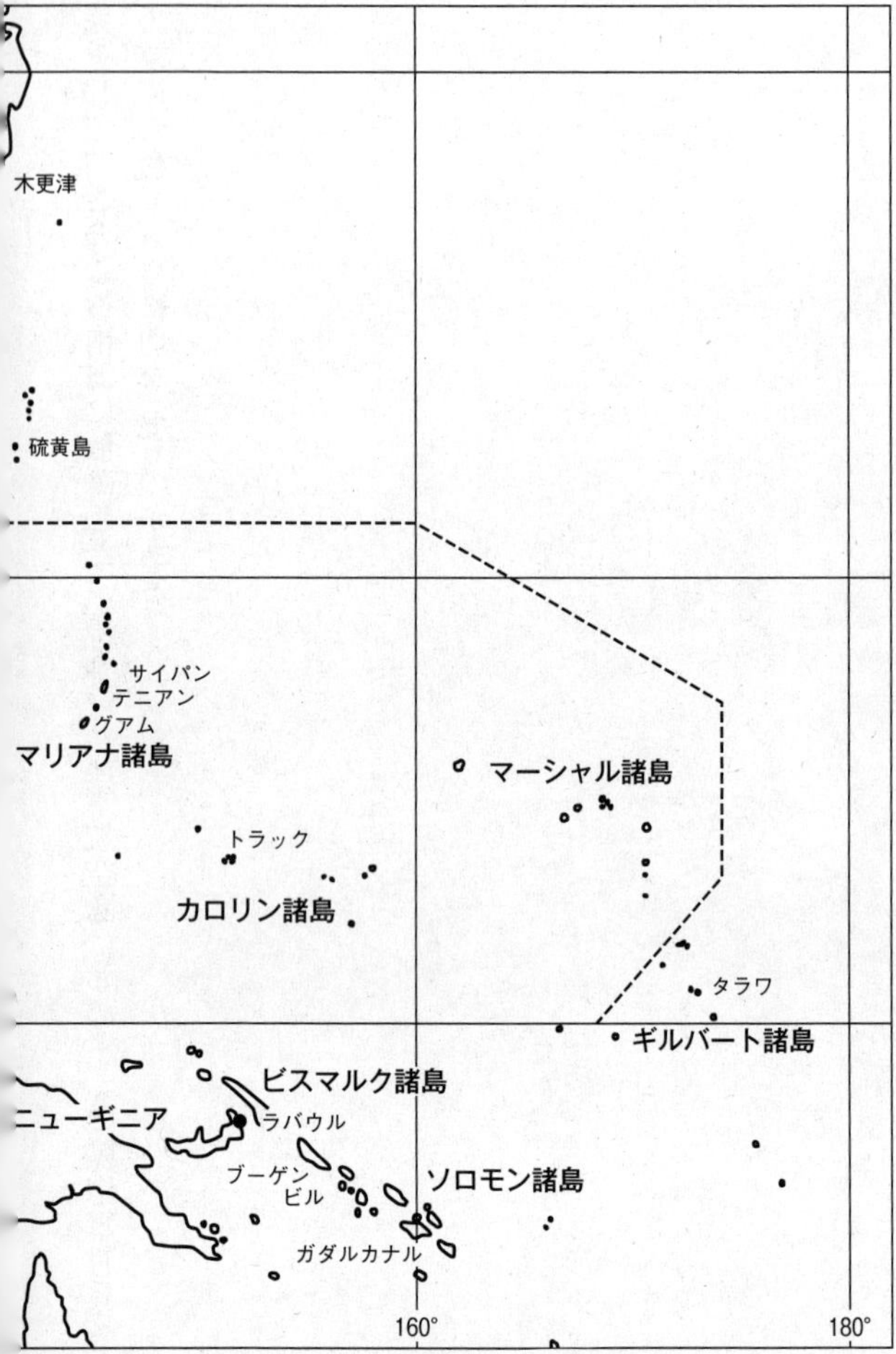
木更津
硫黄島
サイパン
テニアン
グアム
マリアナ諸島
マーシャル諸島
トラック
カロリン諸島
タラワ
ギルバート諸島
ビスマルク諸島
ニューギニア
ラバウル
ブーゲンビル
ソロモン諸島
ガダルカナル
160°
180°

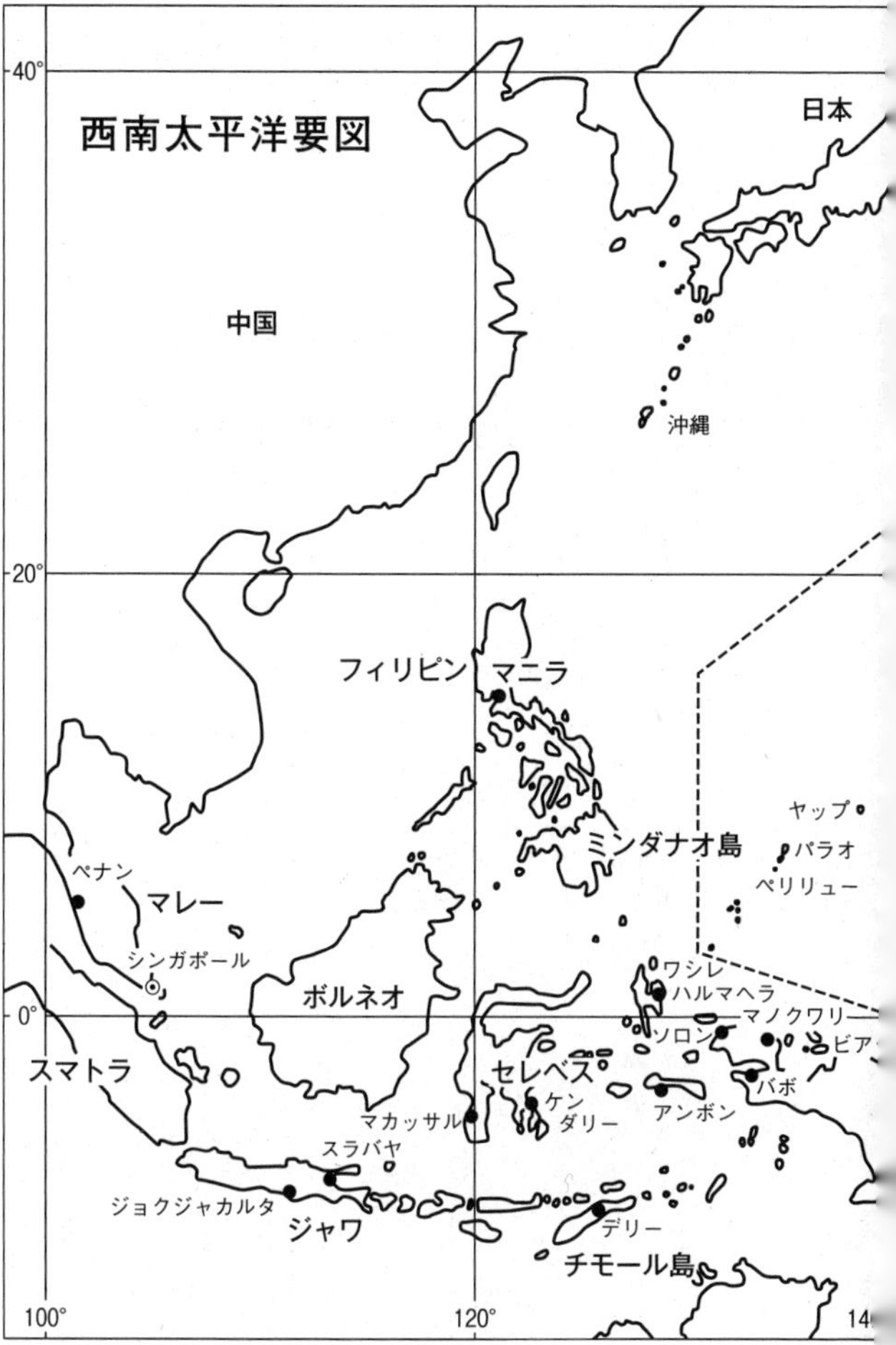

西南太平洋要図
40°
20°
0°
100°
120°
14
日本
中国
沖縄
フィリピン
マニラ
ミンダナオ島
ヤップ
パラオ
ペリリュー
ペナン
マレー
シンガポール
ボルネオ
スマトラ
ワシレ
ハルマヘラ
マノクワリ
ソロン
ビア
バボ
セレベス
ケンダリー
アンボン
マカッサル
スラバヤ
ジョクジャカルタ
ジャワ
デリー
チモール島

# 1　さらば祖国よ

## 暁の出撃

昭和十九年（一九四四年）二月二十二日の黎明《れいめい》。千葉県木更津《きさらづ》海軍航空隊の列線に、轟々と爆音をとどろかせて、「彗星《すいせい》」艦上爆撃機三十六機が、発進命令を待ちうけていた。第五〇三航空隊、略称五〇三空《ごまるさんくう》、大日本帝国海軍航空隊の誇る新鋭急降下爆撃機隊であった。

指揮官は飛行隊長武田新太郎少佐で、みずから指揮官機の操縦桿をにぎり、後席には偵察配置の士官、第一期飛行予科練習生出身の石井中尉が乗っていた。したがう各中隊は、第一中隊長中村大尉（海軍兵学校出身）の操縦のもと、その後席には第十二期乙種飛行予科練習生出身の山崎一等飛行兵曹。以下十二機の列機がつづく。ついで第二中隊は、これも同じく操縦配置の朝枝大尉（海軍兵学校出身）を長とし、その後席は第十二期乙種飛行予科練習生出身の菅野一等飛行兵曹、以下十二機。そしてさらに、第三中隊は、中隊長である石井中尉が指揮官機の偵察員《ナビゲーター》として搭乗しているために、第四期乙種飛行予科練習生出身の〝鍾馗さん〟の異名をもつ国原飛行兵曹長が臨時の中隊長となり、乙種第十三期予科練出身の浅尾一等飛行兵曹がその後席を占めている。

第二中隊第二小隊二番機の操縦桿をしっかりにぎりしめ、富樫《とがし》春義《はるよし》二等飛行兵曹は、離陸命令を、いまやおそしと待っていた。

はじめて離れる祖国であった。

第十五期乙種飛行予科練習生として、土浦航空隊に入隊したのが、昭和十五年十二月一日。同期生六百三十余名は三年間の教育期間をおわって、一人前の搭乗員となり、各方面の部隊に配属され、すでにそのうちの何人かは、南洋群島に、あるいはソロモン海域に散華《さんげ》しているという。

(友たちよ、待っていてくれ。君らの散った紺碧の空を舞台に、かならず仇を討つからな)

若冠《じゃっかん》十八歳の富樫兵曹の眼じりには、なみなみならぬ決意がみなぎっている。まだ体験のない実戦場だが、日ごろ鍛えぬいた技術を駆使しうる自信があった。

やがて——。

発進命令が下った。おりからのぼる朝陽を浴びて、離陸が開始された。銀翼をきらめかせて二機ずつの編隊離陸である。矢つぎばやの離陸は、たちまち富樫兵曹機の番になった。

液冷エンジンを搭載、零戦を上回る高速を発揮した新鋭艦上爆撃機「彗星」。富樫は同機で編成された五〇三空に配備され、最前線へと飛び立った。

富樫兵曹は、純白の羽二重《はぶたえ》のマフラーをながく機外に流した。今日の出撃を見送りにきている下宿の小母さんと、現在南方の戦場で戦闘に参加している高見先輩の奥さん、それに、この木更津へ転属してくるまえ、五〇二空時代から親がわりとなり、親身になって何くれと世話をしてくれた、千葉県茂原《もばら》町の大塚憲清《のりきよ》夫妻の四人への別れの挨拶《あいさつ》なのであった。

「離陸のとき、マフラーを機外に流します。それが私の愛機です」

今朝、下宿をでるとき富樫兵曹は、見送るという小母さんはじめ、四人に約束したのだった。

富樫兵曹は、後続機が編隊位置につくまでの間、飛行場上空を一旋回しながら、はるか下に見える隊門のあたりに視線を投げた。

大きな日の丸をふっている。まぎれもなく大塚だ。そのすぐとなりに下宿の小母さんと先輩の奥さんが、こちらを見上げて手をふっているのが見えた。だが、それは一瞬の間に視界から消えた。いや、消えたのではなく、それ以上富樫兵曹に別れを惜しむ暇はなかった。編隊所定の位置につかねばならないからだ。

堂々三十数機の「彗星」艦爆隊の編隊は、いま祖国の空をあとに南太平洋へ向け、出撃の途につこうとしている。

(日本よ、さようなら。お母さん、弟たち……祖国の人びとよ、さようなら。今日まで育ててくれた恩返しに、この小さな命一つ捧げて、大空の防人《さきもり》として征《ゆ》きます)

富樫兵曹は、しだいに遠ざかる日本の海岸に、別れの言葉を胸につぶやいていた。

すっかり明け放たれた、日本列島の山脈《やまなみ》のなかに、一きわくっきりと白銀の富士がきらめいている。

一糸みだれぬ「彗星」の大編隊は、速度をあげ、針路を南にとった。

「富樫兵曹、間もなく富士が見えなくなります。これが見おさめかもしれんですよ」

伝声管をとおして、後部偵察席から、偵察員の九島二飛曹の声がきこえてきた。

富樫は首を右にひねり、ちらりと後をふりかえった。もう視界に祖国の影はなく、水平線にたなびく霞の上に富士の頂だけが、碧空のなかに溶けこもうとしていた。

## 出撃前夜

富樫兵曹は、操縦桿をにぎりしめながら、昨夜から今朝にかけてのことを想いおこしていた。

昨夜は、日本で最後の外泊だった。おなじ艦爆乗りの杉山兵曹と丸子兵曹といっしょに、富樫は下宿を訪れた。

普通、海軍の下士官の外泊は、半舷外出といって、半数ずつが外出番に当り、一日おきに隊外へ宿泊することを許されているのだが、戦地へおもむく場合などは、総員が外出を許されることが多い。そのような事情を、下宿の小母さんはよく承知していたらしく、三人がうちそろって顔を見せたことで、すべてを了解した。

「いよいよ出発なのね……」

夕餉《ゆうげ》の食卓をかこみながら、ポツリといった。

　そんなとき、この家の二階に間借りしている高見恵子が顔を見せた。恵子は富樫たちの先輩で零戦乗りの、高見少尉の妻であった。高見少尉がこの木更津航空隊に在隊中、南方に出発するまで、この家の二階を借りていたのだが、高見が出発してからのちも、恵子は新婚生活の思い出の部屋を去りがたく、小母さんにたのんで、そのまま生活をしているのだった。「主人はまだラバウルの基地にいるはずよ。もう半年ばかり便りはないけれど……」

　つい先日、恵子のいった言葉だった。

　富樫ら三人は、恵子のことをお姉さんと呼んでいた。いっぽう恵子は恵子で、三人を実の弟のように愛しみの眼をもって遇しているのだった。

「明日なの……？」

　恵子の声は、心なしかうるんでいた。

「われわれは、かならず先輩に負けないように日ごろの訓練の成果をお目にかけますよ」

　杉山兵曹が童顔をほころばせながらいえば、丸子兵曹も負けてはいない。

「二五〇キロ爆弾を、一発必中、敵艦のど真ん中へ叩きこんでやりますよ。なあ富樫兵曹……」

「うむ、こうギューンと逆おとしで、瞬時にして敵空母轟沈だ。ハッハハ……」

屈託のない三人の笑顔は、やはりまだ少年の気配のぬけきらぬ十八、十九歳の顔だった。

「けっして無理をしたら駄目よ。実戦場へはまだはじめてなんだから……」

「そうよ。訓練と実戦とでは、ずいぶん度胸の上でもちがうもんだって、主人から聞いたことがあるわ」

小母さんと恵子は、かわるがわるいった。

「平気ですよ。わが海軍航空隊の技術は、世界一なんですからね。アメ公のヘナチョコ弾《だま》なんか、当りっこないです」

意気軒昂《けんこう》の少年たちである。

明朝三時起床、三時半に帰隊しなければならないとあって、はやばやと寝床に入った三人だったが、なぜか富樫兵曹は眠れなかった。

今度いつ日本の土を踏むことができるのか？　いや、二度と踏めないかもしれない。もしそうなったら、父に先だたれた母や、二人の弟たちはどうなるのか？

二人の戦友のかるい寝息をききながら、とりとめもない想念が脳裏をかけめぐって……。

ふと——。

人の気配にうす目をあけると、枕元に小母さんと恵子がすわっている。

「可哀想に……こんな年端もいかない子供たちに、戦場へ死にに行けなんて……いくら皇国《みくに》のためだからって……」

小母さんの、つぶやくような声がした。

富樫兵曹は、何かいおうと思ったが、言葉にならなかった。自分たちのことをわが子のように思えばこそ、小母さんは心配しているのだ、と察したからだ。うす目をあけて、そっと見あげると、小母さんの頬にも、恵子の頬にもキラリと光るものがあった。スタンドの豆電球のよわい光りのなかで見る女の顔は、何か神々しいものに見えた。

ポツリ、富樫兵曹の顔に温いものがおちてきた。

小母さんの涙だった。

大塚憲清夫妻が夜を徹して駆けつけてくれたのは、三兵曹が下宿をでる十分ほど前だった。

「昨夜、私がお知らせしといたんですよ」

小母さんは、富樫たちが、五〇二空時代から大塚氏夫妻を親がわりとして慕っていたことをよく知っていたのだ。

「遠いところを、すみませんでした」

富樫は心から感謝していた。本当の親でもなかなか難儀な夜道などこられぬであろう。それを夫婦そろって、こうして別れにきてくれたことが、どんなにうれしいかしれなかった。大塚はいった。

「親になると約束した以上、わしは親のつもりじゃよ。とんでくるのは当然のことだ。あんたたち、現代の白虎隊《びゃっこたい》とでもいうのか、本当にごくろうさんに思っとります。どうか銃後のことはわしらにまかせて、思う存分働いて下さいよ。しかし、けっして無駄死にだけはせんように……。南の方へ行くんじゃろうが、水がかわると体をこわしやすくなるから、気をつけてな」

こまごまと、それは実の父の言葉そのものだった。

「富樫、杉山、丸子……三名は、日本の国を、同胞を守るべく、ただいまより戦場におもむきます。二度とお目にかかることはできないかもしれませんが、私たち三人は力いっぱい働く覚悟であります。本日までの温いおもてなしを、心から感謝いたします。ありがとうございました。気をつけ！　敬礼！」

富樫兵曹の号令で、三人は挙手の礼をした。

## 艦爆搭乗員

渺茫《びょうぼう》として太平洋が眼下につづいていた。

碧い空と藍青色の海がまじわる水平線があるばかりで、雲一つない空間を、もう一時間以上も飛びつづけている。

快調なエンジンの響きが、ゴウゴウとあたりを圧していた。

富樫兵曹は座席の横に積んできた紙包みをひらいた。今朝、下宿の小母さんが、三兵曹の頭に火打石でカチカチと切り火をきって「途中で食べてちょうだい」と、いつ用意していたのか、恵子が手渡してくれた心づくしの弁当であった。

ゆで卵と海苔巻がでてきた。

「日本の水でつくっためしも、これが最後だな……」

富樫兵曹は二つに分けると、後部座席へさしだした。

「九島兵曹、日本の味の食いおさめだ」

「ありがとう。ちょうど腹すいてたんですよ」

めた。

九島兵曹は、さも有難そうにうけとると、さっそく食べようとしたが、ふと手をとめた。

九島兵曹は、富樫兵曹とおなじ二等飛行兵曹であったが、海軍への入隊は十ヵ月後輩であった。口かずの少い従順な少年である。

「しかし、富樫兵曹、たらなくならないですか……?」

ちょっと心配そうにたずねた。それというのも、予科練習生時代から、富樫兵曹の大食漢ぶりは定評があったからだ。人の二倍ちかく食べるのを、九島兵曹はよく知っていた。海軍では、富樫兵曹のような大食いをする奴を〝スカッパー〟とか〝カマタリ公〟と呼んでいる。〝スカッパー〟というのは、烹炊所《ほうすいしょ》(海軍の主計科が担当している、三度の食事を調理する場所)の近くに設けてある残飯投入函のことで、多人数の軍隊のそれは、とくに大きく作られていて、底抜けのようにいくらでも入る。そこで大食をする者のことを「あいつはすごいスカッパーだ」などといった。〝カマタリ公〟とは藤原《ふじわら》の鎌足《かまたり》のことで、この藤原鎌足は中大兄皇子《なかのおおえのおうじ》を援けて蘇我《そが》氏を滅ぼし、大化の改新に大功をたて、天智天皇のとき大織冠《たいしょくかん》(後の正一位にあたり、臣下でこの最高の位をえたのは鎌足がはじめて)の位を賜り内大臣となった人である。その〝大織冠〟を大食漢にもじりなぞらえて、海軍ではそうした蔑称《べっしょう》とも愛称ともうけとれる言葉を使っていた。

「九島兵曹、おれの〝スカッパー〟を心配してくれているんだろうけど、心配しないで食ってくれ。これからは一つの飛行機に乗っているペアは一心同体だよ。一個のものは半分ずつ、半分のものは四半分ずつにしよう。いいから食えよ。今朝下宿をでるときにもらった心づくしなんだ……」

「いただきます」

九島兵曹はにっこりうなずくと、海苔巻を一つ口にほうりこんだ。

液冷倒立V型一二気筒、一四〇〇馬力、ドイツのメッサーシュミット戦闘機とおなじダイムラーベンツの国産化エンジンは快調な音をひびかせている。この日のために整備員が、懸命な整備作業をしてくれたおかげだ。

富樫兵曹は、もうこれで何も思いのこすことはない、いつどこで敵と遭遇し、どこで死のうと悔いはない、と思っていた。

下宿の小母さんはじめ、多勢の人びとに誠意のこもったもてなしをうけ、親もおよばぬような心づかいもうけた。しかも、いま戦場へ向かうべく駆っている愛機は、日本海軍の最新鋭機「彗星」艦上爆撃機なのだ。こんなすばらしい飛行機に乗って戦える自分を、誇りにすら思っている。

艦上爆撃機といえば、かつては九九式艦爆が主力だった。だが、艦爆は攻撃にでても敵の戦闘機につかまれば撃墜される公算が大きい。そこで日本海軍は、敵の戦闘機の迎撃をふりはらい、敵の主力のなかでも防御力のもろい空母に爆撃を加えられる、戦闘機よりも速くて、しかも敵の艦上機のどれよりもながく飛べる爆撃機をつくろうと考えた。その結果、海軍航空技術者のよりすぐりの人びとが集って作ったのが「彗星」なのだ。速力は零戦よりも速く、胴体内に抱く二五〇キロ爆弾を積んでいないときなら、空戦で敵の戦闘機とわたりあうことができるのだ。

（うーむ、腕がなるなあ……）

まだ体験のない実戦を胸にえがいて、血を躍らせるのだった。

いきなり、伝声管から九島兵曹の「若鷲の歌」がきこえてきた。

おとなしい性格の九島兵曹が、自分から歌を口ずさむのもめずらしい。たぶん、戦場を前にして、緊張する体をときほぐそうと努力しているのにちがいないのだ。いや、それとも富樫兵曹のはやる気持ちを見すかして、語らずして落ちつけ、といっているのかもしれなかった。

「おれも歌うぞう……」

富樫兵曹が歌いつぐ。

うたううちに、あの遠い予科練習生時代の一コマが走馬灯のように脳裏に流れてゆく。

予科練の服装が、昭和十七年十一月一日、水兵服から七つボタンに改正されて間もなくの土浦海軍航空隊に、若いきれいな女優が映画の撮影隊とともにやってきた。

「おっ、原節子だ……」

誰かがいった。

富樫兵曹が原節子という女優の素顔を見たのは、このときが生まれてはじめてであり、最後であった。

それから何ヵ月か後、その映画「決戦の大空へ」を、格納庫内に設営された映写場で見学したのだったが、そのテーマに使われ、そして予科練卒業まで、いやその後も愛唱しつづけた歌が、この「若鷲の歌」であった。

海軍飛行予科練習生

予科練――それは若い飛行機乗りにとって、ついこの間まで優しく巣立ちまでを育くんでくれた、なつかしい学舎《まなびや》であった。

海軍飛行予科練習生が正しい呼び方なのだが、ふつう予科練でとおっていた。その生いたちの歴史をふりかえってみれば、日本の海軍にとって、どうしてもなくてはならないという必要性から生まれた制度であった。

大正十年（一九二一年）に、ワシントン海軍軍縮会議がひらかれ、日本海軍は、戦艦と航空母艦について、アメリカ五、イギリス五にたいして、三の比率でしか持ってはならないことにきめられた。この条約では、巡洋艦以下のものは制限されなかったので、日本海軍は戦艦や航空母艦の不足を補充するために、これまでにない高性能の重巡洋艦（一万トン級）をつぎつぎに建造した。いっぽう、これからの戦争では航空兵力が重要な役割りを演ずることになるであろうと考え、優秀な搭乗員を養成する計画をたてた。そのためには、少年期から英才教育をほどこすのが一番よいというので、昭和四年（一九二九年）海軍少年航空兵制度を定めたのだった。

そして、その翌年の六月一日に、第一期生として七十九名の少年が採用され、追浜《おっぱま》の横須賀海軍航空隊に入隊した。これが海軍飛行予科練習生、つまり予科練の誕生である。

満十五歳から満十七歳の練習生たちは、三年間の予科練教育が終わると、操縦術専修、偵察術専修の二つに分けられ、実際に飛行機に搭乗して訓練する本科の一ヵ年の教育をうけ、ようやく一人前の飛行機乗りとして、実施部隊（実戦部隊）に配属されたのだったが、上海事変、支那事変、そして大東亜戦争と戦局が進むにつれ、ゆっくりと時間をかけて教育するということが困難な情況となってきた。教育期間はしだいに短縮された。

一人前になり、実戦に活躍している予科練出身の搭乗員や、その他の先輩搭乗員がどんどん戦死してしまうため、大幅に搭乗員を必要とする海軍は、さらにはやく送りだす搭乗員養成制度を作らなければならなくなった。そこで、それまでの予科練よりも教育期間の短い予科練制度を定め、これを甲種飛行予科練習生とし、いままでの予科練を乙種飛行予科練習生とした。

富樫兵曹は乙種予科練の第十五期生の出身であり、九島兵曹は甲種予科練の第九期卒業生であった。

予科練とは、富樫、九島の二兵曹にとってばかりでなく、予科練出身の全飛行機乗りたちにとって、かけがえのない少年時代を温かく見守ってくれた故郷なのである。

木更津を発進してから五〇〇浬余、間もなく第一の目的地である硫黄島の元山第二飛行場に到着するはずである。

　富樫兵曹は、ふと編隊をひとわたり見まわした。みんなどんな気持ちでいま飛んでいるのだろうか？　そんな想いが、ちらりと心をかすめたのだ。

　左後方にピッタリとついているのは、同期生の向島兵曹である。予科練いらい〝メダマ〟のニックネームがあるだけに、この男の目はこうして編隊飛行をしている間もギョロリとしていて、いかにも海鷲といった感じだ。裸眼視力が三・〇というから驚く。そして右後方には、今朝下宿を一緒に出てきた杉山兵曹の機が快調な飛行をつづけている。

　にっこり笑顔をむける杉山兵曹の温い眼差《まなざ》しは、まるで富樫兵曹の兄弟でもあるかのようだった。いや、彼ら同期生、あるいは戦友間の友情は、肉親にすらわからぬ深いものなのだ。

　いま富樫兵曹が、この編隊のなかにこうしていられるのも、戦友愛の支えがあったからかもしれない。

　ついこの間のこと、富樫兵曹は暴飲暴食がたたって急性の下痢をおこし、生死の境をさまようことになってしまった。

「おねがいします。どうか富樫を助けてやって下さい。みんな一緒に戦場へ行きたい

飛行訓練に臨む海軍飛行予科練習生＝「予科練生」。富樫は憧れの搭乗員をめざして同期生と苦楽を共にし、厳しい訓練に耐え抜いた。

のです。われわれにできることなら、どんなことでもやりますから……」

軍医に必死にすがりつき、何日間も飛行服のまま寝ずの看病をしてくれたのは杉山兵曹だった。昼夜連続の猛訓練に、誰も彼も疲れはてているはずだった。

この艦上爆撃機の大編隊のなかには、まだまだ沢山の同期生がいる。

操縦優等賞受賞者の奥内文雄（大阪出身）、茨城県阿見町の菓子屋の息子の木村孝正、熊谷順三（長野県出身）、今井嘉平（大阪出身）、畑山運雄（高知県出身）、鈴木利八（千葉県出身）、森登志男（佐賀県出身）らの各兵曹である。

富樫兵曹をはじめ、この戦友たちは、おなじ時代に生まれあわせ、おなじように祖国の危急存亡に身を挺して働こうとしている。誰一人として、生き残ることをねがっている者はないのだ。

いや、もうそこには生も死も思考の範疇《はんちゅう》には入っていない。あるものは、命令に従い、いかに敵と戦うか――だけである。

はるか前方の水平線上に、硫黄島の姿があった。

# 2　南海の激闘

## 硫黄島からの索敵

硫黄島元山第二飛行場に到着した五〇三空の日課は、硫黄島周辺、とくに東方海域の索敵であった。

米機動部隊が、いつ日本本土に接近してくるかわからない戦況である。

日本は昭和十七年四月十八日、米空母「ホーネット」から発進した中型爆撃機（ノースアメリカンB－25。指揮官ジミー・ドーリットル中佐）十六機によって爆撃をうけている。

日本海軍はこのころ、第一一航空艦隊所属第二六航空戦隊を木更津基地で編成し、日本本土東方洋上の哨戒にあたらせていた。それにもかかわらず、米空母機動部隊は、その哨戒索敵網をかいくぐって本土に接近し、爆撃に成功したのだった。

その本土初空襲からすでに二年の歳月がたち、いま米軍の攻撃前線は、さらに日本本土に向かって近づきつつある。

五〇三空の任務は、その迫りくる米機動部隊を素敵により発見し、「彗星」艦爆お家芸の、急降下爆撃によって殲《せん》滅しようというのである。敵を本土に寄せつけぬための、重要な役割を果たそうというのだ。

早朝、指揮所の前の黒板に、搭乗員の搭乗割が発表される。おおむね、同乗するペアは木更津を発進したときのままであったが、ときどき変更される。

富樫兵曹の後の偵察席には、このところ足立原《あだちはら》健二二等飛行兵曹（甲八期、神奈川県厚木中学出身）が同乗している。彼は偵察術のベテランであった。

艦爆隊の作戦では、富樫兵曹のように操縦をする者の技量もさることながら、後部に搭乗している偵察員の技量も高い練度を必要とするものであった。

そもそも偵察員というのは、艦船でいうなら航海長のような責任を負わされている。その任務の内容は、なんの目標もない海上を飛びながら、いつでも自分の飛んでいる地点を正確に把握《はあく》していなければならない。その地点を航空図《チャート》に記入しながら飛ぶのだ。むろん、つねに左右、後方の見張りは欠かせない。背後から迫る敵戦闘機を見落としたりしようものなら、たちまち撃墜されるおそれがある。見張りとあわせ、敵と触接、または発見した場合には、ただちに本隊に無電を打って知らせる任務もある。

さらにそのまま敵艦を攻撃する場合は、降下角度、高度、速力などから、照準角度を計算修正し、操縦員に伝達する。この計算をすばやく正確にやらないと、せっかく敵艦に降爆攻撃をやっても命中しないことになる。降爆まで正確にできたとしても、先に述べた航空航法の技術が未熟だと、帰投コースに入ってから、太平洋上にうかぶ小島の基地（または空母）にたどりつくことができない。行けども行けども海で、ついには燃料を使いはたし、海の藻屑となる悲劇につながるのだ。

さしずめ、富樫兵曹のような操縦員にとって、偵察員とは命を預けている相手といえるのである。では偵察員にとって、操縦員とは何かといえば、その操縦技術に命を託している相手といえる。操縦技術未熟のために、着陸（または着艦）に失敗して墜落したり、あるいは山に突っこんだり、または失速事故をおこしたり、という例はいくらでもあるのだ。

つまり、操縦員と偵察員は、いつもたがいに命をあずかり、命を託して行動をともにする、いわば一心同体の間柄といっても過言ではないのだ。たしかに個人々々についていうなら、それぞれに技量の優劣はあろうが、五〇三空の搭乗員たちは、みな優秀な者ばかりであった。

硫黄島にきてから、またたく間に十日が経過した。その間、毎日数本の扇形索敵線によって索敵飛行が行なわれたが、敵に出遭うということはなかった。

三月三日、富樫、足立原両兵曹の機は、一小隊（二機）編成の二番機として、飛行場の滑走路を蹴った。

小隊長機（一番機）は、小隊長西森少尉が偵察員であり機長、操縦桿をにぎっているのは、甲八期予科練の板橋兵曹（福島県出身）である。

例によって扇形の索敵コースだ。

基地上空から編隊のまま、第一針路九〇度――つまり真東へむかって飛ぶ。距離は五〇〇マイル（海軍の使用マイルはノーティカル・マイルで「浬《かいり》」と書き、一浬は一八五二メートル）、キロメートルになおすと、九二六キロということになる。この第一針路の先端で左（右の場合もある）に針路をほぼ直角にかえ、三五〇マイル飛び、その第二針路のつぎは基地へむかって飛ぶのである。このような三角コースが、ちょうど扇の形になるところから、扇形コースともいうのだが、この日の全航程は一三五〇マイルの予定であった。

燃料満タンの場合「彗星」の航続距離は一四〇〇マイル（約二六〇〇キロ）である。したがって、限度ぎりぎりの索敵行だった。たとえば、第二変針地点で敵に遭遇した場合、敵艦に爆撃を加え、ただちに基地へとってかえせばよいが、万一、敵戦闘機にかみつかれ空戦にでもなれば、よしんば戦闘に勝ったとしても、基地まで帰着する燃料がないということにもなりかねない。

(敵に遭うなら、なるべく第一針路で遭いたいものだ)

富樫兵曹は胸中に念ずる。命が惜しいからではない。数がしだいに減少しつつある飛行機を無事に基地にもってかえり、何度でも爆弾を抱いて攻撃に参加したいからだ。

いま、胴体下部の開扉式爆弾倉には二五〇キロ爆弾がおさめられている。うまく敵に見参できるなら、艦のド真ん中へ叩きこんでやる自信のようなものが、富樫兵曹にはあった。

いっぽう足立原兵曹は、いつでも基地本隊にむけて敵発見の暗号電文を打てるように用意していた。

離陸準備中の「彗星」。搭乗員が立つのは偵察席で、富樫機に同乗した偵察員・足立原兵曹は頼もしいペアであった

だが、ついに敵艦はまったく影を見せない。基地を発進してから四時間、第二コースでも敵に出遭うことはなかった。

やがて第三コースに変針し、基地へ帰投するころになって、行手に雲がひろがりはじめた。高度を上げ、雲海の上を飛びこえようとするが、行くほどに飛ぶほどに雲が厚くなり、雲海の上へでることは不可能と判断したのか、小隊長が「このままの高度で雲を突きぬける」と、手信号で合図を送ってきた。

「アダっちゃん、雲をこのままつきぬける。たのむよ」

富樫兵曹が伝声官に叫んだ。足立原兵曹の声がもどってくる。

「よしわかった。コース二三三度（南西）、よーそろー」

「二三三度、よーそろー」

足立原兵曹の指示する針路に機首を保ちながら、一番機について雲海につっこんだ。風防をとおして、雲のうすい所では尾部がときおりチラリと見えていた一番機だったが、ますます雲が濃くなりはじめると、わずかに自機のプロペラのあたりまでしか見えなくなってきた。しかも気流がわるく、機体がガクガクと上下動がはげしい。こんな状況の編隊飛行はきわめて危険だ。いつ一番機に接触するかわからない。

富樫兵曹は安全を考え、高度三〇〇〇メートルから二五〇〇メートルに下げ、一番機との高度差を五〇〇メートルにとった。十五分の盲目飛行だった。

その十五分間が、ひどくながいものに感じられた。

パッと眼前が明るくなり、雲をとおりぬけた瞬間、ゾーッと背筋が寒くなった。すぐ前三〇メートルの同高度に一番機が飛んでいたのだ。

はからずも、富樫兵曹とおなじ考えで、一番機が五〇〇メートル高度を下げて飛んでいたのだ。

基地にかえり、西森少尉を中心に飛行後の反省会をやり、今後おなじような事態にぶつかったときは、後続機はそのままの高度と速度で飛ぶことになった。

## 空戦、「彗星」対グラマンの決闘

三月中旬まで、硫黄島基地での索敵攻撃の任務についていた五〇三空は、敵艦隊に遭遇する機会もなく、サイパン基地に進出していた。

つい先月、米軍はマーシャルに来攻し、いくつかの島を占領した。そして米機動部隊は、トラック島のわが根拠地隊に空襲をかけてきた。

三月二十五日、五〇三空は数機の守備機をのこし、サイパン基地を発進した。ブラウン（エニウェトク）の西一五〇マイル付近に敵機動部隊がいるという報が入ったからだ。まっすぐブラウンにむかって飛ぶ三十機の編隊は一たび敵を発見したならば、かならず轟沈《ごうちん》せしめる――と意気に燃えていた。途中から編隊は二手にわかれ索敵攻撃網をひろげた。富樫兵曹らの一隊がトラックとグアムの中間地点まできたとき、突如、上空の雲の割れ間から、グラマン戦闘機が約四十機襲いかかってきた。

「たしかに米艦隊はこの付近だ」とばかり、ただちに別動隊に緊急電がとぶ。

「やむをえん、爆弾をすてるぞ」

各機は爆弾をすて、空戦に入った。

「右だ。三〇度（右前方）方向……」

足立原兵曹の声がひびく。富樫兵曹は機首をかえして上方から突っこんでくる敵機に反航しながら機銃弾をあびせかけた。一瞬、敵機とすれちがう。足立原兵曹の旋回機銃が猛然と火を噴き、曳光弾が敵機を追いかける。宙返りして別な敵機の後方へピタリとつき、機首の固定機銃を発射する。敵機がパッと火を噴きながら錐もみに入った。そいつを認めながら機首をかえしたとき、その眼前を、ガソリンの尾をひいて「彗星」が一機、海面にむかって降下して行く。誰の機かわからない。と、また一機の「彗星」が、エンジンから黒煙を吐きながら、弧を描いて降下して行く。左前方でグラマンが空中分解して、ヒラヒラと木の葉のように落下してゆく。一機で「彗星」艦爆は空戦性能にすぐれているが、あまりにも敵機の数が多すぎる。三機を相手にしなければならない状況だ。戦場に長時間滞空すれば、身の軽い敵に有利であることは必定である。と、どうしたことか敵機は戦場を離脱し、編隊をまとめて飛び去って行った。

これはあとでわかったのだが、別動隊が敵艦隊を発見し、攻撃を開始したため、母艦からの連絡をうけた敵戦闘機は、その方へひきかえしたのだ。

敵機の損害は八機。これにたいし「彗星」艦爆二機だった。一機は第三中隊木村孝正兵曹（乙十五期、操縦）その後席笠井兵曹（甲八期）、もう一機は鈴木利八兵曹（乙十五期、操縦）と早坂兵曹（期別不明）である。ただし、木村兵曹は不時着水をし、増槽（落下式補助燃料タンク）にすがって泳いでいるのが確認されており、位置もはっきりしているので、すぐ基地にその旨打電した。水上基地から救援の飛行艇が発進、グアム付近にあった駆逐艦も急行した。

サイパン基地にかえった一同は空をながめ、別動隊の帰着をまった。薄暮、ようやく別動隊が八機帰着した。結局、未帰還九機をもってこの日の戦闘はおわった。夜になって、救援飛行艇の基地から連絡が入った。

「木村は潮に流されてしまったのか、発見できなかったそうだ」

向島兵曹がそういって搭乗員室に入ってきた。

「駆逐艦の方からは？」

と森兵曹がきいた。

「やっぱり見つからなかったそうだ」

「くそっ、おれはたしかに泳いでいるのを、この眼で見たんだ。どこへ行っちまったというんだ」

富樫兵曹ら同期生（乙十五期）は、しゅんとなり、なんとなく沈みがちになった。

「畜生！　きっと仇は討つからな……」

向島兵曹は、大きなギョロ目にいっぱい涙をうかべていた。

索敵攻撃むなし

四月十五日——。
五〇三空はトラック諸島春島第二基地に進出し、いつ敵艦隊が出現してもいいように爆弾を装備し、待機していた。

このトラック諸島は開戦いらい、南東正面作戦のための、最大の前進根拠地だったが、さる二月十七日、米機動部隊の空襲をうけ、翌十八日までの間に七回にわたる攻撃で、飛行機約二百機、軽巡二隻、駆逐艦四隻、輸送船二十数隻と兵員七百名の損害をうけていた。さいわいに、このことを予期して、日本海軍はその在泊兵力の大部分をパラオに後退させていたので、被害は最少限であるともいえた。米海軍は、さらにニューギニア方面へ進攻しようとしているので、五〇三空をここに配備、付近に行動する敵艦船に索敵攻撃をかけるべく準備しているのだった。

攻撃命令がでた。

グリニッチ島付近に敵艦が出現した、というのだ。

全機発進である。富樫兵曹は第二中隊の第二小隊二番機として離陸した。高度は三〇〇〇メートル。中隊長朝枝大尉の操縦、後席が菅野兵曹、第二小隊一番機は操縦が板橋兵曹で後席が小隊長の西森少尉だ。今日の富樫兵曹の後席には吉川兵曹（甲九期）が乗っている。

往復の飛行時間は、八時間たっぷりかかる。距離は全コース一三六〇マイル以上だ。万一、敵艦を発見できずにうろうろと索敵でもすることになれば、帰投する燃料の余裕はない。その場合はラバウルに直行するか、途中の不時着用基地で燃料補給をうけるか、あるいは太平洋の藻屑となるかのいずれかだ。

富樫兵曹はピタリと一番機と編隊をくんで、周囲を見まわした。みんな見事な編隊ぶりである。これでうまく敵艦隊を捕捉できれば、大戦果は確実だ。富樫兵曹はニッと笑みをうかべた。今日こそ、木村の仇討ができる、と思った。ところが不測の事態がおこった。

グリニッチ島にちかづくにつれ、空模様がだんだんあやしくなってきた。黒雲がたれこめ、太平洋が白い牙をむきはじめた。

「富樫兵曹、こりゃあ台風だぞ」

と吉川兵曹がいう。

「……らしいな。単なるスコールじゃなさそうだ。航法をよろしくたのむ」

燃料節約を考えながら、一心に操縦しつづける富樫兵曹だ。どうせ捨てなければならない増槽と思うから、最後の一滴まで使うつもりで、コックは増槽に切りかえたままである。ものすごい雨になった。あたりは暗く、編隊灯、舷灯などを点けなければならぬくらいだ。硫黄島で一番機と二機ででかけたときにであった雨雲より、すこしましな程度だ。それでも、海上に目をこらし、必死になって敵艦をさがし求める。富樫兵曹は、不意にエンジン音の不調に気づいた。「こりゃいかん」と思うと同時に、パンパンと白い煙がでたとみるまに、プロペラの回転が急に鈍った。

「しまった！」

反射的に機首を下げた。後続機と接触したら大変だ。すぐ小隊長機がそれと気づき、機首を下げて、ピタリとよりそってきた。「どうした？」と、西森少尉が信号を送ってくる。富樫兵曹はコックを主《メイン》タンクに切りかえ、懸命にハンド・ポンプを操作するが、プロペラは風圧で空転しているだけだ。

高度がぐんぐん下がり、すでに一九〇〇メートル。まだエンジンは動かない。白い波の牙がせり上ってくる。太平洋のあの波にのまれたら助かりっこない。小隊長も気が気でないらしく、不安な顔をこちらにむけている。

高度一五〇〇メートル。富樫兵曹はエナーシャー（クランク軸を廻すためのはずみ車）のボタンを押した。このボタンは約一分間おしつづけ、起動回転器《はずみぐるま》にエンジンを起動するだけの力をつけなくてはならない。それまで高度を維持できるかどうかわからない。失速限界ぎりぎりまで速度をおとし、高度維持を懸命にはかる。最後の手段で燃料を直接エンジンに注入しようと、注射ポンプをおした。高度五〇〇メートル。もうだめだ。エナーシャーを起動にもっていこうとしたとき、プロペラが力強く回転した。エンジンが始動したのだ。高度四〇〇メートルだった。機首がグーンともちあがり、速度がました。

（よかった……）

ほっとして富樫兵曹は、一番機に感謝をこめて敬礼した。

西森少尉が、にっこり答礼している。

「あーおどろいた。どうなるかと思ったよ」

いままで成行きを冷汗をかきながら見守っていたらしい吉川兵曹が、安心したといった声でいった。

あたりに本隊の僚機は一機もいない。また硫黄島のときとおなじように二機だけの索敵になってしまった。燃料限界までさがさなくてはならない。だが、いくら目を皿のようにしてさがしまわっても、めざす敵影は見当らない。実際にはいるのだろうが、視界がわるくてどうにも発見困難だ。あっちこっちと飛びまわること三十分以上、「帰投する」という吉川兵曹の声で富樫兵曹は一番機につき、基地へ針路をとった。

基地に着いてみると、三機しか帰投していなかった。小隊二機がそろって帰ったのは、第二小隊だけだ。どの小隊もあの雲のなかで分散してしまい、てんでんばらばらの状態だったようだ。

やがて一機、また一機と帰投してきた。

朝枝中隊長は、雲の上にでようとして上昇し、ついに高度八〇〇〇メートルまで昇り、ようやく雲から脱したそうである。

未帰還機が二機だった。一機は富樫兵曹の同期生の畠山運男兵曹の操縦する機で、低空で索敵中、突風にあおられたのか急に横すべりをおこし、アッという間に大波に呑みこまれたということだった。

もう一機は、富樫兵曹が木更津を出発したとき後席に偵察員として乗った、九島兵曹の乗機だった。

「また戦友が減った。だんだん淋しくなる」

つぶやきながら、富樫兵曹は九島兵曹の霊、安かれと祈っていた。

## サイパン、B－24迎撃戦

翌日もまた「彗星」は出撃していった。そうしたなかで、富樫兵曹は本隊の留守中に敵機が来襲した場合の迎撃戦闘員として、基地にのこっていた。愛機には「飛爆用、空三号」二五〇キロを装備していた。この爆弾は敵編隊の上空で発射するロケット推進の空中爆弾である。

ちょうど、昼飯の仕度をしているときだった。突如、七・七ミリ機銃が発射された。敵機来襲を知らせる合図だ。同時に「合戦準備、昼戦に備え」のラッパがなりわたった。富樫兵曹は飯入れをなげだし愛機にはしった。はしりながら装備を整える。すでに吉川兵曹は、完全装備で偵察席に乗りこんでいる。エンジンは整備兵がもう起動ずみで、快調な音をひびかせている。整備兵の合図で全速離陸、急速上昇を開始。オーバー・ブースト、圧力一五〇ミリだ。

エンジンは狂ったようにキンキンと鋭い音をたて、約八分間で五〇〇〇メートルの高度に舞いあがった。

「吉川兵曹、敵機は？」

富樫兵曹は、自分でも見張りながらいった。

「まだ見えん。零戦がいっぱいいる」

「二〇二空の連中だ……」

と、この時「きた」と吉川兵曹の声。

はるか前方から、B-24（コンソリデーテッド「リベレーター」四発重爆）約二十機が堂々と編隊を組んでやってくる。図体が大きい上に数が多いから、空を圧するようだ。

零戦隊がはやくも攻撃を開始した。銀翼をきらめかせながら急上昇、急降下の攻撃だ。そのなかには、富樫兵曹の同期生たちが多勢いるはずだ。二〇二空は歴戦の零戦隊だけあって、たちまちB－24数機が火災をおこし、墜落してゆく。それでも、どうにか敵編隊は爆弾投下をはじめたが、全弾が水中に水柱をたてているばかりだ。かなりあわてているらしい。まさか零戦が待ち構えているとは思っていなかったようだ。高角砲、二五ミリ、二〇ミリ機銃で空いっぱいに弾幕をはっているが、どうも敵機に命中しない。

敵機が戦場離脱にかかった。

「さーて、今度はおれの出番だ」

富樫兵曹は、敵編隊の後方を五〇〇メートルの間隔で追いかけた。高度差一〇〇メートルを維持して敵編隊を見下しながら追いこした。しばらく行って右垂直旋回。すごいGがかかって、吉川兵曹が苦しそうに「ウッ」とうなった。今度は敵の編隊と反航しながら狙いを定める。この間ずーっと敵編隊から集中してくる二〇ミリのアイスキャンデー（機銃弾）は、不思議と一発もあたらなかった。

「テーッ！」

狙いあやまたず三号爆弾は編隊中央で炸裂、周囲に蛸《たこ》の足のように弾幕が張られた。

サイパン攻撃に飛来した米軍爆撃機B−24の同型機。富樫の「彗星」より投下された三号爆弾の弾幕により数機が撃墜された。

一機の片翼が吹っとび、落ちてゆく。別の一機が真紅の大きな玉となり、頭を下にむけ、つっこんで行く。そしてもう一機、右エンジンのあたりから黒煙をあげ、やがて爆発をおこし、巨大な体をローリングさせながら太平洋上に落下して行った。

富樫兵曹は、敵の犠牲者に挙手の礼をした。いつの日か、このような運命が自分を見舞うかも知れない。たがいに個人的な憎しみはないが、命をかけて国の危急に挺身しているのだ。（安らかに眠って下さい）

戦死した戦友たちへとも、いま自分が撃墜した敵へともなく呼びかけていた。

この戦闘のあと、本隊が帰投してきた。また未帰還があり、帰ったのは十八機だった。これで五〇三空の現存機数は、十九機になってしまった。

その夜、また新しい飛行命令がでていた。

## 「あ号作戦」発動

トラック諸島春島第二基地に三機の「彗星」を残留させて、五〇三空十六機はグアム島へ移動した。

四月三十日——。

ニューギニアのバボへ飛ぶ準備をしている富樫兵曹らの所へ悲報がとどいた。トラック諸島が米機動部隊の攻撃をうけ、残留三機の「彗星」がただちに反撃にでたが全員戦死したというのだ。その三機のなかには、富樫兵曹とはとくに仲のよかった〝メダマ〟こと向島兵曹がいた。向島兵曹は攻撃して去って行く敵編隊を尾行し、夕闇にせまりつつある敵艦隊上空に到達し、攻撃隊を収容している大型空母に体当たりを敢行したのだ。

（メダマ、お前ばかりを死なせやしない。きっとわれわれも行く。九段で待っててくれ）

富樫兵曹はじめ、搭乗員全員が冥福《めいふく》を祈るのだった。

十六機はグアムを発った。パラオ諸島のペリリュー基地を経てバボへむかう。ペリリューを出発してニューギニア本島へさしかかって間もなく、富樫兵曹の機がエンジンに不調をきたした。トラックいらい、ときどきへそをまげる愛機に、ほとほと手をやく。高度三五〇〇メートル、眼下は見わたすかぎりの大密林だ。どこにも不時着できるような空地はない。一番機（小隊長機）は速力をおとし、ついてきてくれている。A・C調整（エコノマイザー）をやってみるが、どうもよくない。見れば本隊ははるかに先行し、もう見えなくなりかかっている。

「さきに行ってくれ」と、西森少尉に合図をおくる。単機のこされてしまった。

「アダっちゃん、見張りをよくたのむ。いま敵戦闘機にぶつかったらアウトだ」

後の偵察員の足立原兵曹に声をかけた。

「わかっている。このエンジン音じゃあ、とても空戦はできんからな。あせらず、エンジンがとまらない工夫をたのむよ」

足立原兵曹も心ほそい声だ。

「このままだとパボまで無理かもしれんな」

「ということは、この大ジャングルへ不時着か……二人とも一巻の終わりってわけか……」

「なんとかやってみる。できるだけ高度をあげよう」

富樫兵曹は、すこしずつ上昇をつづけた。

バボ上空へきたときには、ようやく浮いているような低速におちてはいたが、なんとかたどりつくことができた。

「よかった、よかった。あんまりおそいので〝お六字〟（死んで戒名をもらうこと）になっちゃったかと思ったよ」

戦友たちは、心から到着をよろこんでくれた。

バボ基地は赤道直下にあり、湿度が高く風が吹かないために、世界一厚いと思うほどだ。

どんなに暑かろうと、富樫兵曹がまずやらねばならぬことは、エンジン整備だ。いつももち歩いている整備七つ道具を使い、エンジンの修理をはじめた。搭乗員はどうしても整備員より一足はやく先行しているので、自分で整備することが多い。みんなが手伝ってくれるので、整備もはやい。整備ができたら、翼やプロペラを磨く。これによって速力が一ノットから三ノットはやくなる。空戦後の退避でも投弾後の退避でも、このわずかの速さが自分を救うのだ。それが終わったら爆装だ。いつでも出撃できるように、自分の手で二十五番（二五〇キロ爆弾）を整備しておく。

どこかにスパイでもいるのか、艦爆隊が到着した翌日さっそくB－24が爆撃にやってきた。猛爆撃だった。ドラム缶のガソリンが直撃弾ですごい勢いで炎上する。

搭乗員たちが避難した防空壕の入り口に一発おち、すごい轟音をあげる。ちょっと位置がずれて、壕を直撃したら、搭乗員は全員、あの世行きの所だった。

敵機が去ると、各自分散しておいた愛機にはしった。点検したところ、どの機も無事だ。

この爆撃の三日後、「あ号作戦」が発令された。

五〇三空は、このバボ基地に十日間待機した後、ふたたびヤップ基地まで引きかえした。

## 残存十六機、ニューギニアへ進出

五月二十七日の海軍記念日――。

富樫兵曹と足立原兵曹は、手製の将棋盤《しょうぎばん》を椰子《やし》の木かげにもちだして、ひとときの休息をとっていた。

このヤップ基地も、つい先日までいたトラック基地とほぼおなじ緯度にあるので、毎日の猛暑である。

富樫兵曹も足立原兵曹も真っ黒く陽やけして、原住民たちと肌の色はほとんどかわらない。

「それ、王手飛車とりだ……」

富樫兵曹が白い歯をにっと見せた。

「うーむ、桂馬のフンドシか……まいったなあ……」

足立原兵曹が頭をかく。

「へへへ、偵察エキスパートも、これで轟沈一歩手前ってとこだな……」

「お手は……？」

「金銀二枚、角一枚、香一枚に歩が三つ……王手飛車、ヨーソロだ」

富樫兵曹が得意満面でいったとき、指揮所の拡声器から号令がかかった。

「五〇三空搭乗員は、一三〇〇《ひとさんまるまる》（海軍の時刻表示。午後一時）指揮所前に集合せよ」

「おっ、出撃だっ！」

足立原兵曹がたちあがった。

「ちっ、勝負はおあずけだ。駒の位置をおぼえとけよ」

富樫兵曹はいいながら、あわててボール紙製の将棋駒をかきあつめ、半紙に線をひいた盤につつむと飛行服のポケットにねじこんだ。

「搭乗員整列、五分前！」

拡声器が、例によって海軍独特の五分前を告げた。

二十余名の搭乗員が整列すると、指揮所から武田隊長が姿をあらわした。

「気をつけ！」

中隊長が号令をかける。

「休めっ。そのまま聞け」

武田隊長は答礼しながら、一わたり搭乗員を見わたした。

「お前たちも、木更津発進いらい、この三ヵ月間、硫黄島、サイパン、グアム、トラックと転戦してつかれていることと思う。いままでに未帰還となった戦友たちのことを考えれば、こうしてまだ生きているわれわれは幸せである。つかれたなどといっておられない。祖国日本を護るためには、どんな苦難も乗りこえなくてはならん。ただいま入った報によれば、敵艦隊がわが軍のビアク島守備隊を攻撃中とのことである。本隊はいまより、ペリリュー基地、ハルマヘラ諸島のワシレ基地を経由して、ニューギニア本島のソロン基地へ進出する。むろん、途中敵に遭遇した場合には、攻撃することもありうる。出発は一三三〇。各自、ただちに発進準備をするように」

「総員かかれっ！」

搭乗員たちが一斉にはしりだした。愛機にむかって早駈けである。

富樫兵曹と足立原兵曹は二小隊二番機、いつものように乗りこむ。

富樫兵曹は操縦桿、足踏棒《フットバー》を操作しながら、方向舵、昇降舵の良否をたしかめる。たとえさっきまで正常に作動したからといって、つぎの瞬間に操縦装置が故障していないとは限らないからである。離陸前の確認は、いくらやってもやり過ぎということはないのだ。念には念を入れて点検しなくてはならない。

足立原兵曹も偵察席にすわって、航法計算盤の作動をたしかめ、航法航空図《チャート》に予定針路を書きこんでいる。デバイダー・コンパスを使って距離を記入する。これで発進地点よりの実航速度が記入されれば、第一の到着地ペリリュー基地への到着時刻が、一分とは狂わず算出できる。さすがに腕のいい偵察員《ナビゲーター》の仕事ははやい。

すでにエンジンを始動した機の爆音がひびきはじめた。

富樫兵曹がエンジン起動スイッチを入れた。グィーンと快音をあげて、エナーシャーが回転する。

「コンタークッ！」

ググググ……プロペラがぎくしゃく動く。つぎの瞬間、力づよい爆音をあげて、エンジンがかかった。

飛行時計は十三時二十七分を示している。一番機、武田隊長の機が滑りだした。どの機の操縦員も、いっせいにバンザイのかっこうをし、つぎに両手を左右にひろげる。「チョーク（木の車止め）とれ」の合図である。

整備員によってチョークがはずされる。

隊長以下、十五機の「彗星」は、南西の風にむかって編隊離陸を開始した。

五〇三空が、木更津航空隊を飛びたったときは、三十六機の大編隊であった。だが、いまは十六機だ。たしかに何隻かの敵艦は沈めた。何千人かの敵兵を屠《ほふ》った。しかし、二十機の僚機の未帰還は、かえすがえすも残念だ。まだまだ、この先の道程はながいにちがいない。まだまだ、戦死者がでるだろう。

おそらく五〇三空降爆隊は、最後の一機まで敵とさしちがえることになるだろう。

木更津を、ともに元気よく出撃した同期生、今井、向島、森、畠山の各兵曹たちは、冥府《めいふ》の人となってしまった。

（みんな、待っててくれ、かならず仇討ちをするからな……）

富樫兵曹は心に呟《つぶや》きながら、戦闘のあい間、基地で酒を飲んではみんなで歌った光景を思い描いていた。

俺が死んだら
　三途の川でよ
鬼を集めて
　角力とるよ

## 盲目飛行

中継基地ペリリューの飛行場へ到着した五〇三空は、飛行中エンジンの不調の機が四機あったため、ここで整備のために二日間をすごした。ワシレ基地よりも、ここの方が整備器材が豊富だったからである。

このペリリュー基地からビアク島へむけて、直接出撃することも不可能ではないのだが、やはり戦場に近く、司令部のあるソロンまで進出してからの方が、戦いやすいのだ。

ペリリュー基地要員のあたたかいもてなしをうけ、五月三十日の午後、ワシレ基地に到着、六月一日早朝、全機エンジンを始動した。

すでに、十日前の五月二十日、第二二航空戦隊は司令部をソロンに転進させている。

戦隊司令官と五〇三司令増田正吾中佐とは、ソロンの基地で、残存十六機の「彗星」が到着するのを、首をながくして待ちうけているはずだった。

いま、その十六機は離陸体勢に入ろうとしている。

と、このとき、富樫兵曹機の翼下にいた整備員が、あわてふためいて操縦席のわきまで這い上がってきた。大声で何かわめいている。列線の全機がエンジンをふかしているので、聞きとれない。

富樫兵曹は飛行帽の左のたれをあげた。その整備兵曹は、富樫兵曹の耳もとへ口をよせて叫んだ。

「パンクしてるんだ」

「なにっ、畜生！　さっきまでは何んでもなかったんだ。ちゃんと点検したんだぞ。このままじゃダメか？」

「だめだめ、左車輪がペチャンコなんだ！」

「クソったれめ、かんじんのときに……。何分でなおるんだ？」

「三十分、いや二十分……。エンジン止めてくれ、乗ったままでいい……」

そのまま整備兵曹は、ころがるように翼から滑りおりていった。

第一小隊から離陸がはじまった。西森少尉が、心配そうにこちらを見ている。

「われ車輪故障。回復しだい離陸す」

富樫兵曹は、手信号で報告をした。

西森少尉がうなずきながら、やはり手信号でこたえた。

「本隊とともに先行す」

それから手をふり、滑走路にむかって行った。

十五機の「彗星」はたちまち全機離陸し、飛行場上空で編隊を組むと、東へむかって飛んで行った。その編隊の影が、芥子粒《けしつぶ》のようになり、やがて見えなくなる。

富樫兵曹と足立原兵曹は、かわるがわる身を乗りだすようにして、翼下で懸命に修理している整備員にどなった。

「まだかぁ！　はやくしてくれ！」

「もうすぐでーす！」

整備兵曹の一人が、顔を翼下から上にむけてどなりかえす。

たった一機とりのこされた富樫、足立原両兵曹のあせりはたとえようのないもので、二十分たらずの修理作業がとてつもなくながく感じるのだった。正確には十八分五十秒という超特急の作業だったのだが――。

単機離陸した富樫機は、そのままソロンへの針路をとり、オーバー・ブーストで飛翔を開始したが、二十分の差があっては、本隊に追いつくことは無理である。

「アダっちゃん、本隊への合流はできそうもないぜ」

「無理するなよ。巡航で行こう。ソロンへ行けば、どうせまたみんなと会えるんだ」

「そうだな。燃料節約といくか」

富樫兵曹は、足立原兵曹の意見を素直に聞きいれ、スロットル・レバーをしぼった。

三十分ほど飛んだとき、はるか前方に、綿菓子のような雲が浮かんできた。そいつが見る見るうちに暗灰色にかわったとみるや、富樫機に襲いかかるように接近してきた。ポツリポツリと風房の前面に水滴を叩きつけはじめた。南の空の天候はかわりやすいのだ。

「どうする、このまま行くか？」

富樫兵曹が足立原兵曹にたずねた。どうしていいか判断に迷うと、きまって富樫兵曹は、足立原兵曹に意見を求める。こんなときは、航法のベテランであり、気象学にも長じている足立原兵曹の意見にしたがうのが、いちがんいいことなのだ。

もう機体は完全に雲につつまれ、二メートル先も見えない。気流が相当わるいらしく、ひどいゆれ方である。グーッと下降したかと思うと、つぎの瞬間には、上昇気流にガクンと突き上げられる。どうやら積乱雲のようだ。

「トガちゃん、おれの航法でドンピシャリ、ソロンへもって行くよ。このまま突破しよう」

「よし、きまった」

「ただし、もう少し高度を上げよう。万一ニューギニア本島までこの雲がつづいてて、クオーカ山と角力《すもう》とったんじゃ勝目ないぜ」

「わかった。五〇〇メートル上昇する」

富樫兵曹は操縦桿をひいた。

「彗星」艦爆は上昇性能は非常にいい。地上を離陸して五〇〇〇メートルまで昇るのに、七分四十秒という高性能である。この性能は、海軍で使用している、どの攻撃機、爆撃機よりも優秀なものだ。いや、世界第一級である。

ギューンと機体が上昇した。

(うまくすれば雲の上にでられるかも……)

富樫兵曹はそれを期待したのだったが、それは、はかない夢でしかない。積乱雲はうすくなるどころか、飛ぶほどに行くほどに、ますます濃度をますばかりで、降りつけてくる雨はいよいよ大粒となり、機は滝のなかを飛んでいるようだった。まったくの盲目飛行だ。

こうなれば、計器飛行以外に方法はない。

〝針〟〝玉〟〝速力〟の三原則。これをまもって富樫兵曹は、懸命に操縦桿をにぎりしめている。

〝針〟は飛行機の針路をしめす羅針盤《コンパス》のことで、これは操縦席にもあるが、もっとこまかい計算のできるものが足立原兵曹の偵察席にそなえてある。その針を見ながら足立原兵曹が指示をあたえてくれるので安心である。万一、針路、すなわち、機首の方向がわるければ、右へ何度、あるいは左へ何度というように、足立原兵曹が修正してくれるのである。

〝玉〟は飛行機の左右の傾斜をしめす。透明のガラス管のなかにアルコール系の液体があり、そのなかに金属の玉が浮遊している。管の中央部が下にむかって円をえがくような形になっているため、飛行機が正しく水平飛行をしているときには、玉は中心に静止しているが、右翼が下れば右に移動し、左翼が下ればその反対になる。そしてその下った方へ機体は横すべりする。横すべりのまま長時間飛んだ場合には、機は斜めに飛行するから針路に誤差がでて、目的地へは着くことができなくなる。

つぎの〝速力〟も大切な問題となる。偵察員は速力と飛行予定距離によって、到着目的地を発見するのだから速力をしばしば変更されたりすると計算が複雑となり、目的地を見失うようなことにもなる。操縦員がしっかりと速力を一定にし、偵察員が正確な計算による航法が行なえるなら、たとえ目的地上空まで雲があったとしても、ドンピシャリと目的地へ着けるのである。

富樫兵曹はスロットル・レバーを定位置にセットし、計器をにらむように凝視しつづける。さいわいエンジンは快調である。

操縦員というものは、長時間盲目飛行をつづけると、たいていの場合計器がはたして正常に作動しているのだろうか、という疑心にかられる。この時の富樫兵曹もそうであった。

「おい、トガちゃん、右にすべってるぞ」

いきなり足立原兵曹の声に、富樫兵曹は玉を見た。

なるほど、玉が右に行っている。右の翼が下っているのだ。

「畜生！　ずいぶん厚い雲だな……」

富樫兵曹が、いまいまし気に呟《つぶや》く。

もうすでに、雲海にとびこんでから三十七分が経過しているのだった。

「針路を修正する、四度右、一二三度よーそろー」

いきなり足立原兵曹の声が、伝声管にひびいた。

「四度右、一二三度よーそろー」

すかさず富樫兵曹、応答して、機首を一二三度にもって行く。足立原兵曹の航法を信頼しきっている。

突然、眼前がひらけた。

やや右寄りにニューギニアの海岸線と山が、その上に晴れわたった空が——。

碧《みどり》の空、紺青《こんじょう》の海、緑の陸が美しいコントラストをみせている。

さんざん手こずらせた積乱雲は、遠く後方に飛び去っている。

「計算で行くと、あと一、二分でソロン基地だよ」

足立原兵曹だ。

「ほんとにドンピシャだ。さすがアダッちゃん……」

富樫兵曹はうれしさのあまり、ちょっとお世辞気味にいう。

「いやいや、こりゃあ、やっぱりトガちゃんの優秀なる操縦術のおかげさ。でなきゃあ、あの入道雲のなかで墜ちてるところだ」

事実、「彗星は」あらゆる機構が電動式にしてあったため、練度のひくい搭乗員などでは一〇〇%使用しきれず、こうした不測の事態などにぶつかると、操縦に失敗してしまう場合がしばしばであった。

右三〇度の眼下に、ソロンの飛行場があった。

## 単機出撃せよ

飛行場に無事着陸した富樫、足立原両名は、ふと顔を見あわせた。どうしたことなのか、先着しているはずの十五機の「彗星が」一機も見えないのだ。

「もう出撃しやがったのかな……?」

富樫兵曹は、機外にでながらいった。

「うーむ、おくれをとったか……」

足立原兵曹も不安そうな顔だ。かけよってきた整備員に愛機の点検をたのみ、指揮所前へ駆け足で行くと、増田司令がゆっくりと指揮所のなかからでてきた。

「富樫、足立原、ただいま到着しました」

「ごくろう」

「左車輪故障のため、出発が本隊より二十分おくれました」

「わかっとる。本隊は天候不良で、全機ワシレ基地へ引きかえした」

「は……?」

富樫兵曹と足立原兵曹は、きょとんとした。

「よくあの雲が突破できたな。見張員の報告だと、お前たちは積乱雲の一ばん厚い所を抜けてきたようだ。あまり無理しちゃいかんぞ。ま、待機室で休んでよろしい」

司令の言葉に、二人はますます唖然とした。ごていねいにも、もっとも困難な悪気流のなかをぬけてきたのだ。

本隊が引きかえしたのも無理はない。単機飛行なら、どんなコースを選び、どんな高度をとってもいいが、編隊の盲目飛行は、この上なく危険である。となりの機との距離が近いから、悪気流にあおられて、空中接触の公算が大きい。あとに敵艦隊撃滅の重大任務がある以上、一機でも事故などで失うわけにはいかないのだ。

武田隊長は全機の安全を考慮し、余裕のあるうちに、ワシレ基地に引きかえしたのにちがいない。

富樫機にはただちに燃料が補給され、二五〇キロ徹甲爆弾を装備し、「即時待機」することになった。

「即時待機」とは、いつ出撃命令がでても、すぐ離陸して攻撃にむかえる準備を整えておくことである。

翌日の昼すぎになっても、本隊はまだ到着する気配がなかった。

富樫兵曹が搭乗員宿舎から外へでて空を見上げた。快晴だ。まるで戦争をしている空の色ではない。海の方から吹いてくる風が、肌を快よくなぶってゆく。

そのとき、宿舎内の拡声器が告げた。

「富樫兵曹、足立原兵曹、ただちに指揮所前にきたれ！」

「そらきた！」

富樫はとび上がるように宿舎内にとびこんだ。

「アダっちゃん、行くぞ！」

「はいな……」

飛行服のままごろ寝していた足立原兵曹も、枕元の偵察バックをつかんでとびおきた。

二人は指揮所前に整列した。ぎらつく熱帯の太陽が、二人の顔へ炊きつくようだ。

「アダっちゃん、どこへ行くのかな？」

「うむ、まさかワシレ基地へ引きかえせ、というわけでもないだろう」

「せっかく〝ぼたもち〟を持ち歩いているんだからな……。二十五番が夜泣きしているよ」

二十五番とは海軍の呼称で、爆弾二五〇キログラムをさし、〝ぼたもち〟は、富樫兵曹が勝手につけた爆弾のニックネーム。よってきたるところは、「棚からぼたもち」ならぬ「天からぼたもち」を、敵艦にお見舞するという意味である。

「気をつけ！」

足立原兵曹がいきなり号令をかけた。

指揮所内から、司令の増田中佐と第二二航空戦隊司令官が、ゆったりとあらわれた。

「休め、そのまま聞け……」

増田中佐は言葉をつぐ。

「情報が入った。ビアク島周辺に敵艦隊が出現、敵上陸部隊とわが方守備隊が交戦中である。お前たちは、これより単機出撃、索敵攻撃すべし。なおアウイ島にも小数ではあるが、米海兵隊が上陸しておる。できれば同島のわが陸上部隊の援護もしてほしい旨いってきておる。以上」

「足立原一飛曹、富樫一飛曹両名は、ビアク島周辺の敵艦およびアウイ島の敵上陸軍にたいし、単機索敵攻撃に出発します。敬礼！」

パッと挙手の礼をする二兵曹に、戦隊司令官が激励の言葉をかけた。

「単機で心細かろうが、むしろ敵艦に発見されるおそれは少なかろう。しっかりたのむぞ」

すでに愛機は、整備員によってエンジンがかけられ、プロペラのまきあげる土が、黄色い煙のようにあたりを圧しはじめている。

南の空と海はあくまでも青く、見はるかす水平線のあたりに、洋上をよぎるスコールの積乱雲が、ポツンと一つ浮かんでいるだけの飛行日和である。

富樫兵曹は基地上空をはなれるや、ビアク島に機首をむけ、陽気に武田隊の歌をうたいだしていた。

南の天地を股にかけ
率いる部下は十六機
武田隊　武田隊、彗星艦爆隊

「二度左、よーそろ」

針路修正を指示する足立原兵曹の声も明るい。

「ほいきた、左二度、よーそろー」

いま二人は、愛機「彗星」の機体の一部であり、「彗星」は二人の身体の一部である。

二人の心は、いままでにない痛快感を味わっていた。

「本隊到着までに、単機で敵艦をやっつけて、一ちょう上がりじゃ、みんなに申しわけないみたいだな、へへへ……」

富樫兵曹は、昨日のパンク事故は、むしろ神がこうした機会をあたえるためにした恵みであろう、とまで考えている。うまく戦果をあげれば、本隊があとから到着した時にはばがきくというものだ。

戦場はちかい。二人の若い血潮は、ふつふつと煮えたぎらんばかりに燃えている。敵の海兵隊を積せた艦船を、一隻屠《ほふ》ることは、日本軍守備隊数千の命を救うことにつながるという、簡単な計算。かりに敵艦攻撃の際、敵弾にやられたとしても、うまく体当りでもやれば、二対数千の命の引きかえなら「不自惜身命」、友軍数千の命を守護するために——の大義名分はなりたつ。

自分の、ただ一つの命を何に使ったか……を、自分の納得いく形で示したい。いつも富樫兵曹はそれを考えていた。

多くの戦友を失い、いま自分もまた果てるかも知れない戦闘にむかいながら、それほどの悲愴感はない。

前方にビアク島が見えてきた。

## 無念！　敵艦隊を逸す

ビアク島上空に到達した富樫機は、まず島の中央部を飛びこえて、東海岸からさらに東方へ三十分飛び、そこから北へ約二十分飛んだ。だが、その海域に敵艦隊らしきものは、まったく見当らない。

文字どおり期待はずれである。高度三〇〇〇から見る太平洋上は、ただ静かなうねりばかりである。

「アダっちゃん、さっぱり敵影なしだな。何か見えないか？」

「変だな、情報がでたらめということはないだろうし。……とにかく引きかえそう。アウイ島へ海兵隊を上陸させて避退したのかもしれんよ」

「うむ、もどってみよう。ここから引きかえせば、ビアク島の北側の海域も捜索できるからな」

そのまま左へ変針し、機首をビアク島にむけた。

むろん、ビアク島までのコース付近一帯を見張りながらの飛行である。

飛行時間四十分。機ははやくもビアク島の上空にさしかかっている。

やはり島の北側にも、敵艦隊らしいものは見あたらない。二人とも肩すかしをくった顔で、島内のジャングルを凝視した。

「トガちゃん、もっと低く飛んでみよう。ことによったら、敵上陸軍はジャングルに潜んだのかもしれん。それに、ほら、あの左から三番目の島がアウイだ」

足立原兵曹が、航空図《チャート》と見較べながらいった。

「じゃ、行くぞ。つばめ返しだ」

富樫兵曹は愛機を左にロールさせながら、急降下に入った。

急激に加速されてゆく「彗星」の、これがお家芸である。

ビアク島のジャングルが、ぐんぐん拡大され、接近してくる。高度計の針がグルグルまわる。

「二五〇〇……二〇〇〇……一五〇〇……」

足立原兵曹が習慣的に高度をよむ。

「そーれっ！」

富樫兵曹が八〇〇メートルで操縦桿をひく。グィーンとかかるGが、内臓を下へひっぱる。

たちまち超低空の水平飛行に、機はうつった。

だが——。

この島のジャングルは、ひっそりと静まりかえっている。右へ飛び、左へ飛んで探査するが、アメリカ兵の姿らしいものは一向に発見できない。爆音に驚いたジャングルの鳥たちの舞い上がるのが、どうかすると見えるくらいのものである。

「やっぱりアウイ島かな？」

「じゃ、このままの高度で接近してみよう。もし敵兵が海岸にいるなら、射ってくるかもしれん」

機首をそのまま、はるか前方にあるアウイ島にむけた。

ビアク島からアウイ島までは十分とかからない。すぐにその小島に到着し、北側の海岸から右廻りに、海岸にそって一周してみるが、敵艦らしきものはおろか、人間の姿もない。機は島の中央部にあるジャングルにむかう。なめるような低空で捜索するが、やはりそれは徒労であった。

「こりゃあ、やっぱり変だよ」

富樫兵曹は、ただただ不思議だといわんばかりにつぶやく。

出撃をさせるからには、いいかげんな情報ということはありえない。

高度を三〇〇〇、四〇〇〇メートルとあげ、周辺海域を双眼鏡で見まわしたり、ふたたび超低空にまいおりて島内をさがすが、さっぱり敵影らしいものは認められない。

せめて地上から対空射撃でもしてくれれば、敵の位置を知ることもできようというものだが、まったくその気配すらないのだ。

日本軍守備隊と交戦中ということが本当なら、せめて砲煙の一つぐらいは発見できるはずである。

富樫兵曹も足立原兵曹も、まるで狐かに化かされてでもいるような顔つきである。

「アダっちゃん、どうする……？」

「帰投するより仕方ないだろう。もうじき夕暮れになるからな」

「残念だがそうするか……」

機首をかえして、ビアク島海域を離脱すると、ソロンへのコースをとった。

「しかし変だなあ……」

富樫兵曹は、まだ未練そうにあたりの海上を見まわしているのだった。

やがてニューギニア本島マノクワリの海岸から陸地上空へはいると、山あいのあちこちから白煙がたちのぼっている。原住民の夕餉の仕度であろうか。富樫兵曹はふと郷愁の念にかられていた。

ソロン基地上空に到着したときには、日はとっぷりと暮れ、地上は真っ暗だった。

富樫機からの味方識別信号をうけた基地では、さっそく滑走路に点々とカンテラをともし、着陸灯、指導灯を点灯する。

富樫兵曹は、慎重に着陸態勢にはいった。爆弾を抱いたままなので、よほどうまくやらないと、その重みで脚を折ることがある。とくにここの滑走路は砂地なので、着陸には技術を必要とする。だがどうやら無事に着陸できた。

ただちに指揮所前にかえった富樫、足立原兵曹の両名は、司令に経過報告を行なうべく整列した。

「ごくろう」

指揮所からでてきた増田司令は、まずねぎらいの言葉をかけてくれた。

「富樫一飛曹、足立原一飛曹、索敵攻撃よりかえりました。ビアク島周辺およびアウイ島周辺を捜索しましたが敵艦らしきものはありません」

富樫兵曹が報告したとたんだった。

「バカ者！」

増田司令の一喝がとんだ。

「お前たちは、いったいどこを見て飛んでおったのか。バボ基地から発進した陸軍二四戦隊の戦闘機が発見攻撃しておる。海軍得意の索敵攻撃のおかぶをとられて恥ずかしいと思え」

富樫兵曹も足立原兵曹も、ただ呆然とするばかりで、かえす言葉もない。

「もうよろしい。解散！」

増田司令は不機嫌に、さっさと指揮所へはいってしまった。

富樫兵曹と足立原兵曹は、言葉もなく搭乗員室へむかって歩きはじめた。

「畜生め、えーい畜生め！」

ぶつぶつ富樫兵曹がつぶやくように愚痴《ぐち》る。

無理もない。面目まるつぶれといったかっこうなのだから。

あんなに懸命にさがしまわったのだ。見つからなかったのは不可抗力みたいたものなのだ、と思えば腹もたたぬはずなのだが、富樫兵曹は切ない、やりきれない気持ちをおさえようがないのだ。

「くそったれ！　おれたちは命が惜しかったわけじゃないわい。あれ以上、どうやってさがせってんだ。こん畜生！」

もうやけくそで、ライフ・ジャケットをはずすと、宿舎の入口からたたきこんだ。

宿舎のなかにいたなじみの顔が、おどろいて富樫を見た。

今日、富樫機が出発した一時間後に到着した、本隊の搭乗員たちだった。

「どうしたんだ？　富樫兵曹」

仲よしグループの同期生熊谷、奥内、丸子、籔、原などの各兵曹が心配気によってきた。

「おれ……おれはだめな奴だ。索敵技術未熟なんだ。千載一遇の好機を逸してしまったんだ。しかも、陸軍の航空隊に獲物をとられたんだ。おれは馬鹿だ。アンポンタンだ。みなにすまん」

富樫兵曹は、涙をこぼしながら叫んだ。

「そう自分をせめるなよ。運がわるかっただけだ。さっき武田隊長がいったんだが、明日は全機で出撃するそうだ。そのとき頑張りゃいいじゃないか」

「そうだとも、戦争はまだまだつづくんだ」

「めそめそしていると、明日またしくじるぞ」

同期生たちは、口ぐちになぐさめ、いたわってくれるのであった。

「すぎたことは忘れろよ。それより、明日の攻撃法でも研究しようじないか」

丸子兵曹が、話題をかえるようにいった。

「それがいいな。明日はちょっと手ごわい戦いになりそうだぞ。最後のすいおさめに、タバコを分けよう。さっき特別配給で、『光』と『カルミン』がとどいているんだ」

熊谷兵曹が、部屋のすみから大きなボール紙の函をひっぱりだして、バサッとあけた。

数十個の「光」と、ビタミン入りの菓子「カルミン」が、ごっそりとでてきた。

「よーし、ケツからヤニがでるほど喫ってやるぞ！」

だれかがとん狂な声をあげた。どうやら富樫兵曹の心も、すこしは落着いてきたようである。

「光」五個、「カルミン」十個の割りでわけあった若者たちは、大きく車座になった。二十余名の少年たちは明日このなかのだれが未帰還になるか、などということにはいっこうに無頓着で、雑談をかわし、「カルミン」を食べ、「光」に火をつけてスパスパと喫うのだった。

## 全軍突撃せよ

六月三日〇三〇〇。（午前三時）

「搭乗員起し、五分前」

号令がかかった。

昨夜十一時に就寝した搭乗員たちだったが、早朝出撃はもうなれている。

「搭乗員起し」の号令で、一同はりきってとびおきる。

飛行服を着用し、ライフ・ジャケットをつける。

そこへ基地の主計兵が、大きな箱をはこんできた。

「五目メシのおにぎりです。朝食がわりにもって行ってください」

死地におもむく少年たちのために、心をこめてつくってくれたものにちがいない。

「ありがとう……」

兵曹たちは、一包ずつうけとり、列線にならんでいる愛機にむかってはしって行く。

「攻撃成功を祈ります」

でかけて行く兵曹たちから見れば、だいぶ年長と思われる主計兵たちだったが、一人一人に敬礼して、弁当を渡すのだった。

（よーし、今日はただではすまさんぞ。昨日の屈辱を晴らしてくれる）

富樫兵曹は、ぐっと唇をかみしめ、なみなみならぬ決意でエンジンをスタートさせた。二個の増槽も主《メイン》タンクも、燃料は満載されている。

「アダっちゃん、ガソリンのあるかぎり、徹底的にあばれようぜ」

「いいとも、昨日の雪辱戦だ」

それから富樫兵曹は、操縦桿に顔をふせて祈った。

「南無八幡大菩薩。一発一艦必中、何とぞ敵艦を一隻、われにあたえ給え……」

あとは指揮所からの、出発合図を待つばかり。

今日の富樫機の位置は、中隊長朝枝大尉機が一番機で、その三番機だ。二番機は同期生の熊谷順三である。

発進がはじまった。例によって編隊離陸。

指揮所前から発光信号で出発の合図がきた。

砂塵をまきあげて、まず二〇二航空隊の零戦十機が離陸してゆく。みんな歴戦の猛《も》者《さ》ばかりだ。

つづいて五〇三空「彗星」艦爆隊の離陸。

基地上空で編隊をくんだ艦爆十四機の上方に十機の零戦がつく。そのままビアク島へむけて進撃がはじまった。

しばらく行くとパボ基地から発進して空中待機していた、陸軍第二四戦隊の三式戦闘機「飛燕」十機がよってきた。前後に五機ずつつく。

「こりゃあすごいや。これだけがっちり戦闘機がついてくれりゃあ、いうことなしだ」

富樫兵曹は、後席の足立原兵曹にいった。

これまで五〇三空艦爆隊は、いつでも護衛なしのはだかの出撃をくりかえしていた。直掩戦闘機なしの作戦がどのくらい危険かは、身をもって体験している。攻撃中に敵戦闘機にくいつかれ、僚機を多数失っているのだ。

「しかしな、トガちゃんよ、戦爆連合で行くということは、今日の戦闘がかなり手荒いものということじゃないかな……」

さすがに足立原兵曹はうらをよんでいるようだ。十六機の爆撃隊に、二十機の戦闘機の護衛をつけるということは、敵戦闘機の迎撃があるという前提にほかならない。それはとりもなおさず、航空母艦を主幹とする機動部隊が攻撃目標であるということになる。

「トツレ・トツレ・トツレ……」

突然、レシーバーに「突撃準備隊形つくれ」のモールス信号が入ってきた。

はるか前方、ビアク島の南岸ボスネック湾沖合に二十、東方海岸付近に、数隻の艦影が見える。

富樫兵曹は、爆弾倉の弾扉を開いた。

「ト・ト・ト・ト……」

ト連送だ。「全軍突撃せよ」の命令である。各機の翼から、増槽がきりはなされ、後方へとびさる。

敵は戦艦二、空母二、巡洋艦四、駆逐艦十四その他からなる大部隊である。それを眼下に見ながら、富樫兵曹はあわてていた。左の増槽が落ちないのだ。応急操作をするが、やはりだめだ。ふと見ると、朝枝中隊長の機も、これは右のタンクがついたままだ。

もう間にあわない。高度六〇〇〇メートル、全速で接敵、もう敵艦の上にきている。

一刻もぐずぐずしてはいられない。落ちないタンクなどにかまってはいられない。

はやくも戦闘機は、待ちうけていた敵の直衛戦闘機と格闘戦をくりひろげている。

中隊長機の右増槽がうしろへとびさった。

だが富樫機の増槽は、どうしてもはなれてくれない。

中隊長機が急降下《ダイブ》にはいった。つづいて熊谷兵曹の機が。すかさず富樫兵曹も三番手となり、単縦陣のまま突っこんだ。

「目標、巡洋艦!」

富樫兵曹は、足立原兵曹に夢中で叫んだ。

敵艦から射ちあげてくる対空砲火が、赤く、黄色く、青白く、照準器のなかをこちらへむかってとんでくる。搭乗員たちは、これを〝アイスキャンデー〟と呼んでいる。〝アイスキャンデーのさかさスコール〟といった有様で、一分間に数万発という弾幕だ。

高度はぐんと下がり、四〇〇〇メートル。

ここからは垂直降下だ。

足立原兵曹の、高度、角度、速力をよむ声が富樫兵曹の耳朶《じだ》をうつ。

「三五〇〇……三〇〇〇……二五〇〇……」

急速に高度が下がり、照準器のなかの敵艦がぐんぐんズームアップされる。高度計の針がクルクルとまわる。高度に反比例して速度がます。

対空砲火はいよいよ熾烈《しれつ》で、弾丸の飛来する航跡が線となり、その線の連続が、まるでカーテンをはったように見える。文字どおり弾丸の幕なのだ。

束になって上ってくる弾丸が、前後左右にわかれて後方へとびさる。不思議とあたらない。

富樫兵曹は、照準器の中心に敵艦の煙突をとらえた。

「二〇〇〇メートル、三一五ノット、六三度、上三ツ……」

足立原兵曹の声がひびく。

「ヨーイ！」

飛行機は安定し、照準器はピタリと敵艦をとらえている。

（よーし、よし。昨日のお返しだ）

富樫兵曹は胸をおどらせた。このときだった。照準器内の敵艦が、カクッと右によった。左のタンクがついたままなので、風圧で左に機首がずれたのだ。

「南無三……」

「三六ノット、上二ツ」

「三七〇ノット、七三度、上一ツ半、テーッ！」

足立原兵曹の大声。同時に富樫兵曹は爆撃ボタンをおし、満身の力で操縦桿をひいた。スロットル・レバー全開、空戦フラップ（空気抵抗板）を収納し、水フラップ（エンジン冷却器のフラップ）全開。全速で戦場離脱にうつる。

高度は五〇〇メートル、いままで急降下してきて水平に機首をたてなおしたため、すごい荷重（G）がかかり、操縦員も偵察員も座席におしつけられ、目玉がとびでるかと思うほどだ。

まだ機体はさがる。みるみる海面がせりあがって、高度二〇メートルでようやく機首があがった。

「どうだ！」と富樫兵曹がちらりと後方をふりかえったとき、目標艦左舷をえぐりとった爆弾が炸裂し、富樫機の機尾をグインと爆風がもちあげた。

## 被　弾

敵艦乗組員の何人かが海に投げだされて浮いている。後甲板上では、乗組員たちが右往左往している。左舷に撃留し、武装兵を満載していた上陸用舟艇数隻が腹を見せている。

黒煙をふき上げているのは、たしかに命中したしるしであろうが、ほんのかすり傷のようだ。

艦中央の煙突を狙ったのに、左の増槽が落ちないばかりに風圧で照準がくるったのだ。

富樫兵曹は歯ぎしりした。

この三日間ついていない。一昨日は車輪の故障、昨日は敵を発見することができず、そして今日は、増槽の投棄がうまくいかずに、当然轟沈しうるはずの敵巡洋艦をとらえきれなかった。

まだ敵艦の前部の対空銃座から射ってくる高角機銃弾が、無数に追いかけてくる。

ひきおこしのときに生じたものすごい「G」にも、増槽は落ちずについている。まるで小判鮫のようにしつこい。これの抵抗で、速力はぐんぐん落ちてゆく。進行方向左に横すべりしている。

後続の僚機は、全速で避退すべく富樫機を超高速で追いこしてゆく。

ただ一機、敵艦上空にのこされてゆく富樫機に、周囲の艦艇から弾丸が集中してくる。

富樫兵曹はあせった。はやくこの戦場を離脱せねば、撃墜されることは目に見えている。

行手のはるか上空では、敵味方の戦闘機がいりみだれて死闘をくりかえしているようだ。

富樫機の前方に二隻の巡洋艦がいて、こちらにむかって間断ない銃弾の雨だ。

右へ行くか左へ旋回するか、富樫兵曹はまよった。どちらへ避退するにしても、敵に腹を見せることになる。しかも左右いずれに行こうと駆逐艦がいる。

直進するしかない。おなじ危険をおかすなら、最短距離を突破するのが有利にちがいない。

富樫兵曹は、操縦桿をやや前にもどして、水平飛行にもって行く。上昇姿勢では、どうしても速度がおちる。むしろ下降気味にもって行けば、いくぶん速力がでると考えたからだ。だがその計算はむしろいけなかった。高度が三〇〇メートルなので、巡洋艦からはいちばんねらいやすい高度だ。ちょうどならんでいる二隻の巡洋艦の間をすりぬけていく格好になった。

左方の巡洋艦から射つ弾丸が、前へ前へと朱《あか》い尾をひいてとんでくる。

富樫兵曹も足立原兵曹も危険を感じていた。

右の巡洋艦の射撃はめくら射ちなのでこわくはない。弾道がフラフラしていて、上下と後方にくるだけだ。だが、左からくる弾丸のように、前へ射ちこまれてくるということは射手の冷静さと、技術の優秀さを物語っているのだ。

「あっ！」

足立原兵曹が、かるい叫びを上げた。

「どうしたアダっちゃん、大丈夫かっ？」

「右っ、左っ！」

「おれは大丈夫だ。だがタンクをやられたらしいぞ」

左主《メイン》タンクから、白くながい尾をひいて、燃料がふきだしている。

軽いショック。

翼に二つ穴があいたと思ったとたん、風圧でめくれ上がり、たちまち大きな穴になった。

富樫兵曹は、あわてて燃料コックを右主《メイン》にきりかえる。まだ敵の真っ只中だ。急降下開始から投弾、離脱までにほんの数秒なのに、その数秒の戦闘時間がなんとながく感じられることか……。

艦爆や艦攻の乗員がもっとも心理的に恐怖を感ずるのは、このときである。

爆弾、あるいは魚雷を放ち、避退する数秒が生死を決定するのだ。

ようやく巡洋艦の間を離脱した。が、すぐ前方に駆逐艦がいる。

オーバー・ブースト、エンジン全開、二〇〇ノットの高速にもって行くが、左増槽がついているために速力がでない。

駆逐艦から対空機銃弾が、火の束になって襲いかかってきた。主砲まで仰角をかけて射ってくる。

「右っ、左っ！」

敵の射線を冷静に判断して、足立原兵曹がどなる。

反射的に愛機を、右、左と滑らせながら、敵弾を避ける富樫兵曹だ。

突然、パッと、青白い火が風房全面に光った。

ガン！　と強いショック。

駆逐艦の影が左下方へながれた。どうやら戦場離脱に成功はしたようだが、エンジンをやられたらしく、回転計は一〇〇〇回転をさしている。速度はどんどん低下してゆく。

万事休す！　一七〇〇回転以上でなければ、浮力がつかない。飛行することは困難なのだ。

じわじわと高度が下がってゆく。すでに高度は二五〇メートルを割っている。この分では、とうていソロン基地への帰投は望むべくもない。ニューギニア本島の海岸へたどりつくことも不可能だろう。

高度は二〇〇になった。海のうねりが大きくなってくる。海面が近づいてくるのだ。

「トガちゃん、いよいよ一巻の終わりらしいな」

「そうらしい。こんな海の真ん中じゃ、とうてい助かりっこないな」

「万一を考えていっておくよ。今日までいろいろありがとう……」

「いや、おれの方こそ。未熟なおれの腕のまきぞえにしてすまん」

「とにかく、最後の最後までやってみようぜ」

「できれば、あのヌンフォル島までもたどりつきたいが、無理だろう。おなじことなら、激戦中のビアク島へ行くか……」

「うむ、ソリド飛行場まで行けるといいんだが……」

「とにかくビアク島へ、すこしでも近づこう……」

富樫兵曹は、失速しないように全神経を集中し、機首をビアク島へむけた。むろん島までたどりつける高度と揚力はない。

高度は、すでに一五〇メートル。

「アダっちゃん、不時着用意！」

「よしきた。不時着の無電を打つぞ」

「もうその暇はない！」

「やむをえん……」

いいながら、足立原兵曹は懸命になって、機銃弾やその他の重量物を海へ投げすてている。

だが、やはり浮力はつかず、高度は一〇〇メートルをきった。

海面が、見る見るせりあがってくる。

「着水ヨーイ」

富樫兵曹がもう一度どなった。

「筏用意よし！」

足立原兵曹がどなりかえした。

# 3　翼なき若鷲

## 不時着

「不時着！」

富樫兵曹の声に足立原兵曹は、前の計器盤に満身の力をこめて両手両足を突っぱった。

愛機はうねる海上に白い飛沫をあげて、機尾から着水した。

「くそっ！」

富樫兵曹が操縦桿をいっぱいにひいた。尻の下からつき上げるものすごいショック。富樫兵曹はすぐ前の射爆照準器で前額部を強打し、失神状態になった。

三枚のプロペラが内側にグニャリとまがり、エンジンは停止した。

足立原兵曹が救命筏（ゴム製）を海へほうりだし、主翼にとび乗った。すべては一瞬である。

「トガちゃん、トガちゃん！　しっかりしろ！」

足立原兵曹が操縦席で意識朦朧《もうろう》としている富樫兵曹の肩をどやしつける。あと十五秒もすれば、機は逆立ちになり、海中へ沈むことはわかっている。一刻も猶予できない。このままでは、富樫兵曹は愛機とともに海中にひきずりこまれてしまうのだ。

「おい！　はやくしろ！」

足立原兵曹が狼狽して、富樫兵曹の座席バンドをはずしにかかる。伝声管もついたままだ。

足立原兵曹がいきなり富樫兵曹の横面をなぐりつけた。ふと気がついた富樫兵曹も、ようやく状況を思いだしたようだ。そばにおいてあったにぎり飯を海へ投げる。

この機は、ヤップ基地でデング熱でたおれた同期生、杉山兵曹の愛機だ。富樫兵曹は、杉山兵曹からあずかっていた飛行手袋と、熱田神宮のお守りをとりだそうとするが、もうひざまで海水がきていて、その暇がない。

足立原兵曹にうながされるままに、富樫兵曹は海中にとびこんだ。同時に機は首を海中に突っこみ、逆立ちとなった。

「急げ！」

足立原兵曹に手をとられ、愛機からはなれる。のしかかってくる尾部からかろうじて身を避けた二人の眼前に白い気泡をのこして、「彗星」は、海底ふかく沈んで行った。

上空では、まだ空戦が展開されている。一機の零戦に二機のP‐51戦闘機がくいついている。零戦と反航して飛びちがいざま、一機のP‐51が火の玉となった。のこりの敵機と零戦が、なおも戦闘を続行しながら遠ざかって行った。

「がんばれ！」

富樫兵曹が思わず大声でさけんだ。飛行靴が邪魔でおよげない。仕方なく靴をぬぎすてる。

とうとう二人は、ひろい海原にとりのこされてしまった。

足立原兵曹が、さかんに抜き手をきって、ながれてゆく救命筏を追っている。筏といっても、まだエアーが入っていないので、沈んでもしまえば、二人とも助かる見こみは完全になくなってしまうのだ。

にぎり飯はどこへ行ってしまったのか、わからない。

さんざん手こずらせた増槽は、不時着のショックで完全にきりはなされ、ジュラルミンの腹を光らせながら、はるか遠くへながれてゆく。

「あの増槽め、最後の最後までおれたちを馬鹿にしやがって……正しくきりはなせていれば、あの巡洋艦は完全に轟沈だったんだ。第一、こんな撃墜のうき目を見ずにすんだんだ！　畜生め、こん畜生め！」

波にただよいながら、富樫兵曹は怒りがこみ上げてくるのを、おさえようがない。

足立原兵曹は、ようやく筏をつかまえてきた。

「ポンプが無くなってしまったよ」

足立原兵曹はがっかりした顔である。

「流れてしまったのかな？」

「いや、飛行機のなかからださなかったらしい。はっきりした記憶はないんだ。すまん……」

「いいさ、おれの肺活量六〇〇〇CCでふくらましてやる」

このとき、戦闘地域の方角から爆音がひびいてきた。

「あの音は『彗星』だ！」

富樫兵曹のいうとおり、たしかに「彗星」が一機、高度四〇〇メートルほどで近づいてくる。

「誰の機だ？」

「わからんよ」

富樫兵曹は答えながら、突然大声で叫んだ。

「おーい、ここだーっ！　おれたちは生きてるぞー！」

手をバタつかせ、波しぶきを上げる。しかし、「彗星」は気づかぬらしく、全速で通過して行ってしまった。

すぐそのあと、零戦が三機、しばらくすると三式戦闘機が二機、いずれも頭上をかすめて行ったが、どの機も、二人の波しぶきの信号を見つけてはくれない。誰も彼も背をまるくして操縦しているようだ。

「トガちゃん、元気だそう。まごまごしていると沈んじゃうぞ。おれもふくらますよ。おれたちはまだ生きているんだ」

足立原兵曹は筏の空気送入口に口をつけ、懸命にふきこみはじめた。さいわいライフ・ジャケットをつけているので、まだしばらくは浮いていられるだろうが、そのうちにはジャケットも用をなさなるはずだ。

二人は交代しては筏をふくらましにかかる。力をこめてふきこむと、両耳のつけ根がジーンと痛い。痛いということは、まだじゅうぶん生きる力がある証拠だ——と二人とも夢中だ。

三十分もかかって、どうにかゴム・ポートができ上がった。

二人はようやくそのボートにはいあがって、ほっと溜息をついた。

たがいにじっと顔をみつめあった。

「フフフ……」

「フフフフ……」

どちらからともなく、笑いがこみあげてきた。

「フフフ……ハハハ……」

「アッハハハ……」

やがて大口をあけて、二人は哄笑しはじめた。何がおかしいのかわからない。いや、何も笑えるようなおかしいことはない。

しかし、二人は、わけもなく笑いつづけた。

## 漂流

ふと笑いがとまった。足立原兵曹が驚愕の声をあげたからだ。

「トガちゃん、ちょっと見せろ」

富樫兵曹の飛行帽を脱がせた。

「む、こりゃあいかん。ひどい怪我《けが》だ」

足立原兵曹のいうとおり、富樫兵曹の右前額部が、ザクロのように口をひらき、頭蓋骨が見えている。水にぬれたせいか、傷口が白くなっている。着水のとき照準器に強打したための傷に間違いなかった。

「こまったな。薬はないし。包帯もない」

足立原兵曹は、こまりぬいた顔になった。

「だいじょうぶだ。このくらいの傷、撃墜されて死んだ仲間のことを思えば、かるい、かるい……」

富樫兵曹は友の心配顔に、気がるくこたえるが、ズキズキと痛んでいる傷には往生しているというのが本音だった。

ふと沈黙がながれた。おそろしいまでの静寂が、二人をおしつつんでいた。

右方にニューギニア本島が紫色に見える。

「どのくらいの距離だと思う、アダっちゃん？」

「そう、三〇マイルは確実かな」

「どうなるかな、おれたち？」

「…………」

「救援隊は望めそうにないな」

「ああ……」

二人がそのままおしだまっていると、またもやそこ知れぬ静寂と寂寞《せきばく》感が襲ってくる。

ふと気がつくと、さっきまで晴れていた空が、しだいに曇りかけていた。

「スコールがくるな、この空の色じゃあ」

足立原兵曹が空を見上げながらいった。

「きてくれるといいな。塩水のついた体をちょっと流したい、水が飲みたい」

いいながら、富樫兵曹がふといぶかしそうに耳をそばだてた。

「…………？」

何かが聞こえるのだ。飛行機の爆音のような、そうでないような。かといって遠雷ではない証拠に、音が連続している。

「あっ、あれは……？」

足立原兵曹が北方の沖合を指さした。

真っ黒い雲がまるであめん棒のように、下へ下へとたれさがってゆく。と、見る間に、こんどは海面が富士山のようにもりあがりはじめたかと見るや、雲とつながってしまった。

「竜巻だ。前に何かの写真か絵で見たことがある」

富樫兵曹が、仰天したようにいった。

ゴウゴウという音が、しだいに大きくなる。

竜巻は見る見る太くなってゆく。クネクネと、まるで大怪獣が海を立って歩いているように見える。

「こっちへ来るみたいだよ」

足立原兵曹がいうとおり、大怪獣はゴウゴウと地球全体をゆすっているような響きをあげながら、巨体を運んでくる。

あたりの海面がさわぎはじめ、三角波がたちはじめた。

「どうする？」

「二人のマフラーをつないで、帆走で逃げよう」

二人はマフラーをひっぱりあった。だがまったく走りそうもない。風が吹いていないのだ。いや吹いていないのではない。風はどこからともなくまわりこんで、海から空にむかって吹いているようだ。

「もういかん。人生一巻の終わりだ」

しかしそれもちがっていた。二人のボートは竜巻の圏外にあるらしく、いっこうに空へすいあげられる気配はない。

竜巻の中心は、いつの間にか、はるか東方にあって、しだいにとおざかって行く。その雄叫びも消えてゆく。

「フーッ、おどろいた。あんなのにやられたら、あの敵さんの巡洋艦だってひっくりかえるかもしれんな」

足立原兵曹が、まだ緊張のとけきれぬ顔でいった。

「こう、ただ流れていてもしょうがないな。なんとかボートを漕ぐ方法はないか……そうだ、これでやってみるか」

富樫兵曹がライフ・ジャケットの間から書類サックをとりだした。

漕いでみると、けっこうよく進むようである。こうなれば、命のあるかぎり漕げるだけ漕いで、すこしでも陸地へ近づくことを考えなければならない。だが、その進み方といったら、なんと心ぼそいスピードであろうか。

書類入れで、いったい何日漕げば、三〇マイルの海を行くことができるのか……。食物も飲み水もないこのボートの上で、何日人間が生きながらえることができるというのか……。

睡魔が襲ってきた。今朝三時起こしのまま攻撃に参加したのだ。眠くなるのは当然かも知れない。

不時着して、機外に脱出するとき見た、操縦席の飛行時計は、一〇二八を指していた。あれからもうどのくらい時がたったのか。ずいぶんながい時間が過ぎたようであるし、そうでないようでもある。

いつの間にか、富樫兵曹も足立原兵曹も、ボートのふちにもたれて眠りこんでいた。

## 暗黒の海

「トガちゃん、起きろ！　おい‼」

足立原兵曹の声に富樫兵曹が目をさました。ズキンと頭が痛い。

あたりは夜になっている。日没の西の水平線のあたりが、残光でほのかに明るいだけで、海面は真っ暗であった。

満天の星が、いつもとおなじように輝いている。あとは海面のそこかしこで、夜光虫がときおり波のうねりに乗って光るだけだ。

「あれが南十字星だから、ビアク島はこの方向だな」と足立原兵曹がつぶやくようにいった。

ふとまた寂しさが襲いかかってきた。救出される見こみはまったくないということが、いっそう二人の心を沈ませるようであった。

「彗星」が海上に不時着した場合、生存者が救出された例はない。トラック基地から出撃して戦死した戦友木村兵曹（同期生、操縦員）とその偵察員笠井兵曹（甲八期生）、それからおなじ中隊の早坂兵曹（操縦）と鈴木兵曹（同期生、偵察）。彼らの例を見ればわかるように、たとえ不時着地点がはっきりし、救助の飛行艇や駆逐艦が急行してさえ、ひろい海原で漂流している人間を発見するのは、ほとんど不可能なことである。まして、富樫兵曹と足立原兵曹の不時着地点は、誰ひとりとして確認していないはずである。

（生きられるものなら生きていたい）

いみじくも二人は、同時におなじことを考えていた。

死を覚悟して、なおかつ命があった場合、人間は生への執着がわきでるものらしい。

「翼があったら、基地へ帰れるのになあ……」

「うむ、もう一度みんなと会いたいな」

足立原兵曹が、うなずきながらいった。

「今夜は眠らない方がいい。眠ると死ぬ」

「あ、わかっている。寒くなってきたな」

「腹が空いているからな……」

「いや、気温も低くなっているよ。この海の水飲んだら駄目かな。咽喉《のど》がやけそうだ」

「やめた方がいい。一晩だけでもしんぼうしようよ」

「これだけ水があるのにな。口惜しいな」

海は砂漠とおなじ条件であることに、二人ははじめて気がついたようであった。

ながいながい沈黙がはじまった。

飢えと渇きと寒さ、それにくわえて睡魔が襲いかかる。

熱帯とはいえ、夜の海は暗く冷い。

「おれは絶対に死なんぞ」

富樫兵曹が突然いった。

「もちろんだ。こんなところで死んだら犬死にだ」

「おなじ死ぬなら、もう一度爆弾だいて、艦爆乗りらしく、敵艦を道づれにしなきゃあ、どうにも腹の虫がおさまらん」

「どうだ、トガちゃん、うたうか」
「よし、やるか……」

四面海なる帝国を
　守る海軍軍人は
戦時平時の別《わか》ちなく
　勇みはげみて務むべし

海路一万五千余里
　万苦《ばんく》を忍び東洋に
最後の勝敗決せんと
　寄せ来し敵こそなれ

あれやこれや、海軍に入っていらい習いおぼえた軍歌を、かたっぱしから大声をはり上げてうたいだした二人だったが、ものの二十分もつづけるうちに、しだいに声が小さくなり、やがてどちらも黙りこくってしまった。

黙然とそれぞれが、何事かを沈思しているようでありながら、二人はとりとめもないことを考えているようである。

富樫兵曹は波間に消えて行った握り飯のことを思いうかべたかと思うと、つぎにデング熱でたおれた杉山兵曹が「富樫、たのむ、せめておれの愛機に、この手袋を乗せて行ってくれ」と、涙の顔で富樫兵曹の手をにぎったヤップ基地での光景だのが、つぎつぎとうかんでは消えてゆく。

いっぽう足立原兵曹は、別なことを考えている。木更津基地時代に知りあった、下宿の隣家の娘美恵子が、出発前夜「決して死なないで」と泣いていた。もしこのまま死ぬようなことになれば、手をにぎっただけで別れたことが救いであったようでもあり、残念なことをしたようにも思われる。

急に遠くから、かなりの編隊らしい飛行機の爆音がきこえてきた。

「おっ、あの音は……あれは味方機だぞ」

「うむ、一式陸攻だ。間違いない」

はるかな海上に、大火柱がたった。暗くてさだかではないが、どうやら今日、富樫兵曹らが戦爆連合で攻撃した敵に対する爆撃のようである。

爆発音がきこえ、さらに三つの火柱がたった。

空へむけて、対空砲火らしい弾丸が、ものすごいいきおいで射ちあげられている。ちょうど打ち上げ花火を遠くから見ているようだ。すさまじい爆音と発射音がきこえてくる。

「やっぱり友軍機だ。雷撃もやってるよ。あの火柱は魚雷だ」

「相当の戦果らしいぞ」

敵艦が火災をおこしたらしく、炎上しているようだ。

攻撃終了した機であろう。数機が編隊灯をつけて、頭上を通過して行く。

戦闘がおわり、友軍機が全機帰投してしまうと、富樫、足立原兵曹の周囲にはまた静寂と寒気が襲ってきた。

睡魔だ。二人は眠りそうになると、たがいに大声で叫び、なぐりあい、はげましあって睡魔からのがれようとする。こんなとき眠ってしまえば、寒気に体温をうばわれて死ぬことになる。

深夜、ふと目をさました富樫兵曹は、あわてて足立原兵曹をたたきおこした。二人ともいつの間にか、下半身を水にひたしたまま眠ってしまったのだ。

「あっ、敵潜水艦だ！」

足立原兵曹が、一方を指さしながら叫んだ。

## 海坊主

真っ黒く、まるい大きなものが浮かんでいる。愕然として、二人は力をあわせ、手と書類ケースをつかって、その物体からすこしでも遠くへのがれようと必死で漕ぎはじめた。

こんなところで敵潜水艦につかまり、捕虜になるのは我慢できない。〝生きて虜囚《りょしゅう》のはずかしめ〟をうけるなら、いさぎよく自決すべし、というのが、日本古来の武士道精神である。漕ぎながらふりかえると、いつの間にか黒い物体は消えている。ただ暗い海のひろがりがあるばかりだ。

二人は、ホッとした。敵は潜航したにちがいない。気がゆるんだせいか、ふたたび居眠りがでる。

ハッと気がつくと、さっきとおなじ物体が、おなじ位置に浮かんでいる。あわてて漕ぎはじめる二人が、ふりかえると、やはり何も見えないのだ。

三度も四度も、おなじことをくりかえした。

いまや富樫兵曹も足立原兵曹も、おきているのか眠って夢を見ているのか、それとも放心状態であるのか、判断さえつかない。それほど疲れきっているのだった。

(眠い。とにかく眠りたい。眠りさえすればまた筏を漕ぐことだってできる)

そんな想念があるだけだ。

いつでたのか半月が海上をてらしはじめていた。

それから何時間すぎたのか、とろとろしていると、東の水平線が白じらと明けそめてきた。周囲が朝靄《あさもや》につつまれている。すこしは頭がはっきりしたようだ。どうやら眠気がうすらいでいる。

「昨夜《ゆうべ》のあれ、いったいなんだったと思う?」

富樫兵曹がたずねた。

「わからん。潜水艦だと思ったんだが、どうもちがったらしい……」

「ひょっとしたら、よく海の怪談や伝説にでてくる海坊主じゃないかな」

「だったらおれたち、生きていないだろう」

「おっ、朝靄がうすくなってきた。今日もきっといい天気だぞ。一日かかれば、なんとか陸地につけるんじゃないかな」

「そう願いたいよ。こんな気味のわるい海なんか一晩でたくさんだ」

「あれっ、アダっちゃん、見ろよ。ビアク島がすぐ眼の前だ」

「本当だ。昨夜のうちに、潮にながされたらしい」

「よーし、がんばるぞ。これなら意外とはやくつけるかもしれん。そうだ、こうしよう。おれが筏をひっぱって泳ぐから、アダっちゃんは筏の上でゆっくり寝ながらつかれをいやしてくれ。おれがへたばったら交代だ」

「そうだな、その方が、こんなおかしな漕ぎ方してるよりはやいかもしれない」

そこで富樫兵曹は褌《ふんどし》ひとつになり、筏のロープを腰にしばりつけると、海へとびこんだ。

おりから東の空にいきおいよく太陽がのぼりはじめた。

「アダっちゃん、一〇〇〇回水をかいたら交代しよう」

富樫兵曹はそういって泳ぎはじめた。プレスト、クロール、抜手と泳法をかえながら、一〇〇〇ストロークかぞえて、こんどは足立原兵曹が泳ぎはじめる。練習生時代、強制的にやらされた遠泳が、こんなときに役立っているのだった。

筏は予想どおり、書類ケースで漕ぐより、よほどはやく進んで行くようである。

十数回目の交代が行なわれようとしているときだった。急に左方上空に爆音が聞こえはじめた。

敵機だ。

戦闘機と共に戦爆連合で日本軍を攻撃したB−26爆撃機。制空権は完全に敵の手中にあった。

B−26爆撃機とP−51戦闘機の戦爆連合が、高度二〇〇メートルくらいの低空を編隊をくんで通過してゆく。試射をしているらしく、機銃の発射音がする。

あまり良い気分ではない。二人はうなずきあって筏の下にもぐりこんだ。

しばらくすると、おなじ方向から、今度は双発双胴のP−38戦闘機が五〇〇〇メートルくらいの高度で飛来し、あっちへ行き、こっちへ行きしている。哨戒飛行のようだ。足立原兵曹が不安気に、

「制空権をとられたのかな……」

「かもな……そうだとすれば、おれたちも急がないと掃射されるかもしれはいぞ。とにかくいそごう」

このとき、泳ごうとしている富樫兵曹の横に、大きな三角の鰭《ひれ》がはしった。「鱶《ふか》だ！」

富樫兵曹は、あわてて筏にはいあがった。

相談の結果、二人のマフラーをつなぎあわせ、それをさらに褌の先へむすびつけて泳ごうということになった。鱶は自分より体長のながいものは襲わない、ときいていたからだ。海軍の褌は越中褌《えっちゅうふんどし》である。ひもで腰を結えた中心あたりに布切がさがっているだけのものだ。本来その布を後から股間をつつんで前へまわし、前側のひもにひっかけるのだが、その布の先にマフラーをむすんだので、当然のことながら、男の大切なものはブラブラとだしっぱなしである。その格好の珍妙さに、足立原兵曹がゲラゲラとわらいだした。

珍妙ではあったが、この方法は一応効果があるらしくいつの間にか鱶は姿を消した。

島の崖肌がはっきりと見えるところまできた。現住民の家らしいものも見えたが、また新しい不安が二人を困惑させた。はたして日本人がいるだろうか？　万一、敵が上陸していて発見されたらどうしたらいいか。その場合はかなわぬまでも死力をつくして闘い、いさぎよく戦死をするしかない。

「アダっちゃん、拳銃の試射をしとくか？」

「いや、やめた方がいい。弾丸《たま》は八発しかないのだから大切にしなくちゃ……二発は自決用だからな」

「うむ、それもそうだな。よし、もう一息だ。がんばろう」

それにしても天は無情である。南方の灼熱の太陽が容赦なく肌をやく、咽喉《のど》がヒリヒリと痛むが、海水を飲むわけにはいかない。口にふくみ、飲み下さないようにして、はきだす。

海の底が見えてきた。もう交代などどうでもいい。あと三〇〇メートルほどで海岸だ。二人とも筏をひっぱり、懸命に泳ぎはじめた。

## 珊瑚礁

珊瑚礁《さんごしょう》の海岸は、水がまったく透明で、砂は白く美しかった。

浜辺までたどりつくと、足立原兵曹はすぐに立ちあがり、まず褌をしめなおした。が、富樫兵曹はいささかがんばりすぎたのか、すぐにたちあがれず、四つんばいのまま一息いれている。褌も後へたらしたままだし、その先にマフラーが長くついているので、おかしいというよりも、はた目には奇怪な風体《ふうてい》である。

足立原兵曹が筏をひきよせ、積んである飛行帽、ライフ・ジャケット、その他の衣類をおろしたころ、富樫兵曹がようやくたちあがり、褌をしめなおした。

二人の顔に、つと緊張の色がはしった。

当然予想されたことながら、二、三十人の現住民が、手に手に刀、槍、弓などをもって、富樫、足立原兵曹の一挙手一投足を監視しているのだった。これが敵兵でなかったことは、二人にとって天佑であったのかもしれない。だが、この原住民たちが絶対に危害をくわえないという保証はない。両兵曹は、ゾッとした面持ちで顔を見あわせた。

「もしかしたら、そうなるかもしれんが、その反対に、おれたちに親切な連中かもしれんな」

足立原兵曹が、なるべく彼らの方を見ないようにしながらささやいた。

「とにかく、すこし様子をみることにするか」

富樫兵曹はそういいながら、飛行帽、ライフ・ジャケット、肌着などをよく陽のあたっている岩にひっかけ、拳銃だけは肩にかけた。

「もしそうなら、いまごろは襲われているはずだ。生きているってことは、そうじゃないってことだ。そうだろう、アダっちゃん？」

「うむ、どうもそうらしい」

「だったらすこし眠るぞ。もう眼をあけていられない」

富樫兵曹はそのままそこへゴロリと横になり、一分もたたぬうちに大いびきをかきはじめた。

足立原兵曹も、もう欲も得もなかった。喰われるなら喰われろ、といったやけっぱちな気持ちで横たわった。


何時間たったか見当もつかない。ガヤガヤ、ワイワイという話声に、ふと眼をあけた富樫兵曹が仰天した。二人の周囲をぐるりととりまいて、原住民たちがさわいでいる。

「おい、相棒、おきろよ！　おい!!」

足立原兵曹をゆりおこした。

「ほう、すごい人だかりだな……」

足立原兵曹も、あきれ顔になった。

なにしろ原住民たちは、みんな真っ黒くガサガサした肌をしており、どうやらこの付近一帯に住んでいる老若男女が総出で集まってしまったらしい。その数およそ二百人ほどだろうか。

男も女も、おなじような顔をしている。股間にぶらさがっているものと、胸のふくらみによって判別するしか男女の区別がつかないくらいだ。

「われわれは、大日本帝国海軍航空部隊の精鋭である。なにか食うものをもらいたい」

いきなり富樫兵曹が大声をはりあげ、原住民たちを一わたり見まわした。

びっくりしたらしく、原住民たちは、しんとした。おしだまって、目玉ばかりギョロつかせ、無気味な視線を二人に集中している。

「だれか食いものをくれ」

もう一度富樫兵曹がどなるが、言葉の通じるわけがない。

「トガちゃん、無理だよ。彼らに日本語がわかるわけはない」

「うーむ、よし、それなら万国共通語でやるか」

それから富樫兵曹は、さかんに身ぶり手ぶりで、腹がすいているから、食うものをくれ——とやる。はじめ、原住民たちは不思議そうな顔をして眺めていたが、どうやら意味が通じたらしく、なかの一人がすぐちかくの椰子の木に、猿《ましら》のようにスルスルとのぼって行き、数個の実をなげおとした。そいつを他の男が、鉈《なた》のような刀で器用に外皮をはぎとって、なかの水が飲めるようにしてくれる。すこし甘味のある透明の水だ。なんというまさであることか。かわききった咽喉《のど》をならして、二人はもう夢中だ。

水をのみおわると、原住民がさらにその核をわり、なかの白いコプラを食えというようにつきだした。少々油っこくて、なんともいえないうまい味がする。二人とも、五つ、六つをたちまちたいらげた。富樫兵曹が腹をなでながら、

「あー、生きかえった」

「ようやく人間らしい気分になれそうだ」

「なにかお礼をしなきゃいかんな。どうする？」

「どうしたらいいかな。お礼をするにも、おれたちなんにもないよ」

そこで、不要になった筏を進呈することにした。それを身ぶり手ぶりでつたえると、子供が二人でてきて、ロープのはしをにぎるやいなや、猿のようなすばやさで、むこうの岩かげにひいて行った。

食べ物は、まだ魚があるから、われわれの家にきて食べろ——といった意味のことを、長老らしい男がながい時間をかけて、パントマイムをやってくれたが、富樫兵曹と足立原兵曹はなんとなく彼らの住居へ行く気になれず、手をふって辞退した。

やがてあたりが夕暮れに近くなった。原住民たちは一人さり、二人きりして、あた

りが暗くなるころには、また二人だけが海岸にのこされていた。

「あっ、おれの肌着がない！」

富樫兵曹があたりをさがしまわりながらいった。どうやら盗まれたらしい。それとも食い物の代金のつもりでもって行ったのかもしれない。足立原兵曹があきれたように、

「おそろしく手のはやい奴らだ……」

「ここにこうしているわけにもいかないな。どこかに日本軍守備隊がいるはずだから、とにかく出発するか？」

それから二人は、まだかわききっていない飛行服を身にまとい、ちかくのこだかい丘へのぼった。とおく銃砲声が聞こえる。日米両軍が激戦を展開しているにちがいない。

二人は、その銃声のする方へ行くことにした。南海岸方面である。あるきはじめた二人は、すぐにへたり込んだ。跣《はだし》なので、珊瑚《さんご》のくだけた石がいたくて歩けないのだ。一昼夜以上も水に浸されていた足は、白くふやけてプヨプヨである。

「こんなことなら、飛行靴すてるんじゃなかった」

いまさらのように、二人は後悔していた。

## 味方の陣地をめざして

二度目の夜をむかえた富樫兵曹と足立原兵曹は、海岸ぞいに歩いていた。海岸の方が、まだ足の痛みがすくないからだ。

熱帯とはいえ、やはり夜は寒い。着ている飛行服がぬれているせいもあるが、このあたりは夜と昼の温度差がはげしいのだ。

二時間ばかり歩いたところに洞窟を発見した二人は、ここに一晩ねることにした。海辺によせる波の音と、岩天井からポタリ、ポタリと落ちる水滴の音以外は、なにも聞こえない。漂流した海上とはまたちがった寂しさのある夜である。彼我の戦いはつづいているらしく遠く銃声がきこえてくる。

両兵曹は抱きあいたがいのぬくもりで寒さを避けようとした。

やはりさむくて眠れない。洞窟から見える海面がキラキラと輝きはじめた。

外へでた富樫兵曹が、もどりながらいった。

「月がでてるよ」

「ちょうど干潮らしいから、歩かないか。実に神秘的な海だよ」

だが、足立原兵曹は反対した。原住民のなかには気のあらい種族もいるだろうし、われわれのことを、平和をみだす闖入者《ちんにゅうしゃ》とみなして襲ってくるかもしれない、というのだ。

六月五日の朝がきた。快晴である。

「よーし、がんばって歩くぞう」

富樫兵曹は元気よく洞窟をでた。

足立原兵曹が海辺のあさいところを、富樫兵曹がリーフの上をあるきだした。リーフの上はまるで針を上に向けているようなぐあいで、よく寺にある針の山の地獄絵のようである。しかし、こんな所をあるくのも、いつ不意に襲われるかもしれない、という危惧《きぐ》からであった。襲ってくる相手を原住民と考えてのことだが、万一アメリカ兵に襲われるとすれば、自動小銃か機銃でアッという間に射殺されてしまうだろう。

原住民に襲われないよう、神の加護を祈るしかない。もし襲われたら、拳銃で相手を射つことになる。できれば原住民は射ち殺したくない。

富樫兵曹がいきなり引き金をひいた。どうしても試射しておかなければならない、と思ったからだ。カチッと撃針の音がしただけで弾丸はでない。長時間水につかっていたせいか？

えていた。

（宝のもちぐされだ……）

富樫兵曹は、そう思ったがすてるわけにはいかない。これでも威嚇《いかく》用にはなると考えていた。

数時間歩いたとき、背のひくい椰子の木を見つけた。これによじ登り、昨日原住民がしてくれたように実をとり、水を飲みコプラを食べる。だが、昨日ほどうまさを感じない。

「米の飯が食いたいなあ……」

足立原兵曹が、しみじみとした口調でいった。

「生きてるってことは、うれしいことだが、いろいろむずかしい問題があるな」

思わず富樫兵曹もつりこまれて、しんみりとなった。

このとき足立原兵曹が、あれを見ろ、と顎《あご》をしゃくった。海岸から一〇〇メートルばかりの所にある林のなかから、四人の原住民が手に刀をもってでてきた。考えてみると、あの洞窟をでてから、ずっと尾行されていたような気がする。

富樫兵曹がなにを思ったのか、飛行帽を裏がえしにしなかの毛を外にだしてかぶった。富樫兵曹にしてみれば、彼らになるべく恐怖心をおこさせようとしているのだったが、どうみてもゴリラのできそこないのようで、格好がとれない。それを見て足立原兵曹が思わず吹きだしそうになる。

二人は、かまわず歩きだした。弾丸のでない拳銃をかまえたまま行く二人に、原住民がだまってついてくる。だんだんその間隔をつめている。

「ピストル……ピストル」と口ぐちにいっている。拳銃をくれ、といっているようである。

「トガちゃん、奴らは拳銃の威力を知ってるらしいぞ。くれといっているみたいだ」

「とんでもないよ。これをわたしたら、おれたちは何もありゃあしない。奴らが拳銃を知ってるのなら、なおのことわたせない。もし襲われた場合、弾丸はでなくてもおどしになる」

「そうだな。とにかく知らん顔で行こう……」

「しばらく行った所で、足立原兵曹が小声でささやいた。

「おいトガちゃん。いまの一人が、おれの首すじを刀の背でピタピタやりやがった。殺すつもりかな……」

聞いたとたんに、富樫兵曹が拳銃を擬してパッとふりむいた。

ゴリラに近いような顔をした四人の若者はよほど驚いたとみえて、しりごみし、スーッとはなれた。ちじれた頭髪、上をむいて胡座《あぐら》をかいている鼻、その鼻の穴に白い何かの骨をつきとおしている。

「やっぱり殺されるぞ、こりゃあ」と思わず足を早める。しばらく行ってふりかえった足立原兵曹がアッと声を上げた。いつ消えたのか、四人とも姿がない。

「こっちが拳銃で嚇《おど》したんで、きっと仲間を呼びに行ったんだよ」

足立原兵曹は、ゾッとしたような顔だ。

すこし先の方に、マングローブの林がつづいている。その林のなかに入ろうという相談がまとまった。なにしろ海岸では、どこからでも見えてしまうので、敵対行為をもくろむ者に有利になるばかりだ。林にひそんで行けば、発見される率もひくくなるはずだ。

二人は、ふと足をとめた。どこからか、ペチャペチャと人の話す声がきこえてくる。足音をしのばせ、その方に注意ぶかく接近してゆく。

マングローブ林のなかに、ちょっとした広場があって幼い子供を抱いた女たちが十人ばかり、姦《かしま》しくおしゃべりしているのだった。日本でもよくある井戸端会議というやつらしい。

「あれっ、まるっきり裸だと思っていたら、女のくせに褌《ふんどし》をしめているよ」

相手が女ばかりと安心したのか、富樫兵曹がつい大きな声をだした。いっせいに女たちがこっちを見た。よほど肝をつぶしたらしく、女たちはサッと逃げはじめた。そのはやさといったら、まさに猿である。岩角につかまり、崖をよじのぼって、アッという間に姿を消してしまった。

　また二人だけの、跣《はだし》の行軍がはじまった。

　ふたたび海岸へでて、間もなく陽が暮れる今夜の宿をさがすことにする。この島はあちこちにこのような所があるらしく、うす暗くなりかけるころ、昨夜とおなじような洞窟を発見した。すこしまだ時間ははやいようだがまたこのような洞窟があるかどうかわからないので、ここに泊まることにした。

　洞窟のなかは、真っ暗で、しばらくじっとしているといくぶん目がなれてきて、自分の相棒の輪郭ぐらいは、うすぼんやりと見えるようになった。

「アダっちゃん、これはおれのかんだが、どうもこのへんに味方の陣地があるように思うんだがな」

「そうだな、おれもそう思う。だが、こう暗くなっては同士討ちになるおそれがあるよ。明日の朝はやくおきてさがしてみよう」

「そうするか……。ところでなにか枕ないかな。どうも安眠できん」

「あ、ここにたくさん石があるぞ」

目をこらすと、足立原兵曹のすわっている近くに、うすぼんやりと白い手ごろな石がゴロゴロしている。古い珊瑚のごつごつがとれたものらしく、わりあいになめらかで、しかもヒンヤリとつめたく、枕にはちょうどいい。

二人はあおむけになり、もし日本軍にであったらこうよびかけようとか、はやく本隊へ帰ってもう一度戦場へ行こうなどと決意を語りあううち、いつか深い眠りにおちこんで行った。

## 洞窟の墳墓

すがすがしい朝であった。

「総員起し、五分前」

富樫兵曹が、おどけて号令をかけながらおき上った。足立原兵曹もじゅうぶん寝たらしく、のびをしながら身をおこした。

「昨夜は飛行服が乾いていたんで、とてもあったかだった」

ニコニコと、しばらくぶりでみちたりた顔でいった。いいながらフトあたりを見まわし、急に口をつぐんだ。

「トガちゃん、おれたち変なところに寝たらしいぜ」

「らしいな……」

昨夜、枕にして寝た石は驚いたことに、珊瑚ではなく、人間の頭蓋骨なのだ。洞窟のなかには何百という頭蓋骨がころがっているではないか。

「こ、こりゃあ、やっぱり、死んだ原住民たちの骨をすてる、骨すて場じゃないか……？」

足立原兵曹は偵察員らしく、うがった見方をする。

「骸骨を抱いて寝たのは、牡丹燈籠《ぼたんどうろう》の新三郎の次におれたちだけじゃないかな。はやくこんなとこ、でて行こうよ」

「うむ、戦闘で死ぬのと原住民に殺されるのじゃ、ずいぶんちがうからな」

あたふたと、二人は洞窟をでた。なにか死霊《しりょう》のようなものが洞窟からついてきているようで、足は自然とはやくなる。

しばらく行くと、小さな集落があって、ひっそりしていた。海辺に一隻の舟が舫《もや》ってある。さいわい人影はない。富樫兵曹が足立原兵曹に目で合図した。あの舟があれば、跣で痛い思いをしながら歩かなくてもすみそうだ。

舟にかけよった二人が乗りこんだとたん、一軒の小屋のそばからとびだして来た老

婆が、

「ピヤラケラ」というような、素頓狂《すっとんきょう》な声をはりあげた。「泥棒だー！」というような言葉にちがいない。

舟からとびおり、いそいで逃げだした二人の方へむかって、刀をもった若者たちがとびだしてきた。

「ぼやぼやしていると、捕まって殺されちゃうぞ」

二人が身がまえ、用心しながら後をふりかえると、眼に敵意をもやした三人の若者が、投げ槍らしいものと刀をもってついてくる。

「油断できないぞ……」と足立原兵曹が緊張した声をおしころしていう。今朝から聞こえていた砲声が、ずいぶん近くなった。

交戦中ということは、日本軍と敵軍が、たしかにこの島のどこかにいるはずだ。一刻もはやく日本人に会いたいものだ。

海につきだした岬を迂回し、もう原住民は帰っただろうとふりむくと、まだついてきている。なんとしつこい連中だ。上陸三日目の夜がきた。どうやら原住民たちは帰ったらしい。

「どうする？　このまま夜どおし歩くか、それともまた洞窟をさがすか？」

また寝る所をきめなくてはならない。

「洞窟はやめようよ、トガちゃん。昨夜みたいなんじゃやりきれん。かといって、こう疲れてたんじゃ、やっぱりどこかへ一泊した方がよさそうだ」

「しかし、寝てる間に原住民に殺されるのはいやだしな」

「どうも違うような気がするんだ。もしそうなら、おれたちはとうに殺されちゃってるよ」

「じゃ、昨夜の骸骨は……？」

「ことによったら、あの洞窟は奴らの墓場じゃないかな、死人を葬る」

「ケッ、墓場で寝たのか……」

「それより、腹が空いたな。椰子のコプラがこれだけとってあるから、分けて食おう……」

「ありがとう……」

わずかなコプラを分けあって食べてから海岸で眠りこけた。

不時着いらい、四日目の朝がきた。もうだいぶ陽が高くなっている。今日もまた、交戦中らしい砲声がいちだんと近くに聞こえている。

出発前にあたりをさがしまわり、椰子の実をとって腹ごしらえをし、一個ずつ弁当がわりにもって行こうとするが、十歩も行かぬうちにあきらめてしまった。重いのだ。普通の体力あるときならなんともないのだろうが、富樫兵曹も足立原兵曹も、荷物をもちあるく体力がなくなっている。くわえて、なれない跣《はだし》の行軍が大いに二人を閉口させている。足の裏の痛さにたえかね、四つ足で歩いてみる。だが、人間は、やはり二本足でないとかえって疲れる。

「おや、ありゃあなんだ……？」

急に富樫兵曹が、とおい海岸に何やら発見して叫んだ。片足をひきながらその地点にたどりついてみると、不時着したらしい陸軍の三式戦闘機であった。パボ基地から発進したなかの一機かもしれない。

座席付近に白い布切れがまつわりついている。それをひっぱりだし、二人で足の裏にまきつけた。おかげで二人とも、歩くのがいくらか楽になったようだ。

この飛行機の搭乗員はどうしたのだろうか？　と二人で話しながら歩くが、別になんの感傷もわいてこない。疲労と足の痛さで、すっかり思考のバランスがくずれてしまったようだ。

不意に前方のマングローブの林から、原住民の青年があらわれた。

「ちょうどいい、ソリドへの道をきこう」

富樫兵曹はそういって、「おーい」と呼びかけながら手をあげた。

青年が、ちょっと首をかしげながら近づいてきた。

「日本軍、ソリド、ジャランはどっち?」

富樫兵曹が懸命に手足をつかいたずねるが、通じないらしい。

なにしろ富樫兵曹たちが知っている言葉といえば、煙草が「ロッコ」道が「ジャラン」、それだけだ。

青年が一方を指さし、何やら手真似をしてわけのわからぬ言葉をしゃべる。何度もそれをくりかえさせるうち、どうも〈あんたたちに親しみをもつ人間がいる〉といっているらしい。それから一緒にこい、というしぐさをしていることがわかってきた。

富樫兵曹と足立原兵曹は、あるいは、という希望をいだき、青年のあとにしたがって歩くことにした。

## 飢餓

泥でボタボタしているマングローブの林のなかを行く青年の足ははやい。富樫兵曹と足立原兵曹は、懸命にあとを追っているつもりだが、なにしろ足の裏が痛く、ついに青年の姿を見失ってしまった。

林のなかはうす気味わるく、ヌルヌルした泥の湿地帯がどこまでもつづいている。毒虫でもでてきそうな気配である。

二時間ばかりさまよい、ようやくマングローブ林のむこう側にぬけだすと、急に視界がひらけた。用心ぶかく、前方を監視する。幅二〇〇メートルほどの入江があり、十字架のある教会が、ポツンと建っている。

ここは六日前、単機で索敵にきたとき、たしかに偵察した入江だ。地形や海岸線や、教会の建物に見おぼえがある。

さっきの青年がいっていた所は、どうやらここのことらしい。人気《ひとけ》はまったくないようだが、むしろその無人が、いっそう不気味さを感じさせる。

「あの建物へは近づかん方がいいな」

足立原兵曹は、うかつに近づいて機銃掃射をうけるようなことにでもなったら、いままでなんとか生きのびてきたことが無になってしまう、というのだ。富樫兵曹も同意見だ。

運を天にまかせ、物かげから物かげへと身をかくしながら、また前進をはじめる。だんだん日が落ちてきた。またもの寂しい夜がやってくると思うと、二人とも気が滅入りがちである。さいわい小さな洞窟があり、ここには骸骨の先客はないようであった。

翌朝、つまり六月八日——。

ものすごい砲声と地響きで早朝たたきおこされた二人は、あわてて洞窟からはいだした。

アメリカ軍の艦砲射撃らしい。一弾がそれて、近くへ落ちたのであろう。だが、日本軍陣地が近いことも、たしかのようである。

「トガちゃん、今日こそ味方の陣地へたどりつけるぞ」

「そうだとも、いそいで出発だ」

二人が歩きはじめると、行手にまた原住民の家の集落があった。沖合から帰ってきたのであろうか、小舟から二人の男がおりて、杭につないでいる。

「おい、今度はうまくいくぞ……」と富樫兵曹が目くばせした。

そしらぬ顔で、むこうからやってくる原住民二人をやりすごし、ゆっくりと歩く。舟のちかくへきたとき両兵曹は歩をはやめ、綱をほどきにかかった。さっきの二人がすっとんできて、とてつもない大声をはりあげた。挙動不審の両兵曹を、じっと横目で監視していたにちがいなかった。

富樫兵曹も足立原兵曹もおおいに面くらい、いそいで逃げだした。足の痛いのなど、かまってはいられない。捕まればどんな目にあうかわかったものではない。ようやく追跡者をふりきり、しばらく行くと断崖をけずって作ったらしい広い平地へでた。そこには昼食を仕度しているらしい原住民が、大勢うごきまわっている。友軍陣地へ行くには、どうしてもこの広場をぬけるしか道はないようだ。

「突破しよう……」と富樫兵曹がいった。万一とびかかられるようなことにでもなったら、不発の拳銃で相手をぶんなぐろう。足立原兵曹は剣道の達人だから、手にしている棒で何人かはたおせるにちがいない。ちょっとうす気味わるいが、勇をふるって、胸をはり、広場へ入って行った。

広場のすみの方で、一人の老人が魚を焼いている。その匂いをかいだとたん、富樫兵曹がツカツカとちかよって行った。なにしろ五〇三空きっての大食漢だ。もう空腹への我慢が、限界にきていた。富樫兵曹は身振りをしながら、

「おい、その魚をおれにくれ」

何十回かくりかえしているうちに、ようやくその意が通じたようだった。

老人は首を横にふった。まるで一文無しでも追いはらうような目である。

「コン畜生、さんざん身ぶり手ぶりをさせやがって、お断りとはなんだよ!」と、い

くら力んでみても、相手に通じない頼りなさは、どうにもならない。

　仕方なく広場を後にして先を急ぎはじめたが、しばらく行くうちに後方から大声で呼ばれてふりかえると、子供が一本の太い棒をもって走ってくるのが見えた。

「くそう！」　富樫兵曹はあわてて威嚇用になってしまった不発拳銃をかまえた。子供はおそれる様子もなく、二人にちかづくと、もってきたながく太い棒をさしだした。その棒を二人にあたえようとしているのだった。

「何んだよ、その棒は……？」

　富樫兵曹は向かっ腹がたっているので、言葉がついあらくなる。

　子供はさかんになにかしゃべり、棒をわたそうとするのだが、富樫兵曹があまり怪訝《けげん》な顔をするので、棒を食え、と手真似で示すのだった。

「冗談いうなよ。こんな棒なんか食えるか」

だが子供は真剣である。皮をむく手真似をし、それから食べるしぐさをするのだ。

　富樫兵曹がうけとった。それは棒のように見えたが、芋であった。皮をむくと真っ白で、ポクポクして見るからにうまそうである。

　富樫兵曹は、最敬礼で子供に謝意を表した。

「有難う」

むろん日本語だが、子供にはこちらの気持ちが、ちゃんとつたわっているようである。

「おれたち、原住民を誤解してたみたいだな」と足立原兵曹が、しみじみとした口調でいった。

この芋はキャッサバ、またはタピオカといわれる極上の澱粉質の芋なのだ。

不時着いらい、二人が食べ物らしい食べ物を口にするのは、これがはじめてだった。厳密に半分わけにし、二人ともアッという間に食べつくした。うまい、ほんとにうまい、を連発しながら、生まれかわったように元気がでてきた。

「半分ずつじゃあ、物足りないな。もっと食いたい」

富樫兵曹の〝スカッパー〟がむくむくと頭をもちあげるが、どうにもならない。

「それにしても、ここの住民は人相はわるいが、人情はあるんだな。その島で戦争という名の殺しあいをやっているんだが、あの人たちをまきぞえにしたくないな」

足立原兵曹がいったとき、頭上をかすめて、数機のB‐26爆撃機が通過した。しばらくすると、こんどはP‐51戦闘機が飛んで行く。

# 4　陸戦では死ねない

## 友軍に合流

敵機が通過して数秒すると、爆発音が連続しておこった。はげしい機銃音が断続的に聞こえてくる。アメリカの航空部隊が、おなじ地点を反復攻撃しているようである。

「トガちゃん、友軍陣地がちかいぞ」と、足立原兵曹が勇気百倍したようにいう。

行手に、人気のない原住民の家が見える。爆撃のとばっちりをうけたのか、半壊である。なんとなく寂しい、うら哀しい風景だった。

富樫兵曹は海辺のあさい渚《なぎさ》を歩きながら、あたりを見まわして驚喜の顔になった。

「海鼠《なまこ》があんなにいる。おれの大好物だ」

「よせ、トガちゃん。へんなもの食うなよ。海鼠には毒をもっているのがいるそうだぞ。腹でもこわしたらどうするんだ」

足立原兵曹の分別くさい注意をうけて、がっかりした顔になった。しかしやはり空腹には勝てない。さっき食べたキャッサバが、食いしん棒の虫をよびおこしてしまったようだ。富樫兵曹は、ふと足にひっかかった名も知らない栄螺《さざえ》に似た極彩色の貝をひろいあげ、足立原兵曹の目をかすめ、石でわって口へほうりこんだ。

かたい繊維質でゴキゴキしているが、かまわずかみくだいて食べてしまった。ちょっと渋いような、苦味のあるような味であったが、空腹はいくぶんみたされたような気がする。

「誰かっ」

突然、日本語で誰何《すいか》する声がおこった。なつかしい、もう何日間も恋いこがれた日本語である。

「日本人だ。われわれは日本海軍の搭乗員だ！」

どこにいるのかわからない相手にむかって、富樫兵曹と足立原兵曹があわてて叫んだ。と同時に海岸にちかい雑木林のなかから、銃をかかえた日本兵が姿をあらわした。こだかい崖の上であった。

二人は思わずかけだしそうになりながら、崖の下まで行った。涙がでそうでならなかった。

何日間も食う物も満足に食わず、既で歩きつづけ、海水にひたり、泳ぎ、ようやく着いた。

とうとう友軍の陣地についた。急にその場へ、ヘナヘナとすわりこみそうになる。

(いかん、まだ気をゆるめるのははやい。この戦場で、海軍の飛行機乗りが、醜態をさらすようなことがあっては、予科練の恥だ)

たおれそうになる自分に鞭うち、

「海軍の不時着搭乗員である」

「先日敵艦隊攻撃にきて、友軍をさがし歩いてきたものである」

相手が陸軍の兵なので、できるだけ威厳を保とうとして胸をはるが、跣ではその威厳も様にならない。

兵の後方から一人の将校が顔をだした。

「ご苦労さん」

富樫兵曹と足立原兵曹が挙手の礼をすると、

「くわしいことは洞窟できこう。目下空襲中で、いつ爆撃されるかわからん。とにかくのぼってこい」

そういってくれるが、富樫兵曹は膝がガクガクして、思うように歩けない。足立原兵曹は案外しっかりした足どりなのだが……。

泥まみれの戦闘服をきた兵隊がとびだしてきて、富樫兵曹に肩をかそうとした。

「いや、いいです。大丈夫です」

富樫兵曹はさかんに辞退しながらも、結局はその兵の肩をかりて、ようやく崖をよじのぼり、木の枝で入口をたくみに擬装された洞窟へはいった。

ここの洞窟には、このあたりの海岸地帯警備の一個小隊がひそんでいた。

兵隊たちは、富樫兵曹と足立原兵曹がいままでの経過を話すのを、じっと聞き入っている。

「誰か緊急に粥《かゆ》をつくれ……」

将校が命令した。すると富樫兵曹が、

「いや、私たちは別に胃腸は悪くありません。できたら銀メシ（白米の飯）の方が有難いですが……」

「わかった。すぐ炊《た》かせる」

将校は、あらためて兵に飯の用意をいいつけた。さっそく二人の兵が、自分たちの飯盒《はんごう》を使い、固型燃料で飯を炊いてくれるが、どうやら食料はかなり乏しい様子だった。

経過説明をしているうちに、飯盒いっぱいの銀メシが富樫兵曹と足立原兵曹の前へ一つずつ運ばれてきた。おかずはないが、将校が雑嚢《ざつのう》から塩をだしてくれる。

「うまい、米の飯はやっぱりうまいな」

二人はすごい勢いで食べはじめた。普通、軍隊の飯盒は三食分なのだが、二人ともアッという間に平らげてしまった。

ひっきりなしに、上空を往復する飛行機の爆音と、近くの日本軍基地を爆撃する音がきこえてくる。

腹がふくれると、富樫兵曹と足立原兵曹は洞窟のすみへ行き、一眠りさせてもらうことにした。

ウトウトしているうちに、富樫兵曹が腹痛をおぼえて目をさました。おきあがり、洞窟をでて行こうとすると警備の兵が、

「兵曹、気をつけて下さい。敵機の銃撃で何人もやられてるんです」

「大丈夫だ。気をつけるよ」

洞窟の入口から九〇メートルばかりの所にある杉によく似たモクマオの木の下まで行ってしゃがみこんだ。

まるで兎のようにポロリと堅いのが一つでたきりで、あとがつづかない。しかし、まだ腹痛がひどい。しばらくこうしているうちに、なんとか痛みがさらないかと思っ

ているると、海上から飛来したP－51がいきなり銃撃してきた。富樫兵曹は大いそぎで洞窟へ転がりこんだ。

いったん飛びさったかに見えたP－51は何度も何度も反復して、洞窟入口付近へ機銃掃射をくわえてくる。そのうちにB－26の爆音がきこえ、至近距離に爆弾が投下された。入口付近にいた兵隊の一人が、肩先に破片をうけてぶったおれた。洞窟内の天井がパラパラと土砂をふらせる。

まだ富樫兵曹は、腹の痛みに苦しんでいた。さっき食った、あの貝にあてられたのかも知れなかった。敵機の爆音が遠のいた。ふたたび外へでて、物かげをさがしてしゃがみこむと、またしても堅いのがすこしでたが、そのあとブクブクと泡のような排便があった。あたりを見まわすと、敵機の弾丸が付近の木の幹に無数の穴をあけていた。

爆音がまた近づいてくる。富樫兵曹は洞窟へ逃げこむ。また腹がいたい。敵機のさったすきを見て、また外へでる。こんなことをくりかえしているうちに夜になり、敵機の襲撃はなくなったが、富樫兵曹の下痢《げり》はいっこうにとまらない。

「兵曹、もしかしたらアメーバ赤痢かもしれんぞ。これを服《の》んでみたらどうか……」

警備隊長の将校がそういって、征露丸をだしてくれた。普通の倍も征露丸を服んでみたのだが、富樫兵曹の下痢と腹痛はおさまる様子はみえなかった。

（畜生！　一難さってまた一難か）

富樫兵曹は歯ぎしりしながら、ぐっすり眠っている足立原兵曹の顔を、うらやましそうにながめた。ようやく友軍陣地にたどりつき、安心して眠れると安堵したのもつかの間、激しい腹痛で睡眠をとるどころではないのだ。敵の目をかすめて、まるで野鼠《のねずみ》のようにおどおどしながら便所さがしをしなければならない。ついこの間まではこちらから敵軍にたいして攻撃をしつづけてきたのに、いまや攻守ところをかえて、逃げまわりながら腹痛と闘わなければならない。上から銃弾の雨、下では腹の悪魔があばれまわる。自分はせっせと便所がよい。そうする間にも水が飲みたくて、ちかくの椰子の木にのぼり、実を落として水を飲み、コプラを食べる。

「兵曹、いただきます」

兵隊たちに椰子の実を配給してやると、大感激でむさぼり食うのだった。ここの兵隊たちは一様に脚気を患っていて、椰子の木にのぼることができないのだ。

「椰子の実には、ビタミンBが多量にふくまれているんだそうです。それに、栄養失調の体に、この水を直接注射すると、とてもいいそうですよ」

兵隊の一人が、そんなことをいう。

眠れぬままに、はやくも洞窟の一夜は明けようとしていた。

## アメーバ赤痢

夜が明けると、ふたたび敵機の空襲がはじまった。日一日と、空襲の回数が増加するように思われる。

富樫兵曹の腹痛は、ある一定の時間(といっても間隔はみじかい)で周期的に襲ってきた。その度に外にとびだして行き、敵機がやってくれば排便の途中でも洞窟へ逃げこまなければならない。

「われわれが生存していることを、一刻もはやく原隊に知らせなくちゃな」

足立原兵曹が、なんとか連絡をとる方法はないものかと警備隊長に相談をすると、通信機のある本部まで行くには、昼間はとても危険だから、夜になったら連絡兵をだしてやる、という返事である。

正午をすぎると、空襲がやんだ。敵機がひきあげたのを見計って、総員洞窟から外へでた。やはり外の空気はなんともいえない味がする。

「トガちゃん、腹の痛みはどうだ?」

足立原兵曹が、心配気に富樫兵曹の顔をのぞきこんだ。

「いくらかおさまったような気もするが、ゴロゴロなっている。まったくおれは不運な奴さ」

富樫兵曹が苦笑したとき、警備隊の兵が「飛行機だ。退避！」と叫びながら洞窟内に逃げこんだ。あたりにいた兵たちも大あわてで逃げこむ。しかし、富樫兵曹と足立原兵曹はふと小首をかしげた。どうも敵機の爆音とはちょっとちがう。いつもききなれた音のような気がする。

「彗星だ……」

「間違いない」

二人は異口同音にいった。

その頭上を懐しい、まぎれもない五〇三空の「彗星」が一機、細く白い煙をひいて、低速で島の中央へ機首をむけて通過してゆく。

「様子がへんだ。被弾しているらしいぞ」

足立原兵曹がいうとおり、エンジン音が、ときどき喘息病《ぜんそくや》みの咳《せき》のように、途切れている。

「不時着だ。誰かな……あっ、ソリド飛行場へ向かうつもりだ」

「トガちゃん、大丈夫なのかな、ソリドへ行って……昨夜、ソリドは激戦中だとここの隊長がいっていたが」

「うーむ、大胆だな。しかしこれでわが五〇三空艦爆隊が健在だってことがわかったよ。はやく帰って攻撃に参加したいな」

「彗星」の爆音が消えると、二人は大空への郷愁にかりたてられていた。

「みんなは、おれたちのことを心配してるだろうな……あいたたた……また腹のやつ暴れだしやがった……」

富樫兵曹はちかくの草原へしゃがみこみながら、情なさに涙がこぼれてくるのだった。

さいわい、午後の敵機の空襲はなかった。ただソリド飛行場の方から、地上戦らしい銃声がひっきりなしに聞こえてはいたが、この洞窟では敵地上軍の来襲がある様子もないので、わりあいに心は落ちついていた。

やがて――。

二日目の宵闇がせまってきた。

隊長が一人の連絡兵に、本隊への伝達を下命した。内容は、海軍の五〇三空の富樫兵曹と足立原兵曹の二人が不時着し、生存している、という意味のことである。

「今夜は基地と連絡がつくぞ。おれたちが生きていたんで、みんな驚いたりよろこんだりするだろうな。杉山の奴、もうデング熱なおったかな」

「もうよくなっているよ、きっと。トガちゃんも腹をはやくなおさなくては……」

「連絡つきしだい、きっと救出機をよこすよ。そしたら今度こそ敵艦をブッとばしてやる」

富樫兵曹の言葉は元気だが、どうも力がない。顔もなんとなくげっそりと頬が落ちたようだ。

それにしても、いつ本隊と連絡がつくのか、それが気がかりで、隊長に連絡兵はどこまで行ったのかと聞くと八キロはなれた西洞窟にある本隊だということである。

「お手数をかけます」

軍務とはいえ、自分たちのために危険をおかして八キロの道を行ってくれた連絡兵に申し訳ない気持ちでいっぱいだ。

八時ころになると、沖合から敵の艦砲射撃がはじまった。大きな赤い火の玉が連続して飛来する。まるで島全体を木端微塵《こっぱみじん》に砕こうとしているかのように、二、三時間も砲弾を射ちこんでいるのだ。いったい敵は、どのくらいの弾丸をもっているのか、日本海軍の艦隊がこんな派手な、めくらめっぽうな射ち方をしたら、おそらくアッという間に弾丸を射ちつくしてしまうだろう。一しきり艦砲射撃がやむと、今度は島の中心部の方で、特徴のある敵戦車砲の発射音と炸裂音がはじまった。

「あの連絡兵、無事に西洞窟の本隊へ行ってくれたかな、アダっちゃん」

「ぜひ着いてもらいたいもんだな……」

そんな話をしている所へ、さっきの連絡兵がもどってきた。八キロの道を往復したにしては、はやすぎると思ってきくと、西洞窟までの途中には敵兵が大勢いて、とても行けずにひきかえしてきたという。

富樫兵曹と足立原兵曹は、ガックリと肩を落とした。

また別な斥候兵がとびこんできて、隊長に報告しているのを聞いていると、西洞窟には飲み水がなく、弾着のくぼみにたまっている泥水をすすり、途中何回もマラリヤでたおれながら、ようやくはうようにして帰ってきたと訴えている。ここの戦場のくるしい情況が、富樫、足立原両兵曹の胸にひしひしと感じられてくるのだった。

この洞窟にきてから知ったことだが、現在この島にいる日本軍守備隊は五千名である。その守備隊を撃滅せんとおしよせている敵兵力は、五万五千の大軍だというのだ。

（本当に、この戦争に勝てるのかな……）

ふと、そんな不安がかすめる。だがすぐに（勝つとも、神州不滅だ。敵にないもの

を日本軍はもっている。大和魂だ）

純真に、祖国の最後の勝利を信じている二兵曹であった。

「畜生、また腹が痛くなりやがった」

富樫兵曹が外へでると、島の中央方面が真昼のように明るい。ふりあおぐと、敵機がばらまいたらしい吊光弾《ちょうこうだん》が、四〇〇メートルくらいの上空を、白い煙をはき鋭い光を発しながらおりてくる。その上空に敵戦闘機がいるらしく、爆音がきこえる。

富樫兵曹は排便しながら、じっと敵機がいるあたりの空を見上げていた。

（おれのアメーバ赤痢の糞《くそ》を叩きつけてやりたい）

そんなはかない敵愾心が、むくむくと胸の底からつきあげてくる。

吊光弾が二〇〇メートルくらいの高度になったとき、敵機が日本軍の陣地を発見したのか、降下するらしいエンジン音がひびいた。しばらくして機銃掃射の音が激しくきこえ、大きな火煙が林のむこうに二つふきあがった。二五〇キロくらいの爆弾らしい。

飛行機による攻撃は、午前三時ころまで断続的に行なわれ、それ以後は、地上戦が展開されているらしい銃声がするばかりである。

夜が明けると、また空襲がはじまった。機銃掃射と爆撃が反復されている。

正午すぎ、外へ用たしにでた富樫兵曹が、はるかむこうの海岸近くの道に軍艦旗のひるがえるのを発見した。さっそく足立原兵曹とともに近よってみると、この島の守備隊としてきている海軍陸戦隊の一部であった。西洞窟へ行くのだということで、足立原兵曹と相談の上、絶好のチャンスだから同行しようとしたが、結局、富樫兵曹の下痢がもう少しよくならなければ無理だ、と隊長に説得され、断念することになった。

また、いやな夜がやってきた。

食糧の不足、彼我兵力と物量の圧倒的な差を考えるとき、二人の心は重く、絶望的なやりきれなさが襲ってくる。もう矢も楯もたまらない。富樫兵曹は警備隊長の前にたった。

「われわれ二人は飛行機に乗っていれば、航空隊の精鋭として戦闘に参加できますが、ここにいたのでは、あなた方の足手まといになるばかりです。一刻もはやく本隊に復帰したいのです。自分たち二人が直接、西洞窟へ連絡に行きますから許可を下さい」

隊長はしばらく考えていたが、

「それでは案内兵を一人つけよう。あんたたち素足ではとても無理だから、いま靴をさがしてやる」と、兵にいいつけて、戦死者のボロの編上靴を用意してくれるのだった。

飛行服に編上靴ではちょっと格好がとれないが、既で歩くのよりはよっぽどいい。これならば、何キロでも歩けるにちがいない。

洞窟の上は、思いがけないほど広い平地になっていた。数えきれない被弾の痕があり、草も木も焼けただれて丸坊主であった。自動車の残骸が、そこかしこに放置されている。

「これじゃあ、昼間はとても危くて歩けないな」

足立原兵曹が、いまさらのようにいった。

道はジャングル内の細い杣道《そまみち》で、梢をわけてさしこむ月光の、かすかな光をたよりに歩いて行くと、左側に弾薬やその他の装備品が散乱している。

三キロばかり行った三叉路までくると、午後洞窟の上を通過して行った陸戦隊が小休止していた。ずいぶん激しい戦闘をしてきたのであろう。どの兵も疲れきった表情に暗い翳《かげ》をやどし、ただ黙々とうなだれているのだった。ふと気がつくと、ズボンをはかず、褌《ふんどし》一本の兵がいる。苦痛にたえかねているように見える。近よって月明にすかして見ると、負傷した所が化膿したらしく、尻の肉がただれているのだ。薬の不足で手当てのしようがないらしい。

(戦争は醜い。歩行はどうにかできるが、おれの左足もくさりかかって臭い。額の傷

もすこし化膿している。しかし、これが戦争なんだ）
富樫兵曹は、自分にいいきかせながらも、戦争の意義をまさぐりはじめていた。

## 悲惨な陸戦隊員

案内兵にわかれを告げた富樫、足立原両兵曹は、陸戦隊の後尾について歩いていた。すぐ眼の前に、あの褌一本の兵が、片足をひきながら歩いている。

艦砲射撃で焼かれたあたりへくると、さえぎる樹木がないので、煌々《こうこう》たる月が、兵の一人一人の様子を浮き彫りにする。どの顔にも絶望の色が濃かった。誰も口をきく者はない。隊列はただ黙々と、ジャングルのなかを進むだけだ。銃声はきこえていたが、まだこのあたりには敵上陸軍はいないということがわかっているらしく、指揮官も兵もただひたすらに歩いている。

さっきの褌一本の兵は、しだいに隊列からおくれてゆく。臀部《でんぶ》の傷をうしろからよく見ると、西瓜《すいか》でも割れたように傷口がひらき、流れだした血と膿《うみ》が大腿部《だいたいぶ》を流れている。

富樫兵曹は、見るに見かねて声をかけた。

「銃をよこせ、かわって担いでやる」

「いや、大丈夫であります。まだなんとかついて行けます」

「いいから遠慮するな。しばらくかわってやるよ」

「あ、有難うございます。有難うございます」

兵は何度も礼をしながら、ようやく富樫兵曹に銃をわたした。

「ほかの者も相当苦しそうだが、これも日本を護るためにはやむをえんな」

足立原兵曹がいうと、褌の兵が、「みんなアメーバ赤痢にかかっております。戦闘しながら、一日何十回も排便するのであります。それに誰も彼も昨日からなにも食っておりませんから……負傷した自分もつらくありますが、赤痢にかかっている連中も大変だと思います」

いっているその前で、一人の兵が腹をおさえて、道の端にしゃがみこんだ。苦しそうにうめいている。足立原兵曹が近よって、

「銃をよこせ、担いでやる……」

「申し訳ありません……」

隊列はそのような患者をかまってはいない。置き去りにして、ひたすら進んでゆく。

急に、富樫兵曹も腹痛に襲われた。痛みと猛烈な便意が、一緒にやってくる。

「先に行ってくれ、用を足してすぐ行く」

足立原兵曹の耳にささやいて、道端にしゃがみこんだ。むきだしになった尻へ、蚊《か》がワンワンと群がりよってくる。苦しい、痛い。ひどい便意はあってもそれほどでるわけではない。自分が体をわるくし、重い銃をかついでみて、はじめて陸戦隊の兵の苦痛が実感として身を心を浸してくる。

(おれは若いんだ。このくらい何んだ。平気だ、平気だぞ……)

力《りき》みながら、自分にいいきかせる。

ふと気がつくと、銃声がやんで、静けさが、ひたひたとよせてくるようだ。

(親父に先だたれたおふくろは、ひとり淋しく暮らしてるんだろうな。陸軍に応召して征《い》った兄貴も、こんな目にあってるのかな。二人の弟たちは、はたしておふくろの手助けを、ちゃんとやってるかな……)

富樫兵曹は腹痛と闘いながら、あれこれ想いをめぐらす。すると、いままで思いもかけなかった戦争というものの悲惨さだけが心をとらえてはなさない。腹が痛かろうと、傷がくさろうと、悠久の大義の名のもとに死ぬまで銃をとって敵と闘わなければならない、ということはただ哀しいことである。そこで、ふとうしろめたさを覚える。

(おれは女々しいから、哀れさや悲しさを感じるのか。意気地なし故に郷里のことを考えるのか……祖国日本に捧げた命だが、やはり生きているかぎり、おれと同じようなことを考えている者も多勢いるにちがいない……）

ふとわれにかえると、いくぶん痛みはうすらいでいるが、少量の血便がでただけで、もうでないようだ。たちあがり、銃をかついで陸戦隊のあとを追う。そこかしこに陸戦隊の兵が尻を出し、しゃがみこんで唸っている。半数以上の兵が、アメーバ赤痢にとりつかれているようだ。

「やっぱり惨めだ」

つい口をついてでるつぶやきは、それである。

重病をおしてまでも、重傷を無視してまでも銃をとらねばならない日本の兵士たち。敵兵もおなじような辛苦をなめているのだろうか……？

一体全体、自分や足立原兵曹の運命は、どう変転してゆくのだろうか……？

いや、自分たちの運命などはともかく、日本はこの戦いに勝てるのであろうか。どんな犠牲をはらっても勝たねばならない。日本の国に勝利をもたらすことができるなら、自分の命など惜しくはない。

あれこれ考えながら歩くうち、富樫兵曹はようやく陸戦隊の後尾に追いついていた。

「西洞窟までの半分はきているようだよ」

と足立原兵曹が説明する。

散発的な銃声が聞こえはじめた。アメリカ兵の自動小銃の特徴のある音だ。ときおり日本軍の銃声も聞えてくる。

「またはじまったようですよ」

兵の一人が小声でいう。

「休め！」

前方から突然号令がかかってきた。とたんに陸戦隊の兵士たちは、その場にごろりと横になる。

富樫兵曹も横になろうとしたが、また腹痛の襲撃で排便する場所をさがすのにいそがしい。

午前三時、突然敵の艦砲射撃がはじまった。アメリカ上陸部隊の援護射撃なのであろう。沖合からつづけさまに飛来する赤い光が、はるか前方の、ある地区に吸いこまれたと見るや、ものすごい炸裂音をたてて、岩石と火と黒煙が噴きあがる。その間をぬうように、自動小銃の発射音が交錯してきこえる。

このあたりから西洞窟までの間には、敵が散開していていつ側面から襲撃されるかわからないので、一人一人が物かげから物かげへと身をかくし、視線を鋭くくばりながらの行進である。このあたり一帯に群生しているバナナや椰子の木に無残な弾痕が無数にのこり、樹木はすべて折れ伏し、草は赤茶色に焼けただれている。

いつ飛来するかわからぬ敵弾とアメーバ赤痢になやまされながら、富樫兵曹は地上戦闘で死ぬことだけは避けたい、とねがっていた。

(どうせ死ぬなら、飛行機で……)

その妄執《もうしゅう》のような信念が、命をささえているようであった。

「ありがとうございました。もうすぐ西洞窟でありますから……」と褌の兵が、富樫兵曹から銃をうけとりながらいった。

洞窟の入口は深い草藪におおわれていて、一見それとはわからない、巧妙につくられたものであった。

そこから階段になり、陸戦隊は一列になって降りてゆく。一五メートルほど地底に入った所に、ポッカリと本当の入口が開いているのだった。

ここが日本陸海軍の混成守備隊の本隊なのであった。敵はこの地下陣地の所在を知っているらしく、入口付近に間断なく艦砲の弾丸が飛来し、炸裂しつづけるので、きわめて危険だ。

富樫兵曹は、すばやく穴のなかにとびこんだ。

洞窟の天井に、ポッカリと一つ穴があいている。そこからさしこむ月光をうけて、そこここの足もとのあたりに何か光っている。よく見るとそれは無数の排便であった。異臭が鼻をつく。

陸戦隊指揮官は、富樫兵曹と足立原兵曹に、ここで暫時待機するようといおいて、どこかへ行ってしまった。二人ともこれからどう行動していいのか、見当もつかない。みずから連絡にきたものの、どこへ行けば本隊の五〇三空との連絡がつくのか、その手がかりを失ってしまったようであった。

「とにかく先任伍長の所へ行こう……」

と富樫兵曹が提案した。

「いや、待機しろというのだから、陸戦隊長の指示にしたがおう。勝手に行動できん」

足立原兵曹はここまで案内してくれた、あるいは引率してきてくれた陸戦隊長の指示にしたがうのが正しいことだ、と主張するのだった。

「しかし、ここまできた以上、先任伍長の指示にしたがう方がいい……」

「いや、それはちがう」

二人の間に、しばらく気まずい沈黙がながれた。

やがて陸戦隊長は、ふたたび隊員を集合させて洞窟をでて行った。

先任伍長は、さらに一〇メートルばかり斜めに階段を降りきった所にいた。

「ごくろうさん。あんた方のことは、ただちに本隊と連絡をつけておく。いま寝室の都合をつけるから、ゆっくりと休んでくれ」

富樫兵曹らの、不時着いらいの経過報告をきいた先任伍長は、心から労をねぎらい、握り飯二個ずつと茸の味つけしたものを一皿用意してくれた。さらに「光」（煙草）二箱ずつを支給してくれたのだった。

## 地　獄

富樫兵曹と足立原兵曹があたえられた寝室というのは病室として使われている所で、そこには多数のアメーバ赤痢の患者がひしめいていた。

ひどい臭気が充満している。それでもしばらくすると嗅覚が麻痺《まひ》するのか、さほど気にならなくなる。あたえられた仮製ベッドに身を横たえ、さっきもらった煙草に火を点ける。何日かぶりで喫った煙草だ。グッと胸に喫いこむと、一瞬頭がクラクラする。握り飯を食べはじめるが、富樫兵曹はあとの腹痛のことを考え、一つを足立原兵曹に「食べてくれ」とさしだしたが、食べきれないというので、明日までとっておくことにする。

「畜生、もう痛くなってきやがった。あんた厠《かわや》はどこかな……？」

となりに寝ている兵に、富樫兵曹はあわててたずねた。

「あ、あそこを降りた所であります」

と兵が大儀そうに一方を指さした。

そこには階段があった。降りると、さしこんでくる月の光が落ちている所に、数個の樽がおいてあり、その樽に兵たちが尻を乗せている様子だ。すぐそばには一列に兵がならび、自分の番がくるのをまっている。

わずかな樽に数十人の者が用を足すのだから、順番がまわってくるのに暇がかかることおびただしい。

（畜生、痛え、待ちどおしい）

富樫兵曹は自分の番を待ちながら、つらさにたえていた。こんな思いをするのは生まれてはじめてのことである。ようやく番がきた。ズボンをさげるのと、便が噴きだすのと同時である。誰も彼も、恥も外聞もない。尻をつきだすと一緒に下している。

（ああ、握り飯を喰うんじゃなかった。あれが全部でてしまうまで、何度でもこんな

思いをさせられるにちがいない)

富樫兵曹は、かるい後悔のようなものを感じていた。

一段落、痛みのおちついた富樫兵曹がベッドへもどると、足立原兵曹が憮然とした面もちでとなりの兵と話しこんでいる。それによれば、つい先ごろ一人の兵隊が排便の最中、天井の穴から敵の砲弾がとびこみ、その兵は重傷を負い、糞便の中でのたうち回っていたということである。

それにしても、ここの病室以外にいる兵隊はどうしているのか……。

ほとんどの兵士は銃を抱き、地べたに眠っているのだった。泥と汗にまみれ、ボロボロの破れた戦闘服。光輝ある日本帝国陸海軍人の、このような姿は悲しい。故国の人びとは、こんな姿を想像もしないだろう。万一、肉親の眼にこの有様が映ったとしたら、どんなになげき悲しむことだろうか。凛々《りり》しい厳然とした姿をして戦っていると思っているにちがいないのだ。

残酷、無残、悲惨、すべての言葉をあわせても、この現状を適確に表現したとはいえないだろう。

しかし、これが戦争というものの実態なのだ。

水不足の西洞窟は、たどりつくまでいだいていた富樫兵曹と足立原兵曹の夢を、いとも簡単に破壊してしまった。

天井からしたたりおちる水滴を水筒に集めている兵もいる。洗面器や食器をおいて集めている兵もある。ながい間隔をおいて一滴ずつ落ちてくる滴《しずく》を、ただじっとみつめている兵の顔は、生きている人間とは信じ難いほどの土色だ。またある者は、黙然として、ただ無気力に壁に視線をなげている。そのとなりの兵は乾パンをポリポリかじっている。すべての兵が、洞窟の天井へ直撃してくる艦砲射撃の炸裂音も気にならぬのか、それともなれっこになっているのか、微動だにしない。

耳がつぶれるかと思うような、爆裂の反響音が、洞窟のなかを圧倒する。それが間断なくつづいているのに、洞窟がつぶれもしないのは、洞窟全体が岩石よりはるかに硬い珊瑚礁で構成されているからにちがいない。

水がなく、赤痢の苦痛にさいなまれ、排泄物の悪臭にせめられ、そのうえ脳みそがとびだしそうな物すごい爆発音。この世に地獄があるとするならここだ、と富樫兵曹も足立原兵曹も思っていた。

不時着の夜の漂流に、勝るとも劣らぬやりきれぬ夜が明けたようだ。

あいかわらず艦砲は熾烈な砲撃を加えてくるが、洞窟内まで弾丸が入りこむ危険はなさそうである。

入口あたりが朝の光りで明るくなったころ、一人の重傷者が運びこまれてきた。右膝から下がなく、全身血だらけである。生きているらしいが、薬もなく、手当てのしようがないようである。

「み、水……水……」

重傷者は水を欲しがるが、その水がない。水筒で水滴をあつめていた兵が近よって、その重傷者の口へ注ぎこんでやると、ゴクリと一口のんで、あとは唇から流れだした。重傷者は、カッと眼を見ひらいたまま絶命していた。

また一人、胸と肩に負傷した兵が運ばれてきた。これはいくぶん元気のようだ。

水筒の兵が、宝物でももつように、水筒を抱えてさって行く。一晩中かかってあつめた命の水なのだ。

「アッ……」

富樫兵曹が不意に叫びにも似た声をあげた。すこしはなれた所を、飛行服の男が歩いて行くからだ。

「板橋兵曹！」

まぎれもなく、それは、第二小隊一番機の操縦員、板橋兵曹であった。

富樫兵曹は、あわてて足立原兵曹をゆりおこした。

板橋兵曹は、不意に名前をよばれ、けげんそうにあたりを見まわしていたが、すぐに富樫兵曹と足立原兵曹に気がつき、近よりながら、

「おお、二人とも、生きておったのか……」と、感きわまってしっかりと手をにぎりながら、ポロポロと涙を流した。

一昨日、つまり六月九日に富樫兵曹らが、ソリド飛行場の方へよたよたと頼りなく飛んで行った「彗星」を見たが、それが板橋兵曹の操縦している機だったとは、奇遇というよりほかなかった。

板橋兵曹は木更津いらい、ずっと第二小隊の一番機で後席には小隊長の西森少尉が同乗していた。富樫兵曹の機は、いつもその二番機であった。

「じゃ、西森少尉も無事なのか?」

と足立原兵曹がせきこんでたずねた。

「うむ。むこうにいる。用をたしてきて案内する」

と板橋兵曹は樽の厠へ降りて行った。

## 生きていた戦友

じと見た。

西森少尉は、のび放題にした髭面《ひげづら》をほころばせながら生きていた部下の顔をまじ

「ほほう、生きておったか……」

たった一言だったが、その言葉には万感がこめられているのだった。

「お前たちと、一緒に出撃した六月三日は、お前らをふくめて三機未帰還だった。そのあと……」

——連日の攻撃参加で、五〇三空の残存機はつぎつぎに損耗し、いまは数機しかのこっていないという。中隊長の朝枝大尉は健在で、今日あたりも攻撃に参加しているであろう、ということだ。

富樫兵曹が気にしている同期生の杉山兵曹はデング熱もなおり、ダグラス輸送機に便乗してソロン基地まできているらしい。そして丸子兵曹は、あの三日の攻撃のとき、敵機が陸上に集積していた軍需物資を木端微塵《こっぱみじん》に吹きとばしたそうである。

「小隊長の度胸には、シャッポを脱いだよ」

板橋兵曹がそう前置きをして、一昨日の不時着の模様を語りはじめた。

被弾で火を発した西森機は、ソリド飛行場へ緊急着陸したが、すでに敵の歩兵は飛行場周辺まで迫っており、滑走路の端に見えていたそうである。着陸すると同時に機

はガソリンを噴きだし、物すごい勢いで燃えはじめた。西森少尉は何を思ったか滑走路にどっかりと胡座《あぐら》をかいて、燃える愛機をじっくりとながめていた。あたりに敵の小銃弾がはじけ散るなかで、板橋兵曹に煙草をさしだし、愛機の火を移してくるように命じ、二人で愛機の最後を見とどけてから、西洞窟へむかって歩いてきたのだという。

富樫兵曹も足立原兵曹も、この大胆不敵な行為をきいて、ただただ恐れ入るばかりであった。

もっとも西森少尉は歴戦の猛者《もさ》で、ミッドウェー海戦で、自分の母艦「赤城」が沈没するときにも九死に一生をえており、その後の数十回の航空戦に参加しながら、今日まで生きのびてきているという、千軍万馬の強者《つわもの》であったので、煙草に火をつけてくるぐらいは平気でやる男だ。それにしてもやはり、武運が強いという以外にいいようがない、と富樫兵曹は思った。

昼ちかく、富樫兵曹と足立原兵曹は、あらためて洞窟内の士官室に収容しなおされ、下士官でありながら、士官待遇をうけることになった。指揮官が、搭乗員だということで優遇してくれたらしいのだが、二人は他の兵士たちに申し訳ない気持ちで一杯になった。

乏しい水と食糧を分ちあいながらも、つらい思いをしているあの人たちのことを思うと、自分らのおかれている位置が罪悪のようにさえ思われるのだった。

おなじ部屋に、報道班員がいた。日本経済新聞社の岡田聰という記者であった。

夕刻ちかく、樽の厠へ富樫兵曹が行くと、なんとなく洞窟内の空気がちがっていた。

「今夜、海軍部隊は地上に躍りでて、敵の陣地にたいして総攻撃をするそうだよ」

岡田記者がどこから探ってきたのか、そんな情報をもたらした。

「小隊長、海軍部隊で総攻撃となると、われわれも同行することになるんですか？」

板橋兵曹が不安な顔をしてたずねた。

「……かもしれん。そうなれば、全員玉砕ということになるな」

西森少尉は落ちつき払っていうが、やはりその顔は暗い。

ビアク島上陸作戦に参加したアメリカ海兵隊員。乗機の墜落後、友軍に身を寄せた富樫と足立原は、安全な味方陣地へと行軍を開始した。

「地上戦闘で死ぬとは情ないなぁ……」

「そうだよ、一機対何百人かの飛行機で死ぬのなら本望なんだが」

「連合艦隊はどうしているんでしょうね。今度の作戦では、わが五〇三空艦爆隊が先陣を切り、大和、武蔵、山城の戦艦を先頭にビアク島まで進出して、各航空隊が大挙して決戦を挑むと聞いていたんですが……」

三人の兵曹が矢つぎばやに、西森少尉に質問をあびせるかたわらから、岡田記者が口をはさんだ。

「おそらく連合艦隊はこないだろうな」

「…………？」

「サイパン島に米軍が上陸する動きがあるというので、連合艦隊は途中でひきかえしたらしいよ。各航空隊も進出してこられないいんじゃないかな。しかし、このことはここだけの話にしておきましょう」

いよいよ米軍が内南洋にまで侵入してきたとすれば、戦局は楽観できない——と誰もが感じていた。サイパンには四、五万の友軍が防備態勢を整えているということと、大東亜決戦部隊と称されている「虎」「豹《ひょう》」「獅子《しし》」などの零戦部隊。「鷹」「鷲」などの艦爆隊、艦攻隊、「月光」夜間戦闘機隊、一式陸上攻撃機隊などの精鋭が待機しているということがせめてもの救いであった。これらの各部隊には、富樫兵曹の同期生たちが、中堅パイロットとして在隊しているはずだった。

## 生命の価値

士官室の片すみに、もう六十歳くらいではないかと思われる一人の海軍大尉がいた。大尉は軍刀を枕にして、四人の搭乗員のそばへやってきた。

「諸君、ご苦労だな。だが君たちは若くてうらやましい限りだ。わしはもう年でな、体の自由もきかなくなってきた。ちょっとの動作でも息切れがして大儀だ。国へ帰れば可愛いい孫もある。こんなことをいってはすまんがお国のためとはいえ、切なくてなぁ。この洞窟では水も食料も思うようにならん。水はここから二〇〇〇メートルばかりの所に井戸があって、そこから持ってきていたのだが、いまはアメリカ兵に占拠されているので、困ったことだ」

それは愚痴《ぐち》とも怨みとも聞こえる響きをもっていた。誰もがだまっていた。ただやるせなさだけがそこにあった。考えてみれば、この洞窟の内外の日本兵は、多かれ少なかれ苦悩しているにちがいなかった。五体健全な兵は、数えるほどしかいない。多くは負傷し、あるいはアメーバ赤痢の重患である。兵員以外の軍属たちもふくめて、彼らのなかには妻子や親のある者もいよう。老大尉のように孫のある人もいるにちがいない。

すべては天皇陛下の御為であり、国家の安泰のためには、どんな苦しみもあまんじてうけてゆかねばならないのだ。たとえ命を失おうとも、日本民族の繁栄の礎《いしずえ》とならねばならない。

夜になった。

やはり予想どおり、西森少尉以下四名の搭乗員は、陸戦隊とともに地上戦闘に参加することになった。西森少尉は三人の部下にいった。

「勿論、おれだって地上戦で死ぬなど真っ平だが、いまはやむをえん。お前たちの気持ちはわかっておる。二十歳《はたち》の若さで一巻の終わりと思えば残念だろうが、生命の価値は長短で決められはしない。ただひたすら海軍の飛行機乗り精神でがんばってくれ……」

心なしか、西森少尉の声はうるんでいた。富樫兵曹は、唇をかんで、じっと考えている。

(やはりおれの考え方はまちがっていなかった。生命の価値は長い短いじゃない。どんな目的のために、どのように使ったか……それだ。たとえ飛行機でなくとも、日本帝国のために捧げることができるなら、それでいいのだ。犬死ではない。おれは日本海軍の飛行機乗りだ。いまさらジタバタはせん八百万《やおよろず》の神よ、今夜の総攻撃が、わが軍にとって有利に展開しますようお護り下さい）

瞑目《めいもく》し、祈りを捧げていた。

だが、よく考えてみれば、搭乗員たちは武器がない。となれば斃《たお》れた兵の武器をとって戦うしかない。

「おれたち搭乗員の勇猛ぶりを、敵味方に見せてやろうじゃないか。ハッハハ……」

と板橋兵曹が、豪傑笑いをしながら肩をゆすった。

飛行靴やサイズのあわない編上靴でドタドタとやっていたのでは、戦闘におくれをとるにちがいないということで、一同は新しい地下足袋の支給をうけた。

「生きてるうちに、せいぜい笑いおさめといくか……」

足立原兵曹の提案で、故郷の話やら予科練いらいの楽しかった話をはじめるが、なんとなくしんみりするばかりである。

「指揮官室では、もう中央にむけて総攻撃決行の打電もすんだそうだよ」

と岡田記者が入ってくるなり告げた。

いよいよ日本軍得意の夜襲が決行されようとしていた。

一時間、二時間……。出撃を待つ間の重苦しい空気が流れる。

外では、あいかわらず敵機の投弾と艦砲の炸裂音がつづいている。

三時間――。

しかし、いっこうに出発の命令が下らない。

腕をくみ、何事かを沈思している西森少尉の所へ伝令兵がきた。

「命令！　本夜、沼田南方面軍参謀長（陸軍）およびその幕僚は後方に移動、反攻計画を再編の上、本守備隊を増援せんとす。西森少尉以下五〇三空搭乗員は二二〇〇《ふたふたまるまる》出発、沼田中将と同行、南海岸コリムへ転進せよ。なお沼田中将が当陣地を留守にされることは、今後の士気および作戦任務遂行に支障をきたすので、以上のことは一切他言無用にねがいます」

伝令はそれだけいうと、挙手の礼をしてでて行った。

総攻撃、玉砕作戦は、一時中止となったのだ。

富樫兵曹はじめ、搭乗員たちは、口にだしてこそいわなかったが、たがいに顔を見合わせ微笑しあった。

「命とりとめ……だな」

板橋兵曹が、ほっとした顔でいった。

ほっとするとともに、あとにのこる五千の将兵に思いをいたすとき、これから彼らがどうなるのか、おそらくこの敵の猛攻に全員戦死するにちがいない——と、搭乗員一同、断腸の思いであった。

岡田報道班員と海軍軍属三人が同行することになった。富樫兵曹、足立原兵曹、板橋兵曹の三人は食糧庫へ食糧をうけとりに行く途中、一人の陸軍准尉に呼びとめられた。泥と垢《あか》にまみれた軍服が三人の胸をまた切なくする。手にした日本刀の柄《つか》にまいた白布もよごれている。疲労の極にたっした力ない眼、栄養失調らしいどす黒く痩せほそった顔が、いたいたしいばかりだ。

「あなた方は航空隊の方ですね。ご苦労さんです」

これには三兵曹はめんくらった。ねぎらいの言葉は自分たちからかけるべきではなかったか……。

「友軍の航空隊の状況はどうですか？」

准尉のうしろにいた一人の軍曹が質問してきた。

三人はとまどった。どう答えるべきなのか、むろん苦しい戦況であることなど、いえるものではない。

板橋兵曹が一歩進みでていった。

「安心して下さい。われわれは先日の攻撃で武運ったなく不時着のうき目をみましたが、わが航空部隊は現在約二千機の飛行機を、内南洋、外南洋の各基地に集結しつつあります。……そうだな、みんな」

富樫兵曹が、これに調子をあわせる。

「そのとおり。それに連合艦隊の主力艦が当ビアク島にむけて急行しています。それから、飛行機の配備はどうなってたっけ……?」

足立原兵曹にバトンタッチした。

「約四百機がソロン基地とパボ基地へ進出してきているはずです。このビアク島の戦闘は、今次太平洋戦争の天王山であり、われわれはその先陣をうけたまわった者です。これから本隊へ急いで帰りまして、ふたたび敵攻撃にやってきます。元気でがんばって下さい」

それは、この島に孤立無援のままのこされる人びとにたいする、思いやりの心から生まれた虚偽の真実とでもいうべきものであった。

「ありがとう。頼みます。われわれ地上軍は航空機の協力だけが頼りなんです」

准尉は涙をうかべて握手をもとめるのだった。

## 地獄からの脱出

出発の時刻がきた。

三人の兵曹は、洞窟のおくの病室へ入っていった。

「もうすこしの辛棒だ。がんばっていてくれ」

「基地へもどって、かならずまた敵をやっつけにくる」

「おたがいに命は大切にしよう」

口ぐちに叫ぶようにいいのこして、洞窟の出口へむかった。

いれちがいに、数人の陸戦隊の兵士が負傷して運ばれてきた。

洞窟の外では、視認距離まで米兵が迫ってきているということである。小規模な夜襲をこころみるのだが、敵は陣地の周囲にマイクをかくしていて、攻撃するわが軍はたちまち位置を察知され、十字砲火をあびて失敗するということを、くりかえしているらしいのだ。

運よく敵陣に突入できたというある下士官の話では、日本刀をかざすこちらの姿を見て米兵は戦意を失い、椰子の木にしがみついて泣きわめいていたとか……。

そんな意気地のない米軍に、どうしてわが世界最強の日本軍がおされ気味なのか、三兵曹は矛盾を感ずるばかりである。

「物量のちがいだよ。兵隊の数だって、敵は十倍もおるんだ」

「この攻撃がつづいたら、ここはきっと一週間もちこたえられないだろうな」

三人だけになると、富樫兵曹たちは小声で話しあうのだった。

敵の熾烈な攻撃がつづいている。

攻撃の下火になるのを待つうちに、午前一時になった。出発予定時刻の午後十時を三時間経過した。

出発命令が下った。

四名の搭乗員、岡田報道班員、海軍軍属三名の計八名は、海軍最高指揮官千田海軍少将の前に整列した。

千田少将の両側に五名ほどの幕僚がひかえ、千田少将は沼田陸軍中将となにやら密談していたが、やがて堅く手をにぎりあい、

「ではお願いします」

「しっかり頼みます」

短いが、多くの意味をこめた言葉のようである。

両将軍の目に、光るものがあった。

千田少将は、つかつかと西森少尉に近よると、肩をたたきながらいった。

「コリムに大発がむかえにくる手筈だ。頼むぞ……」

それからいならぶ七名に、一人一人握手を求めた。

「武運を祈る」

若い三人の兵曹は、感激に胸をつまらせていた。若年搭乗員など、将官と握手することは皆無である。出撃前あるいは攻撃後帰投してからでも、搭乗員整列のままの姿勢で、ただ挙手注目の敬礼をするだけが通例である。ましてや最若年の少年兵たちが、最高指揮官の握手をうけるということは、まずないといっていい。

温い大きな手であった。微笑をたたえた顔であったが心なしか、その表情には寂しさが漂っていた。

千田少将は、かつて海軍航空隊草分けの一人として航空界に盡力し、支那事変当時は航空部隊指揮官として勇名を馳せた人である。それが、この明日をも知れぬ生地獄のような戦線で、望みのすくない陸戦の指揮をとらねばならない運命に見舞われているのである。

搭乗員たちは、翼をもぎとられた今の自分たちの運命と照らすとき、今は地上戦闘の指揮官となった、空の猛将の胸中がわがことのように感じられるのだった。

陸軍の一個小隊が護衛隊として先発し、つぎが沼田中将とその幕僚、つづいて搭乗員四名、岡田記者と軍属といった順に行進が開始された。おりからの月明が真昼のようにあたりを照らしている。窪地からこだかい丘にはいあがり、後をふりかえると、千田少将と幕僚たちが手をふっている。

「帽ふれ……」

おし殺した声で誰かが号令をかける。一同はちぎれるばかりに帽子をふり、別れを告げた。これが今生の別れになるにちがいない。のこった五千の勇士たちよ、できるなら生きていてほしい。援軍の到着までがんばってほしい。

多感な富樫兵曹は、大粒の涙をポロポロと落としていた。

天空をひきさいて、ひっきりなしに飛来する砲弾の下を、一行の隊列は黙々と行進を開始した。

砲弾が炸裂し、一瞬、一行の顔が紅に浮き彫りにされる。

「伏せ！」

護衛隊長の号令で全員が地に伏せる。将軍も下士官も兵も平等だ。すぐ近くに一五センチ砲弾が落下した。地軸をゆるがし、内臓をひきちぎるような爆発音が轟く。身近に落下する弾丸と、危険圏外に落ちる弾丸とでは、切り裂いてくる空気の音がちがうのだ。隊長はよく心得ているようだ。

富樫兵曹は、自分が年少者で元気があるのだからということで、自らすすんで乾パンの箱をかついだのだが、アメーバ赤痢との闘病で体力が低下しているため、なかなか苦しい。忘れかけていた腹痛が、ある周期でやってくる。四十五分行進して十五分間休止する。このすきに用をたすのだが、でるものはほんの小量だ。

他の者は、この十五分間を、貴重な睡眠時間に当てているのだった。

だまって歩いているのは、気が滅入るばかりなので、搭乗員たちは岡田記者をまじえておしゃべりをし、笑いながら歩く。だが、軍属たちは一向にのってこない。呉工廠から派遣されてきた年配の人たちで、話の仲間に入ろうとしないのだ。

午前五時、夜明けちかくになると、誰も彼も口をつぐみ、ただ歩くだけになった。疲労はその極にたっし、ちょっとした地面の凹凸に足をとられて転倒する有様である。

（眠りながら歩いていたんだな、おれは……）

転倒しておきあがりながら、富樫兵曹は睡眠歩行の体験をはじめてした、と苦笑した。

午前八時、太陽がのぼり、また猛暑の日がやってこようとしていた。

行手から、石油罐をせおったり、一升瓶をふり分けに肩にかけた数人の一行がやってきた。西洞窟から四、五キロもはなれた地点まで、危険をおかして水をくみにきた軍属や兵士たちであった。このわずかな水で飯を炊き負傷者や病人の手当てをするのだ。途中で米兵と遭遇し射殺された者も何人かいるという。

(地獄だ……)

またしても、ふっと富樫兵曹の脳裏をそんな感情がよぎる。

「ご苦労さん……がんばりましょう」

たがいにねぎらい、励ましあって往来するのだ。

「敵機だ！」

誰かが叫んだ。みんな草むらに身を伏せる。敵機は十分おきくらいに飛来するのだった。

富樫兵曹は歩きながら乾パンをかじりはじめたが、のどがかわいているので思うようにのみこめない。せおっている荷物もおもいのだ。休止すると、溜息がでる。油汗がでる。赤痢便がでる。なぜ笑顔のでる状況にならないのか、と腹がたってくる。

(死なんぞ。かならず生きて、また爆弾だいてもう一度ここへ攻撃にくる。でなければ残存五千のあの守備隊の人たちが可哀想だ。それがおれの義務なんだ)

みずからを叱咤《しった》激励《げきれい》し、落伍するまいと必死に歩いていた。

「富樫兵曹、いま歩いているこの道ね、オランダ人が設計してつくった道なんだよ」

岡田記者がインテリらしく、道の説明をしてくれる。いまの富樫兵曹にとって、岡田記者の話はとても救いになっているような気がする。束の間でも、つらさを忘れさせてくれるのだ。

「いまはこんなに草ぼうぼうだけどね……俗にパプア道路と呼ばれているんだ」

「岡田さんは、なんでも知ってるんですね。大学出はちがうんだな」

「ハッハハ、仕事上すこし調べただけさ。だいたいニューギニアには山パプア族と海パプア族がいてね、山パプア族は案外温厚なんだが、海パプア族はちょっと荒っぽい」

「荒っぽいっていうと……？」

「勇猛果敢とでもいうかな。彼らは戦闘で死ぬと、相手の肉体に自分の魂が乗り移って相手を征服できると信じてるんだよ。そのくせ相手を殺した場合は、相手の魂が自分の体に入り、二人分の強さになれる、と思っているんだ。だから戦闘的で強いってわけだよ。とくにこの島に住んでいるマネキョン族は首狩の風習があるらしい……」

それを聞いたとたん、富樫兵曹と足立原兵曹はゾッとしたように顔を見あわせた。

「お前ら、よくも生きていられたな。危く首をちょんぎられる所だったわけだ」

西森少尉が冷やかすようにいった。

「ところで岡田さん、第一の目的地の、川というのまではあとどれ位かね？」

「一二、三キロでしょう……」

これを聞いて富樫兵曹はぶったおれそうになった。油汗が流れている。

草原の道は、南国の直射日光に湿気を発散させ、息がつまるようだ。岡田記者によれば、摂氏四〇度くらいはあるという。

なだらかな丘陵をのぼりつめると視界がひらけ、はるか下方にニッパ椰子で屋根を葺《ふ》いた小屋がみえる。

「あれが川のある場所です」

案内兵の言葉に、一同の眼が輝きをとりもどした。

「み、水だ。水だ……」

軍属たちが走りはじめた。兵隊たちが走りはじめた。もう咽喉の渇きが限界にきていることは確かだった。

小屋に荷をまとめ、川辺に向かって突進する。清冽な水がサラサラと流れている。水面に口をつけ、ゴクゴクと咽喉をならし、二十余名の一行は無我夢中であった。

米兵が、まだここまで進攻してきていないことは、幸いであった。もしいたとすれば、全員が戦死したかもしれない。

「おい、この腹、見てくれ……」

板橋兵曹が腹をゆすってみせる。ゴボゴボと氷枕のような音がする。

「水の飲みだめってのは、できないものかな」

足立原兵曹が、くそ真面目な顔でいった。

## 奪われた制空権

西洞窟から遠いこの川のある山中で、一夜を明かすことになった。

砲声が遠雷のように聞えている。

夕闇が迫ってきた。

小屋のなかで荷物をとき、乾パンを食べると、行軍中とはちがって、唾液も十分でうまい。富樫兵曹は懸命に食べながらいった。

「さーて、今度は米のおまんまといくか……」

米袋をひらき、米を飯盒《はんごう》にいれた。富樫、足立原、板橋三兵曹は協力して枯草や小枝をあつめて、小屋の前に穴をほった。パチパチと音をたてて火が燃える。

「腹がへったなぁ……」

富樫兵曹はいまさっき乾パンを食ったばかりであることを、もう忘れたかのようだ。

米の水の分量がちょうどいい加減らしく、飯盒のふたがムックリともちあがって飯が炊けた。

搭乗員四人と岡田記者が車座になった。

「よし、じゃあ、おれもとって置きをだすかな」

と岡田記者がソーセージとベーコンの缶詰をとりだした。

「すごいものをもってるな」

西森少尉が感嘆の声をあげた。

「いや、このあいだアメリカ兵から分捕ったもんですよ」

「分捕った?……というと?」

「わが軍に攻撃された敵兵が、戦闘中におとして行った雑嚢からでてきてね」

と岡田記者は、ケロリとしていった。

「おかずにしましょう」

等分にわけて飯を食べながら、生きていることのよろこびをかみしめる五人だった。

食事がすみ、あとは寝るだけだが、何百何千という蚊の襲撃に、誰もが閉口していた。

小屋のなかで乾草と青草を交互に燃やすと、蚊は逃げるが、今度は人間が窒息しそうなあんばいである。それでも眠っておかなければ、明日の行軍がまたつらいものになる。

夜半、富樫兵曹は寒さで目がさめた。熱帯だというのに、冷えこんでくるのは、うす着のせいらしかった。誰もがまるくなって眠っている。丸太をならべただけの床はすき間だらけで、夜露をふくんだ風が四方から忍ぶように入りこむのだった。

六月十三日の朝は、鳥のさえずりとともに明けた。

今朝は砲声もなく、平和である。たがいにかわす朝の挨拶も明るい。

「昨夜《ゆうべ》は寒かったなあ。何度も目がさめて……富樫兵曹まるくなって、変な格好でねていたぞ」

板橋兵曹がゲラゲラ笑いだした。

「ハッハハ、板橋兵曹こそ、足立原兵曹にだきついて、猿みたいだったぞ。いやその髭面の赤ら顔じゃあ、ゴリラってとこかな」

「そういう岡田さんだって、寝相がわるかったよ。西森少尉の尻の所へ首つっこんでた」

ひとしきり、笑声が流れた。

岡田記者は、なにかと若い搭乗員たちの心をはずませようと努力しているようであった。

乾パンの朝食がすむと、すぐ出発の号令がかかった。

「畜生、またへんな工合だ」

といいながら富樫兵曹は草むらへ走った。かんじんな時になると痛くなる腹がうらめしい。富樫兵曹は呪いたい気分になった。

もう行進ははじまっている。一行のあとを追い、登り坂をようやく追いついたとき、富樫兵曹は、はやくもグッショリ汗をにじませていた。

小一時間も歩いたころ、ロッキードP－38が飛来した。つづいてマーチンB－26だ。

「散れ！」

一行はあわてて散開し、草むらや木かげに身をかくす。草いきれで窒息しそうにむし暑い。

「残念だなあ、不時着までは、おれたちの空だったのになぁ……」

板橋兵曹が、歯がみをして口惜しがる。

「ほんとうにしゃくにさわるな。いまに見ておれよ。かならず制空権《せいくうけん》をとりもどしてやるから……」

富樫兵曹も地団駄をふんでいた。富樫兵曹や板橋兵曹のように操縦員というのは、とくにやる方ない無念さが強いのである。

敵機がさると、また行進がはじまる。延々とつづく稜線をこえ、だらだらの下り道がやがて平地にさしかかった。時間はもう午後三時だ。

原住民の集落があり、その周辺に作物らしいものがしげっている。

「あれはタロ芋《いも》だよ」

と博学の岡田報道班員が教えてくれる。

集落を過ぎるとまた道はなだらかな登り坂となり、最後の峠だという尾根をのぼりつめると、急に眺望がひらけた。見はるかす平地の先に海岸があった。

「あの海岸がコリムです。いよいよ着きましたね」

岡田報道班員が西森少尉にいった。

「小隊長、むかえの大発艇、きてるといいですね」

板橋兵曹がそういいながら、小手をかざした。富樫、足立原兵曹も、いままで引きずってきた足が急に軽くなったような気分になった。

西洞窟のある南海岸から島を横断し、北海岸に間もなく到着しようとしている。途中、何回か敵機に発見されそうになりながらも、無事きりぬけてこられたことは幸運であった。

「さ、もう一息だ、がんばれ!」

沼田中将の幕僚の陸軍大佐が一行を叱咤《しった》した。

目的地を目前にして、誰もが元気になった。ころがるように坂をおりて行く。

原住民の家の集落があり、その集落の上に椰子の木が大きく葉をひろげている。集落のすみに教会があった。ここが目的地のコリムであり、大発艇が迎えにくるはずの所だ。しかし、当の迎えは、まだ到着していない。

「迎えがくるまで、全員待機します」

護衛兵の一人が、西森少尉以下海軍関係者に連絡にきた。

宿舎の割当てがはじまり、わずかに露をしのぐ程度の小屋が、海軍関係者の宿舎となった。みなそれぞれの米をわずか手許にのこし、全部炊事係に提出する。この米で粥《かゆ》がつくられ、海軍関係者にあたえられたが、陸軍関係の人たちは乾パンを湯にひたし、分量をふやして主食とし、この辺に群生している名も知らぬ木の葉をとり、これに味つけをしておかずにしているのだった。

富樫兵曹は、粥ならば少しぐらいよけいに食べても大丈夫だろうとばかり、お代りをしたのがいけなかったのか、一時やんでいた腹痛のやつが一服し終わらぬうちに襲いかかってきた。

「くそう。また運動会はじめやがった」

とあわてて外へ出た。人の迷惑にならないように、集落のはずれへ行き穴をほって用をすませた。

蚊帳《かや》とは名ばかり、大きな穴、小さな穴がいたる所にあいているのを張りめぐらし、せめて大きな穴を糸でくくり、ゴロリと一同横になる。だが小さな穴から遠慮なく蚊が侵入し、所きらわず刺してくる。それでも極度の疲労と安心のせいか、だれ一人おきようともしない。

富樫兵曹一人だけが、一時間に一度くらいの割で襲ってくる腹痛にたたき起こされていた。

六月十四日の朝は、鳥の歌とともに訪れた。朝の冷気が蚊の行動力をにぶらせるのか、夜明け前のわずかな時間が若い兵曹たちの熟睡する好機であった。西洞窟のような悪臭も、砲撃も、負傷者のうめきもない。西洞窟がこの世の地獄なら、ここは極楽であろうか。ビアク島の丘陵をはさんで、北と南に地獄と極楽があるような気さえしてくる。

起床後、いつ迎えの船がきても、すぐ便乗できるようにと、海辺にちかい小屋に宿舎をうつした。その周辺には一きわ椰子の木が多く、木登りのうまい富樫兵曹がよじのぼり、実をおとして水を飲み、コプラを食べる。

「どうだい、烏賊《いか》の刺身に似てないか？」

岡田報道班員のいうとおり、烏賊の味がするようだ。醤油でもつければおかずになりそうである。

若い搭乗員たちは、迎えがくるまでの空白の時間を寝ることと、食うことと、泳ぐことでうずめるよりほか術を知らなかった。

底まで透明な海と紺碧の空は、疲れた心を癒《いや》すのに十分であった。ここでは弾丸の音もなく、ややともすれば、戦争の苛酷な運命をせおっている現実を忘れそうだ。

時間は容赦なくすぎて行く。

今日も、明日も、明後日も、迎えのこない日がつづきまたたく間に一週間がすぎた。

人びとは、ふたたび暗い気持ちになりかけていた。

(迎えの船はこないのではなかろうか？)

（迎えにくる途中、敵に撃沈されたのでは……）

（もともと迎えなどの計画はなく、西洞窟の口べらし策だったのでは……）

口には出さなかったが、何人かの者は疑念さえ抱きはじめていた。

そんなある夜、迎えはきた。

あたりの静寂を破って、大発のエンジンの音がきこえてきた。四隻の船は灯火を消し、接岸した。が、一隻は故障で出港不能。三隻の船はそれぞれ一行を分乗させると、真夜中を期して岸をはなれた。

「前進微速」

号令とともに三隻の大発は出港した。

艇長はじめ乗組員は配置について、周囲の見張りをはじめた。いつ敵と遭遇するかわからない。

（洞窟の戦友たち、もうしばらく待っていてくれ、おれたちはまたすぐ飛んでくるから……）

淡い月光の下に横たわるビアクの島影にむかって、大空の少年兵たちは、胸中に叫んでいた。

二時間ばかり航行するうちに、東の空が明るくなりはじめた。一たん沖へむかった艇は、近くの入江に入った。昼間航行すると、敵に発見されるおそれがあるのだ。艇をかくし、一同は上陸した。ここはまだビアク島の一部だった。日暮れをまって再び出発するのだ。

時間待ちの間、陸軍の兵隊が手榴弾《てりゅうだん》を水中に投げ、魚とりをはじめた。噴きあがる水柱のあとに魚が浮かんでくる。大漁だ。岸辺で火をつくり、磯焼きに舌鼓をうつうち、雲がひろがり、雨が降りだした。

搭乗員たちは、たまたま携行していた毛布を天幕がわりに張り、夕暮れをまった。

日が暮れた。艇は警戒しつつ滑りだした。

便乗者一同、艇員と交替で暗い海上に眼を光らす。敵の魚雷艇がこの周辺に出没しているというのだ。

艇はビアク島周辺の小島の間隙をぬって、西へ西へとむかう。やがて島の群は後方にさり、荒く波がうねる海原《うなばら》へでた。大きくローリングし、はげしくヨーイングしながら、艇は快調に航行する。両舷に砕ける波のなかで夜光虫が、不知火《しらぬい》のように光った。

## 5　よみがえる翼

### マノクワリ基地に

早朝、艇はヌンフォール島のマングローブ林のなかに息をひそめていた。

島の中央部あたりには日本軍の飛行場があり、そこを守る守備隊がいるはずである。夜明けとともに、どこから飛来するのかB－26やP－38が機銃掃射と爆撃による反復攻撃を開始していた。まもなく、この島にも米軍が上陸してくると思われる。

昼間の航行は、絶対不可能だといってよい。敵機に発見されれば、小さな大発などひとたまりもない。富樫兵曹たちは、ただ空を見あげて歯ぎしりするばかりであった。

夕暗がこくなると同時に、艇は波をけたてはじめた。ここからまっすぐに、ニューギニア本島のマノクワリへむかう。全速なのだろうが速度は八ノット。「彗星」艦爆の四〇分の一では、搭乗員たちがいらいらするのが当然かもしれない。

午前三時二十分——。

三隻の大発は、マノクワリへ到着した。

このマノクワリには九三四空の水上機基地のほか、陸上の飛行機基地があるはずだった。

搭乗員四名は、岡田報道班員とともにただちに本部へむかった。まだ寝しずまっているアスファルト道路を歩きながら、あたりの風景を見まわした。

ほの明るくなった朝靄のなかに、西欧風の豪華な家がならんでいる。

「ここには以前オランダ人が相当数住んでいたんだよ。華僑《かきょう》もかなり多かった。まあ、西ニューギニアでは随一の都市ということになるかな」

岡田報道班員が説明するのをききながら、富樫兵曹は故郷の北海道を想いだしていた。札幌の早朝によく似ているのだ。

とりあえず本部の士官室で果物などのもてなしを受け、朝の空気を胸いっぱいに吸いこむ。

ここは第一八警備隊で、四搭乗員は即日、仮入隊となった。

久しぶりに銀飯と味噌汁に、生きていてよかったという実感がわきあがるのだった。

搭乗員宿舎には、かつて民政府のタイピスト嬢や看護婦がいたという一室があてられた。

「うーむ、いいかおりがする。部屋全体に女の移り香がしみこんでいるんだな」

と板橋兵曹は、鼻をひくひくさせながら、部屋のなかを歩きまわった。

「ややっ、こりゃ凄いや」

富樫兵曹が、押入をあけて奇声を発した。

そこには沢山の、女性の肌着が積まれてあった。

「小隊長、見てくださいよ。どうです、この感じのよさ」

板橋兵曹は長襦袢《ながじゅばん》をひっかけ、しなをつくって西森少尉にウィンクして見せた。

「馬鹿もん！　気持ちわるい。ハッハハ……」

西森少尉もこの部下たちの明るさに、つい笑うことが多くなった。

「お前たち、ちょっとおそかったな。この部屋におった女性たちは、三日前にジャワ基地から派遣された二式大艇（川西四発飛行艇）でスラバヤへ引き揚げたそうだよ」

本部できいてきたことを、西森少尉がいった。

「うーむ、こりゃ、しゃくだった。ひょっとすりゃあ、恋人の一人ぐらいできただろうにな」

富樫兵曹は、いかにも残念そうである。

「で、今度われわれを迎えにくる飛行機は、いつですかね？」

と足立原兵曹がたずねた。

「それはわからんが、ソロンの司令部は九日にサイパンへ転進したらしいんだ。したがって、他隊の救出機を待つことになるかもしれん。ま、いずれにしても気楽に待つことだ」

西森少尉の言葉に、三兵曹は顔をくもらせた。

司令部がサイパンへ転進したとなると、五〇三空の艦爆は、もうソロン基地にいないかもしれないからだ。何をどう考えたらいいのか、その糸口がつかめない。

「とにかく、くよくよするな。ビアク島を脱出しただけでも奇蹟みたいなもんだ。われわれ四人は自分の乗機を失ったんだし、本隊へ帰っても配置される機があるかどうか……」

「心ぼそいこと、いわんで下さいよ、小隊長。乗機がなければ、どっかから補充できるんでしょう」

板橋兵曹が、かみつきそうな顔をした。

そんな所へ岡田報道班員が、大きな箱をかかえて入ってきた。

「いいものがあった。ありましたよ……」

といいながら、なかの物をならべはじめた。

「砂糖、コーヒー豆、ラード、乾パン……これだけあれば当分食えるぞ」

「どこでこれを……？」

と西森少尉が不思議そうな顔をした。

「となりの押入にね……まだまだこの何倍もの物資がござんしてね」

岡田報道班員の言葉が終わらないうちに、三人の兵曹は部屋をとびだしていた。

物資は相当量あったが、三兵曹はこれをことごとく自分たちの部屋に運びこみ、押入の奥へかくしてしまった。

ビアク島の飢餓地獄の体験は、よい教訓になっていた。

「諸君、やるね。さすがに度胸がいい。全部もってきちまうとはね……」

岡田報道班員は、あきれ顔に苦笑した。

「だって岡田さん、われわれはいつまでここにいるかわからんのだよ。迎えの飛行機なんかこないかもしれない。そうなれば食う物は命のつぎに大事だ」

と板橋兵曹がまくしたてた。

## 待たれる救出機

四名の搭乗員を救出する飛行機は、やってくる気配はなかった。

毎日が退屈と焦燥のあけくれである。

「今日も、とうとうこなかったな」

「本隊はわれわれが生存している、という連絡をうけとっていないのかな」

「それとも、われわれの乗る飛行機がないので放っておくつもりなのかも知れんぞ」

若い三兵曹は、ただいらいらするばかりである。

そんな若者たちを励ますように、岡田報道班員は、手をかえ品をかえて菓子の作り方などを教えてくれるのだった。隣室から失敬した砂糖が豊富にあるので、乾パンをくずして材料にし、椰子のコプラなどもうまくとりいれて、なかなか器用なものだ。

ある日、富樫兵曹は暇にまかせて押入をかきまわしているうち、〈富樫〉と名前が入っている婦人服を発見した。たしかに〈富樫〉という女性がここにいたのだろうが、それは偶然、姓がおなじだということ以外に、なんの意味もなかったが、富樫兵曹にしてみれば、なんとなく異国で肉親に出会ったような気分であった。

そうした生活のなかで、いくぶん富樫兵曹のアメーバ赤痢は快方にむかっているかと思うと、いつの間にか逆もどりし、便所と宿舎をお百度参りするのだった。それにくわえてマラリアにかかり、ときおりひどい発熱と悪寒に悩まされはじめた。ビアク島で腹痛のために草むらで尻をだすたびに、何百匹もの蚊に刺されたのが原因らしい。

「富樫兵曹、前からいってやろうと思ってたんだけど、マラリアとアメーバ赤痢を一緒にやると、いままで助かった人はいないよ。ながくもたない場合が多いようだね……」

岡田報道班員におどかされ、富樫兵曹は恐怖を感じた。岡田報道班員は、富樫兵曹の暴飲暴食ぶりや、下痢をしていながら海で泳いだりする乱暴ぶりを見かねて、意識的にショックをあたえたのだった。事実、この日から富樫兵曹は極度に摂生を心がけるようになった。

(病気でなんか死んでたまるか……死ぬなら飛行機で死ぬんだ)

心で絶叫するが、迎えにこないことには、それも果たせない。

ときおり敵機が来襲する。まるで訓練でもしているように、ゆうゆうと銃爆撃をくわえていく。いまやマノクワリは、完全に制空権を敵に奪われていた。

「くそっ、いまに見ておれ……」

搭乗員たちは、おなじ言葉を経文のようにくりかえし救出される日を夢みるのだった。

またたく間に、二ヵ月が経過した。その間に西森少尉、板橋兵曹、足立原兵曹の三人もつぎつぎとマラリアにやられ、発作に悩まされるようになった。

さらに一ヵ月ほど経ったある日、警備隊本部から命令がきた。

「近日中に陸軍部隊がソロン基地へ転進する。五〇三空搭乗員はこれと同行すべし。これに要する食糧を主計科にて受領せよ」

というのである。

「やっぱり、まだわが五〇三空は、ソロンにいたんだ。おれたちの帰るのを待ってるんだぞ、きっと……」

搭乗員たちは、おどりあがってよろこんだ。

さっそく背負い袋をつくり、食糧をつめこんだ。

いよいよ本隊へ復帰できるということが、勇気と希望をあたえてくれた。

富樫、板橋、足立原兵曹の三人は、まるで修学旅行にでもでかける気分で本隊へかえったら、仲間の経験していないことを体験した自分たちの敢闘精神と、たくましい生命力を話してきかせてやろうなどと、意気軒昂《けんこう》であった。

そんな三人に、岡田報道班員と何やら話をしていた西森少尉がいった。

「みんなちょっと聞け。ソロン行きは中止だ」

「………?」

三人はきょとんとした。

「いま岡田さんの意見もきいてみたんだが、われわれは四人ともマラリアにかかっている。おまけに富樫はアメーバでひどい状態だ」

「小隊長、わたしは大丈夫です！」

この機を逸してはならじ、と富樫兵曹はむきになった。

「気持ちはわかる。おれだって行きたい。しかしソロンまでは距離が遠い。山あり大河あり、ジャングルありで、とうていたどり着くことはできんだろう。わるくすれば全員、草むす屍《かばね》だ。それに原隊では四人の生存を承知しているはずだし、搭乗員欠乏の現在、見すてておくわけはない。こちらが行かなければ、かならずあらゆる手段で救出にくるはずだ。これは自信をもっていえる」

西森少尉の言葉には、説得力があった。同時に直属上官である小隊長の言葉だ。命令として考えるなら、三兵曹はすなおに従わざるをえないのだった。

また何日か経過した。その間に約三〇〇名の陸軍部隊は出発して行った。

この三ヵ月の間に、マノクワリの食糧はいちじるしく欠乏してきたという報を、岡田報道班員がもたらした。

「なにしろ補給船がこないのだから、当然のことだろう」

岡田報道班員の言葉に、搭乗員たちは慄然《りつぜん》とした。ビアク島いらい、食糧の不足にはいやというほど悩まされてきたし、雑草を食べて露命をつなぐ陸上部隊の悲惨さを目撃してきているのだ。

マノクワリへきてからの三ヵ月の間に、ゆたかな食生活が搭乗員たちを安逸な気分にさせ、つい先日の苦しい状況を忘れさせていた。

（咽喉《のど》もと過ぎれば熱さを忘れる）

そんな言葉が、搭乗員たちの想念をかすめる。

数日後――。

ソロンへむけて出発した陸軍の転進部隊が、命からがら引きかえしてきた。岡田報道班員の説明によると、ソロンへ通ずる道路には、多数の日本兵が斃《たお》れており、なかにはすでに白骨化している者があった。兵はみな弱っており、とてもソロンまでは行けそうもない。極度に欠乏した食糧を補給するために、死体になった兵のものを盗んでようやく帰ってきたというのだ。

（行かなくてよかった……）

そんな感慨があらためて一同の胸をひたした。

幸いなことに、行軍用にうけとった食糧はまだ手つかずで、主計科に返納もしてなかった。

「しばらくは食糧の心配はないな。しかし、いつまでこうしておればいいか、それがわからない。とにかく大事に食おう」

西森少尉は、食糧の節約を申しわたした。

## 救出機は来たが……

十月のある日——。

搭乗員救出のための水上機がくる、という報が入った。

「よかった。待ったかいがあった」

「当然だよ、おれたちが行かなきゃあ、この戦局は好転しやしないさ。上層部はとっておきの優秀なおれたちを宝のもち腐れにするわけがないんだ」

板橋曹長も足立原兵曹も、そして富樫兵曹も有頂天でよろこびあった。

身のまわりを整理し、鶴首して待つうちに、敵機の来襲の間隙をぬうようにして、一機の零式水上偵察機がやってきた。が、若い三兵曹のよろこびは、ぬかよろこびに終わってしまった。なぜならその飛行機に便乗をゆるされたのは、西森少尉と警備隊本部の士官一名だったのである。第一、三座の小型機であるため、それ以上は乗れないのだ。

「いいか、希望を失ってはいかん、お前たちを見捨てるようなことはせん。上層部を動かして、かならず救出機を派遣する。待っててくれ」

西森少尉は別れぎわにそういいのこして、マノクワリを飛びたって行った。

のこされた三人は、その日から近日中に別の水上機がやってくる、と信じてまった。ただひたすら、まちつづけた。しかし一週間まっても二週間まっても、迎えの飛行機が飛来する気配はなかった。飛行機の爆音がきこえるたびに走りでてみたが、いつも敵機ばかりである。

一日一回、三人の兵曹は、体力づくりと富樫兵曹のアメーバ赤痢克服の目的で水泳をした。その最中に、敵機の銃撃をうけたこともあった。

三人は相談の結果、九三四空水上機基地残留の整備科の兵舎へ移住した。それは、いつ迎えの水上機がきても機敏に便乗できるように、との考えからだった。

ここの兵舎は、水上機発着に便利な入江のすぐそばにあり、すぐ裏はアスファルトの道路で、よく陸軍の連絡兵が休ませてくれ、と三兵曹の所へたちよって行く。彼らは、陸軍の本部と入江の入口にある監視哨との間を、定期的に往来するのだった。

とくに顔なじみになった一人の老兵がいた。日本に妻子をのこしてきた応召兵であった。

「私たちは食べ物には、本当にこまってますよ」

そんな前おきをして語った所によると、陸軍の食糧は極度に不足し、あのビアク島で見た状況と大差ないということだった。しかも例外なしにマラリアにかかっており、栄養失調も手伝って病死する者も多いという。

乾パンを飯盒に入れ、湯を注いでふくらまし、それをすすって一休みして行くのだった。

富樫兵曹があるとき、手持ちの米をすこしやわらかめに炊いて副食（といっても喰べられそうな草や蛇の肉が主体だが）をそえてだした。

（おなじ日本軍人でありながら、あまりにも気の毒だ。まだおれは粥をつくれるだけ幸せなのだ。その幸せを、少しでも分けてあげよう）

富樫兵曹の浪花節《なにわぶし》だったが、それいらいこの老兵は、ひょっとして今日も食べ物をもらえるか――と思うらしく、ときどきたちよるようになった。

三人の兵曹は交代で粥か飯をあたえ、その老兵の持参する乾パンには絶対手をつけさせないようにした。

老兵は涙を流しながら、

「今までもずいぶんお世話になりましたが、なんのお礼もできません。一週間後にまたここをとおりますので、そのときはお礼にロンジンとウォルサムの時計をとどけますから……」

そういいのこして、たち去った。

一週間後、見知らぬ兵がおとずれた。

「彼はマラリアの発作で途中で倒れ、本部へついて間もなく死にました。あなた方のご親切にお礼を申しのべてくれと遺言をして……」

彼は約束どおり、腕時計をその兵に托していた。

部下がこんな状態にあるとき、指揮官（陸軍少将であった）の話を耳にした三兵曹は憤然となった。つまり、こうである。かの少将は自分の食糧と多くの物資を身近にかくし、警戒兵を配置して守らせているというのだ。最近その食糧ほしさに、盗みに入った兵が射殺されたという。しかもその兵の遺骨は、国賊として黒布でつつまれ、荒縄がかけられているという話を耳にしては、三兵曹としては激怒せずにはいられなかった。

「畜生、それならおれたちでその食糧庫を襲撃して、少将の鬼の面皮をひんむいてやろうか」

富樫兵曹は血気にはやってそんなことをいうのだったが、万一盗賊として射殺されたら、海軍の面よごしになるから——と二人の戦友に説得されて仕方なくすわりこむのだった。

## 爆弾キノコ

食糧の欠乏は、ますます深刻の度を深めていった。あの老兵が死んでから一ヵ月もすると、食糧危機は他人事ではなくなり、整備科員たちがマノクワリ・カンガルーと名づけた、小さい有袋類の動物を捕えて食べるようになった。

月夜の晩になると、きまって仔猫くらいの動物があらわれる。きわめて動作が鈍いので、簡単に生捕りにできるのだった。肉はやわらかく、味はよかった。正式の名前も、まして学名などわからないまま、「すまん、だまって食われてくれ」などといっては、殺して食べるのだった。

蛇などは絶好の食糧となった。それも猛毒をもった「コブラ」である。これに咬まれたら助からない。医療施設はまったく不完全で血清がないのだから、手当てのしようがない。それでも恐しいなどといっていられない。三兵曹はこいつを見つけると手当りしだい捕えて栄養補給につとめた。

わずかの間に兵舎の周辺から「コブラ」の姿は消えてしまった。ある日のこと、すこしはなれた所で久しぶりに捕獲した「コブラ」を富樫兵曹は保存しようとして、その肉をかげぼしにした。もう乾燥したころだと思ってとりこみに行くと、なんと蛇は骨だけになってしまっていた。大蟻が、よってたかって食べてしまったのだ。

「この野郎、それならお前たちを食ってやる」

富樫兵曹は、蟻をトタン板であぶって食べてしまうのだった。

その数日後、整備科の兵隊が一頭の鰐《わに》を捕えてきた。それをみんなでなぐり殺し、肉を分けあって食べた。うすいピンクの肉だった。

「非常にやわらかいけど、あんまりうまくはないな」

誰かがいった。たしかにうまくはなかったが、それでもじゅうぶん腹の足しにはなる。

毎日毎日が、食べる物をさがす生活なのである。

「おい、あれ食えないかなあ……?」

あるとき足立原兵曹が爆撃の穴のなかに群生している茸《きのこ》を指さしていった。この茸は爆撃のあと、かならずといっていいくらい一晩でニョキニョキと、こうした穴のなかに生えてくるのだった。

「よし、試してみるか……」

富樫兵曹は、茸を両手いっぱいとって兵舎に帰ると、整備員たちの前でさっそく煮はじめた。

「おい、本当に食うつもりか？」

「よした方がいいよ。毒茸だったらどうする？」

足立原兵曹と板橋兵曹がとめにかかったが、富樫兵曹は、もうあとへはひけなかった。

あつまってきた整備員たちにいった。

「お前たち、よく聞け。おれは今からこの茸を食う。お前たちはよくおれの顔を見ているのだ。万一おれが具合わるくなるか、顔色に変化をおこしたら、可及的速《かきゅうてきすみや》かに軍医の所につれていけ。わかったな」

富樫兵曹はいいわたすと、一同が見まもるなかで塩煮にした茸を食いはじめた。

いあわせた一同の眼が、瞬きもせず、富樫兵曹の顔を穴のあくほど凝視しつづける。

一時間……二時間……三時間。いや、五時間たってもなんの変化もおこらない。

「なんともないな。味もいいし、おつな香りだぞ」

富樫兵曹が、さらに食いのこしの茸をモグモグやりながらいった。

「うーむ、これだけたって何んでもなけりゃ無害だ。これはいい食糧になる」

足立原兵曹がいったとたん、整備科員たちは先をあらそって外へとびだした。あっちの穴、こっちの穴と採りまくり、たちまち兵舎内は茸の山となった。焼いて食うもの、煮て食うもの。それぞれの好みにあわせて料理して、腹の足しにするのだった。

「なんという名の茸かな……?」

一同首をひねるがわからないまま、〝爆弾茸〟と命名された。

「敵さんどんどん爆撃にきて、もっといっぱい穴を作ればいいのにな」

誰かがいった。

(この地上にあるものは、だいたい何んでも食えるのかもしれんな)

富樫兵曹は飽食の腹をなでながら、つぎは何を食ってやろうかと考えていた。

## 飛び去った九七式大艇

岡田報道班員が、警備隊本部から悲しい報らせを耳にしてきた。「かならず飛行機で敵をやっつけにくる」と富樫兵曹らが元気づけ、ビアク島の西洞窟にのこしてきた人たちが全滅した、というのだ。

米軍上陸部隊は洞窟内にガソリンを流しこみ、火炎放射器で火をはなった。そのため、ほとんどの勇士は洞窟内で焼き殺され、生きのこった者はコリム湾まで撤退したが、ここでも多数が戦死した。ほんのわずかの部下をひきいた千田少将も重傷を負い、山中で戦死をとげた。さらに生きのこった者は山中にひそみ、ゲリラ戦を展開している、というのだ。そしてコリム湾は、いま米軍の魚雷艇基地になっているという。

「残念だが、ここにいるかぎり、おれたちは無力だ」

「畜生！　いまに目にものを見せてやる」

だが、どうすることもできない。心がはやるばかりで、報復したくも手段がない。

そんなことがあってから五日目の真夜中、なんの予告もなしに、九七式大艇（四発飛行艇）が一機着水した。

「救出機だ。いそげ!!」

板橋兵曹がいうまでもなく、富樫兵曹も足立原兵曹もかねて用意の携帯品をひっつかむと宿舎をとびだした。不測にそなえ、宿舎下にいつでも漕ぎだせるように準備し

救難や連絡に使用された九七式飛行艇。富樫と足立原は救出に飛来した飛行艇に接近するも緊急発進、搭乗する機会を逃した。

ておいた伝馬船にとび乗ると、飛行艇のちかくへ漕ぎよせた。

板橋兵曹が飛行艇のフックをつかんだ。そのまま脱兎のごとく機内へとびこむ。つづいて富樫兵曹がフックをにぎった。そのときだった。いままでスロー回転していた四つのエンジンが、急に高速回転にかわった。

「アダっちゃん、はやくしろ！」

富樫兵曹が愕然として絶叫した。ここでおいてけぼりにされたら万事休すだ。富樫兵曹と足立原兵曹は必死に乗りこもうとするが、艇はどんどん速力をまし、離水態勢に入ろうとしている。板橋兵曹が機内から手をのばし富樫兵曹の手をひっぱっている。

「停止しろ！　停めるんだ!!」

富樫兵曹が機内の搭乗員にどなった。が、その搭乗員から返った言葉は「空襲警報発令中」であった。

「はやく乗れ！」

板橋兵曹が必死に叫んだが、プロペラから吹きつけてくる風圧のために、飛行艇へ移乗する力がない。

「板橋兵曹、かならず迎えにきてくれ！」

富樫兵曹は、断腸の思いでフックをはなした。

飛行艇は速度をまし、アッという間に離水した。

ゆれうごく伝馬船に、富樫兵曹と足立原兵曹はすわったまま、闇にのこる爆音を放心したようにきいていた。

おそらくあの飛行艇は、西森少尉の運動でようやく救出にきたものにちがいない。何ヵ月もまちわびた機会だったのに、運命は二人を嘘のようにマノクワリにうちすてて行った。

敵機来襲の気配など、微塵《みじん》もない夜であった。淡い三日月が波間に砕け、あたりは深閑としていた。

いつか二人は嗚咽《おえつ》していた。

「バカヤロウー！　臆病ヤローー！」

やる方ない憤懣《ふんまん》の声が、海をすべって行った。

二、三日、富樫兵曹と足立原兵曹は口数がすくなくなった。たがいに、どう慰めあっていいのか、わからなかった。ポツリと富樫兵曹がいった。
「また機会がくるよ」

「ああ、はじめの二人だけになった。それだけのことだ」

「元気だそう……」


その機会は、すぐにやってきた。それから三日目の午後、富樫、足立原両兵曹は一人の陸軍大尉の訪問をうけた。

「自分は今度、陸軍大学校へ学生として転勤の命をうけたものであるが、じつは陸軍の基地ちかくに二式水上戦闘機（零戦の水上機型、単座）がおきざりにされておる。これを陸上機に改装し、自分を後方まで便乗させてもらいたいと思うのだが……」

この依頼は、二人の兵曹にとっては、この上もなくうれしいものだった。うまくすれば、その飛行機をつかって、自力でこのマノクワリから脱出できるかもしれないからだ。

「ちょっとお待ちになって下さい」

二人はそういって、別室で協議をはじめた。

「どうする、アダっちゃん？」

「ここをでるいいチャンスだが……」

「改造するのが大変だぞ。脚は浮舟《フロート》だってなんとか離着水する自信はあるけれど、あの単座戦闘機に、あと二人乗れる後席をつけられる整備員がいるかどうか」

「整備科の兵曹長と田上二等整備兵曹がいるよ」

「じゃ、それはいいとしても、試験飛行をしなきゃならんよ」

「そうだな。こう制空権をにぎられてたんじゃあ、撃墜されるおそれがあるな。うーむ……」

「そこだよ。うまくアダっちゃんとあの大尉を乗せて離水したとしても、目下敵味方の制空権区域は不明だ。うかつに飛んで敵の勢力圏にでも入れば、完全にやられる」

「そうなると三人とも犬死だな。ということは、とりやめるに如《し》くはないってことか……」

足立原兵曹は、仕方なさそうにたちあがると、大尉の所へ行き、申し訳ないがと断った。

当の陸軍大尉は、残念そうに帰って行った。それを見とどけてから、足立原兵曹がいった。

「トガちゃん、おれ、いまフッと考えたんだが、警備隊本部へ行けば、敵味方の勢力圏はわかると思うんだ」

「………？」

「そこで、もし安全な地域へ脱出できる見こみがあるんだったら……」

「だったら……？」

「あの話の二式水戦を操縦して、トガちゃん一人でも脱出してくれ……」

「な、なんだと……！　アダっちゃん、おれたちは一心同体のなかだぞ。おれ一人でなんか行けるか」

「でも……いま海軍は、一人でも多くの搭乗員が必要なんだし」

「駄目だ。おれは行かん。一人で行って何ができる。おれは艦爆のパイロットだ。あんたの航法なしでは、どこへ行けるというんだ。死ぬも生きるも一緒だ」

「ありがとう……」

それ以上、二人はそのことについて語りあう必要はなかった。語らなくても、たがいに心の通じる仲なのだ。

そんな所へ、岡田報道班員があたらしい情報を運んできた。ソロンに残存していた五〇三空の「彗星」艦爆三機が、フィリピンに引き揚げ、神風特別攻撃隊大和隊としてレイテ湾に突入、国原千里先輩をはじめ全員戦死したというのだ。

「じゃ、杉山も？」

富樫兵曹は、驚愕の顔だ。

「三機しかいなかったのか。それも、みんな……」

足立原兵曹も、がっくりと肩を落とした。

「つまり、五〇三空は全機なくなってしまった。全滅したんだな……」

ひしひしと、寂しさが胸に迫ってきた。五〇三空の誰とも、もう二度と会うことはできないのだ。

深い沈黙のなかで、二人の兵曹は、暗涙に咽んでいた。


また、日が流れた。

もう迎えの飛行機はこないだろう、と二人は諦めかけていた十一月のある暗夜のことだった。突然大型機らしい爆音がマノクワリに接近してくるのがきこえた。

「あれはまちがいなくB-24の爆音だ」

「また空襲かな」

「いやちがうな。どんどん高度を下げてる。どこかやられてるのかもしれないぞ」

富樫兵曹と足立原兵曹は、外へとびだし闇空を見あげた。

着陸灯を点け、発光信号を送ってくる。

「着陸するつもりらしいぞ。ほら旋回している。ははあ、わかった。奴さんここをヌンフォールかビアク島の飛行場と感ちがいしているんだ」

富樫兵曹のいうとおり、B‐24は旋回して一度は遠ざかったが、着陸灯を照らしながら、着陸姿勢に入り、降りてくる。どうも舗装路を滑走路と思いこんでいるらしい。強烈な着陸灯の光芒《こうぼう》があたりの草一本一本まで照らしだした。

「こりゃあうまい……奴らが着陸したらぶんどってやる。なーに、おれだって四発機ぐらい操縦してみせてやる。アダっちゃんと岡田報道班員を乗せて、どこか友軍の基地へB‐24で帰れるぞ」

富樫兵曹は心がおどった。ぶんどったB‐24で友隊へ帰った姿を想像すると、愉快でたまらないのだ。ところがその夢をぶちこわす事態がおこった。

突如、丘の上の対空陣地から、いままさに着陸しようとしているB‐24にむけて二五ミリ機銃、二〇ミリ機銃、高角砲の一斉射撃がはじまったのだ。すごい曳痕弾の集中攻撃だ。とたんにB‐24は全灯火を消し、エンジン全開、地表をひきはがすような爆音を轟かせながら全速退避にうつった。

富樫兵曹と足立原兵曹は、呆然とした。

B－24は、爆音だけをのこして、漆黒の闇空にたちまち溶けこんでしまった。

二人は大事にしていた宝石でも落としたように、いつまでも立ちつくしていた。

## 死ぬな戦友

いつしか昭和十九年の十二月も、なかばを過ぎていた。

富樫兵曹と足立原兵曹は、毎日宿舎のなかで、なすこともなくごろごろしていた。あまり動きまわると腹がすく。いよいよ食糧の欠乏度はその深刻さを増し、あまり頻繁に採るので、このごろは〝爆弾茸〟も生える余裕がない。

ある日の午後、外がガヤガヤとさわがしいので窓から見ると、一人の原住民と二人の華僑らしい男が、後手に縛られて爆弾の穴の前にすわらされているのが見えた。周囲に整備科の兵や陸軍の兵たちが、四、五十人たかっている。

何事かと、二人はとびだした。整備兵の話を聞くと三人はスパイ容疑でつかまり、これから処刑されるのだという。

一人の海軍予備士官が、抜き身の軍刀を右手にもって立っていた。この少尉は、警備隊本部に行ったとき、たしかに見たことがある。たしか学徒出陣できたのだと聞いていた。

「みんなよく見ておれ！」

少尉はちょっとヒステリックなかん高い声でいうと、軍刀を両手で大きくふりかぶった。

ビシャッというような音がして、原住民の首が前へぶら下がり、一瞬一メートルばかり、血が噴きとび、ドサッと爆弾の穴へ体ごと落ちこんだ。

少尉の顔はちょっと青黒く、ヒクヒクとしているように見えた。が、その眼は人間の眼とは思えない、残忍そうな光りを宿していた。

「誰も動くな！」

少尉が、またヒステリックな声で叫ぶようにいった。

二人目の華僑だという男は、じっと眼をつむったまま斬られた。首がゴロッと落ちた瞬間、グイッとたちあがり、そのままドサッと穴へ転落した。

すぐ三人目の華僑の番だ。その男は、刀をふりあげた少尉の顔を、首をひねって上眼づかいに睨《ね》め上げたまま切られた。

富樫兵曹は、こんな光景を見るのは生まれてはじめてだ。考えてみれば、ビアク島の西洞穴の生地獄の方が、本当は悲惨なのかもしれない。だが、いま目にした光景の方が気味わるく、嘔吐《おうと》をもよおすのはなぜか……。

それにしても、いま斬られた三人は、死を目前にして、よくも泣きわめかずに斬られたものだ。怨念をのこすことすら諦めているのだろうか？　でなければあれほど従《しょう》容《よう》として死につけるものではない。

（せめて銃殺にしてやればいいのに）

その夜、一晩中、そのことばかり考えつづけ、まんじりともしなかった。

それから二日ばかりすると、またおなじことが起ころうとしていた。首斬り役は、やはりあの少尉だ。

「なぜ首をはねるのですか？」

富樫兵曹は、その少尉に質問してみた。

「軍人としての度胸をつけるためだ」

少尉は肩をそびやかすようにして答えた。

わからない。なぜあんなことをしなければ、軍人としての度胸がつかないのか……。

しかし、自分の心に低迷していたものが、はっきりした。嘔吐の原因が鮮明に浮き上ってきた。軍人たるものが、スパイの容疑だけで、非戦闘員を抵抗できない状態にしておいて殺す。そのことが我慢できないのだ。

戦闘は戦闘員同士が、その技と兵器をもって殺しあうのだから、何れかが死ぬ事はいたし方ないとしても、今日の場合などは、現地人の老人と、赤ン坊を抱き、もう一人の子の手をひいている若い母親ではないか。

「待てっ！　貴様もここで見学しておれ！」

少尉のキンキンと響く制止の声も聞かず、富樫兵曹はさっさと宿舎へ入ってしまった。

宿舎へ入ると、整備兵たちが数人、首斬りの見学にでかけようとしている所だった。

「よせ！　行くな‼　お前たちにだって、母もおるはずだ。子供をもってる者もあるだろう。自分の肉親がもしあの人たちだったらどうする……よせ、よした方がいいんだ」

富樫兵曹は、ゴロリと仰向けになった。あの現地人母子の姿が目にうかんでくる。

子供は、母親を信じて手をひかれていた。

（あれは虐殺だ。気狂いだ。みんな気が狂っているんだ）

いつまでも、天井を睨みつけていた。

その翌日、処刑を見てきた兵たちの話を偶然きいてしまった。

あの母子は、食べる物がほしくて基地付近をうろついていたものらしく、スパイではなかったらしい。処刑のとき母親は、しっかりと二人の子供を胸に抱きしめて斬られたという。

（いずれあの少尉は、いい死に方はしないだろう……）

富樫兵曹は、そんなことを思った。

年があらたまり、一月になっても、富樫兵曹と足立原兵曹は、あいかわらずマノクワリにすわりこんでいた。救出の飛行機は勿論、船も入港してこない。なんとか去年のうちになおしたいと思った富樫兵曹のマラリアとアメーバ赤痢が、またしても悪化してきた。

二月一日、富樫兵曹はついにダウンし、こだかい丘の上にある病室へ収容された。足立原兵曹は、夜となく昼となく看病にかよっていた。警備隊の清水軍医大尉は、すでにのこりすくなくなったアメーバ赤痢の特効薬「エメチン」や「リンゲルロック」を毎日、注射してくれていた。

「トガちゃん、死ぬなよ。ビアク島のことを思えば、なんでもないはずだぞ」

と、くりかえし励ます足立原兵曹の声は、愁いをふくんでいた。

入室して一ヵ月ばかりするうちに、富樫兵曹の赤痢はどうやら峠をこしたようであった。

二月二十八日の夜中であった。突然、耳なれた爆音がきこえてきた。富樫兵曹の胸はたかなっていた。他の患者たちは敵機来襲と思い浮き足だつが、富樫兵曹はジッと耳をすましていた。

今夜は、友軍機が物糧投下にくるという情報をえていたので、冷静であった。

(まちがいない、あれは水上偵察機だ。きっと物糧投下後、着水しておれたちをつれて帰るんだ)

なぜか富樫兵曹はそう思った。

そういえば、半月ほど前、熱に浮かされていた富樫兵曹は、足立原兵曹に「今月の末に迎えの水上機がくる」と断言し、気味わるがらせていた。

耳の全神経を、富樫兵曹は空へむけていた。

しかし、富樫兵曹の期待はむなしく、機は物糧投下が完了するや、いまきた針路をひきかえして行くようだ。だんだん爆音は遠ざかり、やがて消えてしまった。

(なんだっておれの守護神は、こう何度も何度も、からかうんだ。それならそれで、おれは無神論者になっちゃうぞ)

あれから何十分たったかはさだかでないが、さっきのあの爆音がふたたび聞こえてきた。どうやら着水したようだ。

富樫兵曹は、絶対安静の軍医命令を無視してとびおきた。坂道を転びそうになりながら宿舎へ走った。

三座式の九四式水上偵察機。富樫と足立原は狭い機内に搭乗してマノクワリ基地へと脱出した。

「おい、行こうぜ！」

宿舎へとびこみざま叫ぶと、足立原兵曹は予期したように、にっこり笑い、手をとるようにして宿舎をとびだした。

九四式水上偵察機（三座）がエンジンをとめ、搭乗員はまだ座席についたままだが着岸していた。

整備員が懸命にハンド・ポンプで、ドラム缶から燃料補給をしている。

整備員にきくと、物糧投下後アンボンへむけて帰投したのだが、途中海上も陸上も天候状況が悪く、まごまごしていると敵の電探に発見されるおそれがあるし、燃料が不足したので補給のためにひきかえしてきたという。

「アダっちゃん、これが最後のチャンスだ。どうしても乗せてもらおう」

「わかってる」

「私は乙十五期です。私の先輩は乗ってませんか？」

富樫兵曹が機上へむかって声をかけた。と、電信席から返事がかえってきた。

「お前たちのことは聞いて知っている。おれは十一期だ」

「お願いします。ぜひつれて帰って下さい」

富樫兵曹は必死で叫んだ。今日もし駄目なら、もう永久に飛ぶことはできないかも知れないのだ。しかし、返事がない。

やりきれぬ焦燥が襲いかかっている。

そこへ第一八警備隊司令官岡村海軍少将が幕僚をしたがえてやってきた。燃料補給と機体点検に時間がかかるので、搭乗員は陸上で休むことになり、司令官とともに宿舎へ入って行った。

操縦員は昭和十五年志願兵の丙飛（一般兵科から飛行科に転科したもの）の下士官、偵察員が学徒出陣の海軍予備中尉、電信員が富樫兵曹の先輩である十一期生だった。

どのような答がでるかわからない。富樫兵曹と足立原兵曹は、飛行機のそばをはなれず、不安と期待のうちに立ちつくしていた。

五〇三空、いまやなし

指揮所前で、司令官に水偵の三搭乗員が敬礼をした。

司令の命令が下る。

「足立原偵察員のみ便乗せしめ、出発。富樫兵曹は残留せよ」

富樫兵曹は、脳天に鉄槌《てっつい》をくらったような気がした。

「ど、どうして二人の仲を裂くのですか！　私たち五〇三艦爆隊の搭乗員は、一機が何百人、いや何千人も殺傷する力があるのです。一緒に帰して下さい。ここにいたのでは死人も同然であります！」

「富樫兵曹は病気である」

「司令、お願いです。たとえマラリアやアメーバでも『彗星』に乗りさえすれば、底力が発揮できます!!」

いまや、富樫兵曹は、相手が桁はずれに階級のたかい将官であることなど忘れたように、かみつかんばかりである。

「富樫兵曹をつれて帰ります」

足立原兵曹も一緒になって嘆願している。だが、かんじんな搭乗員の返事がない。どういってくれるのか、二兵曹は、機長である予備中尉を見守った。機長の命令が絶対なのだ。

「一人だけ乗せて帰る」

その語尾をさらうように、先輩搭乗員が大喝するようにいった。

「よし、二人乗れ。責任はおれがとる。機長、頼みます」

とたんに富樫兵曹と足立原兵曹は、もう行動に移っていた。まごまごしていて、乗りそこなっては大変である。

足立原兵曹は偵察席へ、富樫兵曹は電信席へ、二人ずつ向きあって搭乗した。

機は外洋にむけ滑りだした。整備科の田上兵曹が、別れをおしみ、涙をふきながら、何か叫んでいる。基地要員の人たち、そして岡田報道班員がさかんに帽子をふっている。

五名の搭乗員を乗せた九四式水偵は、白いウエーキをのこして、ふわりと空中に舞いあがった。

（マノクワリよ、さようなら。整備科員よ、ありがとう。元気でがんばってくれ。かならず、おれたちは最後まで命をかけて働いてみせる。ああ、ついに救出されたの

だ）

富樫兵曹は流れる涙を先輩に見られまいと、懸命にこらえていた。

「彗星」にくらべると、速度がむやみとおそい。

しかも兵器といえば七・七ミリ旋回機銃一梃だけの九四式水偵だ。敵機に発見されたら撃墜は必至だ。しかしいまの富樫兵曹は、たとえ死んでも悔いない、という気持ちになっていた。

高度があがるにつれ、気温はどんどんさがり、ボロボロの防暑服をとおして寒さが身にしみる。

航続時間最高十一時間という、小型機としては驚異的な航続力をもつ飛行機だが、速度の方は巡航八〇ノット、エンジン全開にしても一二〇ノット（時速二一六キロ）がせいぜいである。

（ぜいたくはいえないが、欲をいうならもうすこし速いといいいな）

富樫兵曹はふとそんなことを思うが、すぐ反省した。こうして救出されたことだけでも、奇蹟にちかいのだ。ながい間、困苦にたえながら希望のない日を送ってきたことを思えば、寒さも気にならないはずだし、諦めかけていた大空へ、ふたたび舞いあがることができたのだ。

習慣的に、富樫兵曹は周囲に目をくばり、見張り警戒をしていた。

飛翔すること四時間あまり、そろそろ東の空が明るくなりはじめるころ、機はアンボンの水上機基地へ無事に着水していた。

ここは水上偵察機と大型飛行艇の基地で、アンボンはもとはにぎやかな街だったが、その大部分が敵の爆撃で破壊されてしまっていた。

富樫兵曹と足立原兵曹は、ここに二泊三日滞在し、セレベス島のマカッサル経由で、ジャワ島のスラバヤへ行くことになった。

三日目の早朝、二式大艇に乗りこんだ富樫、足立原両兵曹は、アンボンで耳にしたマカッサル基地のことを語りあった。五〇三空は、去年マノクワリで聞いたとおり、わずかな残存機をもってフィリピンに引揚げ、特攻出撃で全滅してしまっていたのだ。司令の増田正吾中佐は、マカッサル基地の司令になっているという。

「時間があったら、司令を訪問してみよう」

「そうだな、隊員たちのくわしい状況がきけるかもしれない」

「五〇三空の搭乗員で生きているのはトガちゃんとおれだけになったな」

足立原兵曹の言葉は暗い。

ボロボロの服と裾《すそ》がボサボサにほどけたズボン。どう見ても一文無しのような二兵曹が大艇に乗りこんだときから他の便乗者は眉《まゆ》をひそめるような顔をしていた。陸海軍の将官、佐官級が大部分で、みな立派な軍服を着ていた。だが二人は、一向にそんなことには頓着しなかった。そのうえ、富樫兵曹の同期生である塩田兵曹が操縦員として搭乗しているので、好都合であった。飛行艇内をわがもの顔に歩きまわり、丸窓から外の風景をながめる余裕さえでてきていた。

マカッサルへ到着したが、燃料補給がおわればすぐまた離水するというので、増田司令を訪ねる時間はなさそうだ。

ふたたび飛行艇は舞いあがった。ジャワ海を一とびし、ジャワ島のスラバヤについた。

富樫兵曹と足立原兵曹は、東印空へ仮入隊ということになった。三八一空の搭乗員室へ行くと、いあわせた者はいっせいに驚いた顔で二人に視線を集中してきた。なんといっても実戦体験のない若い搭乗員ばかりの所へ、いきなり一文無しのような二人が入って行ったのだから無理もない。

静かな毎日であった。

若い搭乗員たちは富樫兵曹や足立原兵曹の所へ、戦闘体験の話をききたくてやってきたが、ビアク島の悲惨な話などは士気に影響すると考え、艦爆隊の勇ましい戦いぶりなどを説明するにとどめていた。

「おれたちは、あまりめざましい活躍をしたわけじゃないからな」

二人きりになると、ポツリとつぶやくのだった。

そうしたある日、二人はスラバヤの街へ外出した。かなり規模の大きい都会である。見物もさることながら、外出の目的がほかにあった。この街に五〇三空の航空戦隊司令部が残存していると聞いていたので、司令部をたずねるつもりだった。

司令部は、やはりあった。しかし、心配していたとおり、五〇三空は全滅——という記録がのこっていた。

デング熱がおさまり、ソロン基地までできたと聞いていた親友杉山繁三郎兵曹も、熊谷、丸子兵曹のほか富樫兵曹の同期生はもちろん、先輩も戦友も全員が戦死と記されている。もっと驚いたことには、富樫春義、足立原健二の両名まで、記録上では戦死となっているのだった。海軍軍令部発行の公報を見ると、二人とも作戦中行方不明となっている。

「うーむ。するとわれわれ二人が生存しているということが、司令部に連絡とれていなかったわけだ」

足立原兵曹は、どうも釈然としない顔つきである。ただし、階級だけは昭和十九年十一月一日付で、両一飛曹が上等飛行兵曹に昇進していたのは、ちょっといい気分であった。

二人は帰るべき原隊がすでに消滅してしまっているので、仮入隊のまま客分として在隊しているので外出は自由である。ある日、街の見物にでかけた。あいかわらずボロボロの服に穴のあいた靴で、ひどい格好である。

ある商店のウィンドウをのぞきこんでいる二人の所へ五人づれの巡羅《じゅんら》（陸軍の憲兵に相当する巡察隊）が、突然声をかけてきた。一等兵曹の巡羅隊長だ。

「あなたがたは、どこの部隊ですか？」

「おれたちは五〇三空、彗星艦爆隊の搭乗員だ」

「………？」

巡羅隊長は不審気な顔になった。富樫兵曹たちが上等兵曹の階級章をつけているので、言葉つきはていねいだが、ひどくうさん臭いといった眼つきである。もっとも五〇三空がニューギニアで全滅したことはある程度知られていたので、彼らも知っていて、脱走兵ではないかと思いこんだようだ。

富樫兵曹は、ちょっと不快な顔で、巡羅隊長を睨《ね》めつけながらいった。

「いいかよくきけ。わが五〇三空は、ニューギニア作戦で全滅した。おれたちは九死に一生をえた生き残りだ。先日当地へ到着し、現在東印空に仮入隊、客分として宿泊しているものだ。不審に思うなら、遠慮はいらんから、司令部に照会しろ。あんた方は立派ななりをして、こんな平和な街でしあわせでいいな。あんたたちが楽しんでる最中、われわれは苦しみぬいていたってわけだ」

一気にまくしたてた。戦友のすべてを失った悲しさを抱いている所へ、うろんに思われてると感じて腹がたってきたのだ。精いっぱいの皮肉のつもりである。

巡羅隊の連中は、ポカンとして聞いていたが、往来するインドネシア人たちの集中する視線を感じてか、隊長がいった。

「事情はわかりました。しかしその服装で歩かれたのでは、帝国軍人の威厳にかかわります。なるべく人どおりのすくないところを歩いて下さい」

この一言が、二人の頭にカチンときた。が、よく考えてみれば、無理もない。街の治安をあずかり、海軍の権威を代表する巡羅隊なのだから、こんなみすぼらしい服装の者に注意をあたえるのは、当然かもしれない。

「よしわかった。わかったからはやく行ってくれ」

足立原兵曹が、いまにも巡羅隊にとびかからんばかりの富樫兵曹をおさえながらいった。

巡羅隊が去ると、富樫兵曹は本当にいまいまし気に、

「えーい、むしゃくしゃする!」

「仕方ないな、この格好じゃあ……」

それから二人は、たがいの姿をながめて、笑いだした。

「よし、これから司令部へ行って、新しい軍服をもらいうけよう」

二人は、さっそく司令部へのりこむと、経緯を説明し、首尾よく被服一揃えを手に入れたのだった。

## 再び握る操縦桿

ある日、富樫、足立原両兵曹は、司令部の先任参謀（海軍大佐）によびだされた。参謀の個室に、ビアク島周辺の地図がひろげられていた。よびだしの趣旨は、ビアク島についての情況聴取だった。

「わたしたちは、六月三日の攻撃いらい、ビアク島の……」と二人はできるだけ詳細に、マノクワリ出発までの経過と、マノクワリできいた全員戦死の状況を報告した。

「わかった。ごくろうだった。どうだ、今後の二人の活躍を祈って、うまいものを食いに行こう」

大佐は二人を、スラバヤで一番うまいという中華料理屋へ案内してくれた。

これまで見たこともない本式の中華料理をとりよせ、参謀は一つ一つ名前と食べ方を説明してくれた。冷たいビールを飲みながら、二兵曹はしだいに心が沈み、ついに涙をポロリとおとした。原隊と戦友を失ったいま、こうして二人だけが生きのこって、うまい物を食っている。

あの戦友たちと一緒に飲めたら、どんなにしあわせだったか……。それが二人の胸を切なくしているのだ。

「なにごとも祖国のためだ。元気だせ。帰隊時刻は気にしなくていい。連絡しておく」

参謀はなにかと二人の気分を引きたてようと、心を配っていた。

「どうだ、二人とも内地へ帰って休養したらどうか？」

「いえ、それよりも、私たちは一刻もはやく搭乗配置につきたいのです。翼のない搭乗員のつらさをわかってください」

「そうか、よろしい。何とかしよう……」

参謀は、そう約束した。

二日後、富樫兵曹と足立原兵曹に命令が下った。マデウンにある基地へ出発せよ、というのだ。さっそく飛行服を支給され、マデウンにむけ、汽車で出発した。

汽車は薪を満載し、機関助手が懸命にカマをたいている。煙突から火の粉をとばしながら、山峡をぬって驀進《ばくしん》する。といっても、登り坂になると列車をおりて歩いた方がはやい。のんびりした旅行だった。

マデウンもかなり大きな街であった。駅へおりたつと二兵曹はさっそく憲兵にたのみ、航空隊から迎えの車をよびよせると、航空隊へむかった。

翌日から、ただちに飛行訓練が開始された。

機種は九七式艦上攻撃機だった。この飛行機は雷撃と水平爆撃の兼用で、三座である。

この隊には、富樫兵曹の大先輩である予科練の四期生がいて、その人の操縦する機の後席へ同乗するよう命ぜられた。

「操縦のかんをとりもどすまで、二、三日同乗しろ。『彗星』とはいくぶんちがうが、なに、すぐなれる」

先輩は後席におさまった富樫兵曹に、慈愛のこもった指導をしてくれるのだった。

(よーし、やるぞ。おれは二日以内に絶対かんをとりもどしてみせる)

富樫兵曹は、はりきっていた。うれしくてたまらない。一度はもぎとられてしまった翼を、もう一度つけてもらえた。そしていま、こうして飛んでいるのだ。

二日間で、富樫兵曹のかんはもとどおりになった。三日目の午後には、後席に足立原兵曹を乗せ、操縦桿をにぎっていた。

「トガちゃん、おれたち、ようやく空へもどれたな」

足立原兵曹の声も、うれしさにあふれている。

「『彗星』でないのは残念だけどな。しかしもうぜいたくはいわない。こうして操縦できたんだから……」

「そういえば、このごろ腹痛いっていわんな」

「もうなおったんだ。病気のことを知られるとまずいと思ってかくしているうちに、マラリアもアメーバも退散したみたいだ」

二人の声は明るかった。

「そろそろ帰投する時刻だよ、トガちゃん」

「わかった」

「右九〇度変針……二三五度、よーそろー」

「二三五度、よーそろー……」

足立原兵曹の針路指示にこたえて、富樫兵曹は右垂直旋回に入った。

基地へ着陸すると、一つの命令が富樫兵曹をまちうけていた。

「じゃ、自分一人でありますか？」

指揮所前で、富樫兵曹は驚いて飛行長の顔を見た。

命令は危険な任務だった。いままで飛んでいた九七艦攻の後席に、積めるだけの物資を積み、バリクパパンの友軍に物糧投下に行け、というのだ。なお、パリクパパン付近には敵機の出没が頻繁《ひんぱん》なので、生命は保証できない、という。そのうえ操縦員一人で出発せよ、というのだ。

「わかりました。富樫上飛曹は、明日、物糧投下のためにパリクパパンへ出発します」

と、こたえたものの（今度ばかりは死ぬ）と思った。

その夜、富樫兵曹は足立原兵曹に、飛行計画の相談にのってもらいながらいった。

「おれ、操縦技術の退化した現在、兵器のまったくない艦攻で、敵機に遭遇したら自信ないよ。今夜が最後かもしれんが、アダっちゃん、必ず元気で内地へ帰ってくれよ」

「そんなことといわず、絶対生きて帰ってこい。内地へは一緒に帰るんだ」

足立原兵曹はあとの言葉がない。

翌日、後席の座席をとりはずした九七艦攻に物資が積みこまれ、富樫兵曹は万端の準備をして待機していた。だが出発命令が下らない。

「どうしたのかな?」

二人が話している所へ、別な命令が舞いこんできた。

### 練習航空隊

「富樫上等飛行兵曹および足立原上等飛行兵曹は第三一航空隊へ転勤すべし」

これが新しい命令であった。

その日の夕暮れ、両兵曹は、ライフ・ジャケットにつつみこんだ飛行服一つをもち、マデウン駅から列車に乗りこんだ。他になんの荷物もない。

行き先は、ジョクジャカルタである。

午後四時、ジョクジャカルタへ到着した二人は、駅前の通りへでた。道ばたに朝市がたっていて、果物、家鴨《あひる》の丸焼、野菜などが雑然とならべられている。

迎えの車で、日本によく似た田園風景の田舎道を約一時間も走り、第三一航空隊の門をくぐった。

副直将校の案内で第四分隊へ配置にはなったが、ここでも仮入隊の形である。どこの隊へ行っても仮入隊ばかりしてきた二人だ。それほど気にもならない。なにしろ帰るべき原隊が全滅してしまって孤児みたいな存在なのだから、やむをえないのだ。

三一空は陸上機の操縦練習航空隊で、甲種飛行予科練の十二期生と十三期生が教育をうけている。

先任下士官の山田利造上等飛行兵曹が、さっそく練習生をよび、富樫兵曹には十三期生の賀集練習生を、足立原兵曹には、やはり十三期生の後藤練習生をつけた。

賀集練習生の用意してくれた寝台に横たわると、富樫兵曹は木更津発進から今日までのことを、しみじみ思いうかべてみた。

「それにしても、搭乗員の運命は、明日どこへ行くのかわからんものだ」

ポツリと呟くのだった。

その夜、富樫兵曹は、なんだか体中がかゆくて眠れなかった。

「ああ、それは南京虫《なんきんむし》ですよ」

翌朝、山田兵曹は、そのかゆい原因を、いとも平気な顔でいってのけた。

富樫兵曹が驚いてベッドのすみを凝視すると、いるわいるわ、血を吸って大きくなったやつが、折り重なるようにしてうずくまっているではないか。おれのような苦労して前線から帰った者の血を吸うとはけしからん——だとばかり、針を使ってブスリブスリと各個撃破作戦をはじめた。

飛行機の搭乗配置がないので、一日中、南京虫掃討をやっている所へ、隊内見学にでていた足立原兵曹が、艦爆の操縦員がいるという情報をもってきた。富樫兵曹が、訪ねて行ってみると、偶然にも宇佐航空隊時代、おなじ第二十九期飛練（飛行術練習生の略称）の艦爆操縦専修の教育を一緒にうけた境田兵曹（丙飛第十三期出身）であった。彼とはペアで同乗教育をうけた仲だ。そのうえ、となりの第三分隊に、予科練同期生の壇上清兵曹がいた。

壇上兵曹といろいろと話をしてみると、ここの先任搭乗員は十四年志願兵の浜田兵曹で、実戦体験者は富樫兵曹をふくめて四人しかいないという。

古手の搭乗員は、ほとんどいないようだ。富樫兵曹たちが教育をうけていたころといえば、百戦錬磨の勇士が手とり足とり熱を入れて教育してくれたものだった。

それにしても、これからどこへ転勤させられるのか……？　はやくどこかの艦爆隊へ行き二五〇キロ爆弾を抱いて戦場にのぞみたいものだ——と富樫兵曹は思っていた。

練習航空隊で仮入隊のまましぼんでしまうのでは、なんとも情ない、と思うのだった。

悶々《もんもん》としているある日、突然、命令が下った。

ところがその命令というのが、三一空四分隊付きの教員としての正式任命である。

「アダっちゃん、えらいことになったなあ」

「当分ここに居座りらしいな」

「しかもおれは四分隊の先任教員（教員のなかで一ばん先輩か階級の上の者）だよ。はたして練習生によい操縦技術指導ができるかどうか、まったく自信ないんだ」

「おたがいにベストをつくすだけだ」

足立原兵曹は、あくまでも軍命に従順だ。

たゆまぬ努力と忍耐が必要なのだ、という分別をもっているようだ。

教員配置について、またたく間に一週間がすぎた。ある日、足立原兵曹が、飛行隊長の植草大尉から、こんなことをいわれたんだが、と一つの話をもちこんできた。

「体の調子がととのいしだい、君たち二人を『彗星』艦爆の配置につけるようにする。任務は特攻機の誘導機兼戦果確認機としての出撃ということになる」

植草大尉がそういった、というのだ。

富樫兵曹は急に眉根をよせて、面白くない顔になった。

「冗談じゃないよ、誰が優秀な搭乗員たちを、地獄送りにする案内人になれるかってんだ。まっぴらごめんだね。ただし、おれにも二五〇キロ爆弾をだっこさせて、誘導機もしくは体当たり指揮官機っていうなら別だ。戦果確認だなんて、第一おれたちの目的とちがうよ。アダっちゃん、どう思う?」

「トガちゃんと同意見だね。死んだ戦友のとむらい合戦で、一艦轟沈させにゃあ、腹の虫がおさまらん」


そんなことがあってから一ヵ月ほどたった五月の中旬、富樫兵曹と足立原兵曹に転勤命令がでた。転勤先はまだ未定だが、とにかく実戦部隊の、それも艦爆隊だろうと胸をおどらせ身仕度をして兵舎内で待機していたが、いつまで待っても迎えがこない。さんざん焦らされたあげく、転勤命令は取消しとなった。

がっかりした二人が、ふたたび練習生教育に専念していると、また十日ほどして転勤命令がきた。今度こそ本物らしい。すぐ庁舎前に整列せよ、というのだ。

「富樫上飛曹、足立原上飛曹、整列しました」

と、庁舎前で副直将校に報告したとたん、またもや出発中止の命令である。その後、二度もおなじことがくりかえされ、二兵曹は不愉快になった。

「……どうせ原隊が全滅して、死にそこないの二人だと思って、司令部はからかっているんじゃないのか？」

さすがに冷静な足立原兵曹も、いささか頭にきているようだった。しかし、よく考えてみると、一度は転勤配置命令をだしても、受領者にとどくまでに、当の転勤先の部隊が全滅してしまったり、遠い所へ移動したり、搭乗機が消耗のためなくなってしまったり、という実情の昨今だから、いたし方ないようにも思われた。

また二人は、しばらく教員として練習生教育をつづけることになった。

もともと飛行の訓練はきびしいもので、とくに操縦の失敗は直接死につながるので、わずかなミスでも練習生たちは、体罰をくわえられるのが予科練、飛練の伝統であった。体罰の大部分は〝バッター〟というもので、練習生は足を開いてたち、手はバンザイの格好をする。その尻を野球のバットのような棒で、力いっぱいなぐるのである。しかし富樫兵曹と足立原兵曹は、めったなことではなぐるようなことはしなかった。前線勤務で、しかもつらい思いをしてきた教員は、総じてなぐるようなことはしない。前線搭乗員の不足をよく知っているので、そんなことをするよりも、はやく一人前に育てあげ、実戦に参加させたい、という気持ちの方がつよいのだった。

富樫兵曹は先任教員として、自分の責任において、あるときは喫煙もゆるしたし、ときには自分の給料をはたいて、街の料理屋で教え子たちにうまいものを食べさせたりして、心の融和をはかるようなことが多かった。

そうした生活のなかで、またマラリアが再発したようだった。それは足立原兵曹もおなじで、富樫兵曹よりも発作の回数が多かった。

富樫兵曹は、飛行作業（練習飛行）後、練習生を整列させ、訓練にかんする講評をしている最中に発作をおこすケースが、何度かあった。急に高熱を発してぶったおれる。それが癲癇《てんかん》とおもわれ、練習生たちは仰天するのだった。

何回かそんなことがあったせいか、練習生たちはすっかり心得てしまい、ある者は医務室へ氷をとりにはしり、ある者は飛行服の胸をひらいて団扇《うちわ》で風をおくる。そんなとき富樫兵曹は、心から練習生たちに感謝していた。

「ありがとう……」それは、心からの謝辞であった。

教員も練習生も、一つの家族という考え方が定着しているのだった。

いつ戦線へ復帰できるのか、それをまさぐりながら、また月日はながれていった。

（はやく実戦にもどりたいなあ。戦友たちの仇を討ちたい）

悶々の日を送っていたとき、「富樫上等飛行兵曹は、三八一空へ転勤せよ」という命令がきた。

「おれ一人で？」

と富樫兵曹は、撫然《ぶぜん》たる面もちで転勤命令を受領した。

# 6　戦い敗る

## 戦闘機なき戦闘機隊

第三八一航空隊といえば、戦闘機隊だ。単座戦闘機には、偵察員である足立原兵曹は不必要だ、ということはわかる。しかし、ながいあいだ艦爆搭乗員としてペアを組み、生死を共にしてきた戦友とはなれることは、身を切られるつらさだ、と富樫兵曹は思った。

出発までの何日間かのあいだに、富樫兵曹はくりかえし足立原兵曹にいった。

「さきに征《ゆ》くよ。元気でつぎのチャンスを待っててくれ。二度とあえないかもしれんが、いつまでも忘れない」

足立原兵曹は言葉もなかった。死ぬまで一緒に闘うつもりだった二人の間を、命令は冷たく引き裂いたのだ。

富樫兵曹は外出し、クラブ（外出時に飲食する集会所）へ行った。大勢の混血娘たちがここに勤務していた。大部分はインドネシア人とオランダ人との混血で、美人ぞろいであった。

ピアノのうまい娘が一人いた。富樫兵曹はその娘が好きで、外出するとここへかならずより、彼女をそばに呼んでウィスキーを飲むのが楽しみだった。たがいに相思の仲に発展しかけているようだった。つい先日、彼女は自分の母に一度あってほしい、といっていたのだ。

富樫兵曹は、いま戦闘機乗りとして転勤することになった。特別な約束をかわしている相手ではなかったが、最後の別れだけはして行きたい気持ちだった。

「私は転勤となり、他の航空隊に行くことになりました。今度は戦闘機乗りとなり、おそらく特攻隊として祖国のために命を捧げることになるでしょう。あなたのお母さんにも一度おあいしたかったが、それもできず残念です。どうか元気で暮らして下さい」

富樫兵曹は彼女を呼ぶと、日本語とインドネシア語をチャンポンにして話した。彼女はだまって聞いていたがみるみる大粒の涙が頬をつたった。

「どんなことがあっても死なないで。特攻隊に行かないで……一緒につれてって……」

と富樫兵曹の胸にすがりついてくるのだった。

帰隊時刻がせまっていた。明朝はやく出発しなければならない。恋にかまけていられない戦局なのだ。泣きじゃくる彼女をなだめ、富樫兵曹は帰隊した。

夜明け前、富樫兵曹を乗せたダグラス輸送機は、三一空の滑走路をあとにした。朝はやいので、隊員たちへの挨拶は昨夜のうちにすませておいた。ただ、足立原兵曹だけは、離陸まで見送りにきてくれた。

ダグラス機は西北に針路をとり、その目的地ペナン島へむかった。

ペナン島は、タイ国境にちかいマレー半島の、マラッカ海峡をはさんでスマトラ島の対岸にある。マレー第二の都市といわれ、人口は二十万と聞かされていた。

すぐ東側の対岸はマレー半島のバタウォース港で、そこのアエルタワル基地には三八一空の中攻（中型陸上攻撃機）隊が駐留していた。

ペナン島には潜水艦の根拠地もあり、インド洋作戦ではここの潜水艦が活躍したことは有名である。ドイツのUボートも同居しており、共同作戦をしているとのことだ。

三八一空の飛行場は、街から東へ約三十分くらいの所の西海岸にあり、兵舎は飛行場から一〇〇〇メートルほどはなれて建てられていた。

兵舎の周囲にはマンゴスチンやドリアンの林があり、飛行場と兵舎までの途中に中国人街がにぎわっていた。

兵舎からそれほど遠くない所に水田があって、夜は螢《ほたる》がとびかい、富樫兵曹にとおい日本の故郷の夏景色を思いださせた。

それというのも、ジョクジャカルタをのぞいて、木更津発進いらい富樫兵曹は、緊張の連続した日々を送ってきた。まったく心の休まるひまがなかったので、こうした田園風景をながめていると郷愁にかられるのかもしれなかった。

兵舎の裏にこだかい丘があり、そこから流れおちる清冽《せいれつ》な水を小石でせきとめ、池がつくられていて、これが良質の飲料水ともなっていた。

（あのビアク島の西洞窟の戦友たちに、この水を飲ませてやりたかった）

そんな想いが、ひしひしと胸にせまってくるのだった。硫黄島、サイパン、トラックと、転戦してきた基地ではどこも雨水をためて飲んでいた。それにくらべたら、この搭乗員たちは本当に幸福だ。飛行訓練後の汗をこの池で洗い流し、いつでも肌着の洗濯ができる。

富樫兵曹はこの平和な基地にいながら、日がたつにつれて切なさの増してゆくのを感じていた。木更津基地いらい、ともに笑い、ともに泣いた五〇三空の同期生、戦友のすべてが戦死してしまい、最後には一緒に死のうとまで誓いあった足立原兵曹とも、生木を裂くようにひきはなされてしまった。戦友の弔い合戦を勇敢に戦い、みごと敵艦を轟沈したいと思っても、ここの基地にある実用機といえば、九九式艦爆二二型、九七式二号艦攻、それに「天山」艦攻一二型が数機ずつあるだけで、あとは全部九三式陸上中間練習機ばかりである。これでは、戦闘参加はのぞむべくもない。

（あのとき、あの巡洋艦になぜ体当たりをしなかったのか……いまはただ海軍で無駄飯を食っているにすぎない。戦友たちにおくれをとったのが恥ずかしい）

富樫兵曹は、自虐的とも思われるような思考のなかで自分が生きのこっていることを、罪悪のようにさえ思いはじめていた。

それがしだいに昂じると、酒乱めいた行動をとり、外出すると酔って喧嘩《けんか》をするようなことがあった。隊外に日本人の経営する太陽食堂というのがあり、ここでは華僑《かきょう》の娘たちが大勢働いていたが、彼女らはこういった。

「富樫さんは酒を飲むと、とても恐しい人になることがある。あなたの心は不可解です」

それは当然であろう。だれ一人、富樫兵曹の苦悩を知る人はないのだ。

そんな苦悩をもつ富樫兵曹は、気分のはればれする話をきいた。東京都出身の同期生で、予科練ではとなりの班にいた倉本十三上飛曹が、夜間戦闘機「月光」を駆って帝都防衛に舞い上がり、飛来した〝超空の要塞〟ボーイングB-29を一晩のうちに六機も撃墜したというのだ。「うーむ、うらやましい奴だ。おれも負けちゃいられないぞ。かならず好機をつかんで暴れてやる」

と奮起するのだった。

## 領取飛行

七月の末のある日、飛行訓練をしている飛行場に、ダグラス機が飛んできた。富樫兵曹がここへ着任したときに便乗した飛行機だ。

ちょうど着陸し、列線にもどった九九艦爆の座席にいた富樫兵曹は「おや」という顔になった。ダグラス機から数人の搭乗員が降りてきたからだ。

こんな実用機の少ない基地へ、また搭乗員の着任か、解せない——といった顔だ。が、こっちへ歩いてくる搭乗員たちの顔がはっきり見えてくると、富樫兵曹はあわてて、地上へとびおりた。

ジョクジャカルタの三一空にいた長妻大尉を先頭に、後につづくのは山田、蓮山、真崎、菊地、松崎、境田らの教員たちではないか。

「おうー。富樫兵曹……」

境田兵曹が、いちはやくこちらに気づいて、かけよってきた。

「おう、よくきたな」

みんなの懐しい顔ぶれを見て、富樫兵曹はうれしくなった。

「アダっちゃんは？」

と富樫兵曹は山田兵曹にたずねた。「彼はこなかった。植草大尉（飛行長）の偵察員として残留させられたみたいだ。いよいよ全員特攻隊になるらしいよ」

「命令がでたのか？」

「いや、たんなる噂だけど……」

「しかし飛行長はずるいな。足立原兵曹の偵察員としての優秀さを知ってて、いざというときの、自分の後席に乗せるつもりとはなあ」

富樫兵曹は、またまた大いにくさってしまった。いざ決戦となって、自分が艦爆で急降下するときに、いったい誰が後席の役を果たしてくれるというのだ。急降下中に計算し、角度修正の指示のできる偵察員など、一朝一夕にして養成できるものではない。今日着任した者は別として、ここへきてからの飛行訓練中、一人も役にたちそうな者はいなかった。現在この基地には学徒出陣の予備中尉は沢山いるが、まだ実戦体験もないし、何千メートルもの高度から爆弾をだいて急降下する爆撃訓練はしていない。今度転勤してきた戦友たちは境田兵曹一人が艦爆で、全員艦攻の搭乗員だ。

「心ぼそいな……」

思わず富樫兵曹の口をついてる言葉は、それであった。

そうこうするうちに八月になった。

五日――。

富樫兵曹は命令により、ジョホール基地へ飛行機を領収に出張した。同行者は学徒出陣の高島中尉、高橋兵曹（乙十七期予科練出身）、整備科の兵器係の下士官の三名であった。飛行機は九九式艦爆二機である。

ジョホールで試験飛行を行なったときには、何の異常もなかったのに、密林の上を飛び、燃料補給をうけるクアラルンプールへむかって飛行をつづけているうちに、高橋兵曹が操縦している二番機が、突然エンジンに不調をきたした。富樫兵曹の操縦する一番機にやっとの思いでついている状況である。富樫兵曹は気が気ではない。エンジン不調の体験を何度もしてきているので、高橋兵曹の心ぼそさがよくわかる。

「高島中尉、クアラルンプールはまだですか？　二番機がエンジン不調です」

編隊の指揮者であり、偵察員であり、かつ士官である高島中尉に富樫兵曹がたずねた。

「まだ十分くらいかかると思う……」

富樫兵曹は航空図《チャート》をひろげ、考えてみた。飛行時間、速度、針路を頭のなかで考えあわせてみると、もう通過していなければならない時刻なのだ。

「さっき通過した市街地が、クアラルンプールじゃありませんか?」

「そんなことはない。おれはちゃんと航法やってるんだ」

輸送指揮官はあくまで高島中尉なので、それ以上しつこくいうわけにもいかない。しかし、十五分以上飛んでもそれらしい街はない。ただジャングルばかりで、小さな村落が点在するだけだった。

「もう無理です。高度が下ってます。ひとまず海岸へでましょう」

富樫兵曹はそういうと、返事も待たず針路を左にとった。どうやら高橋兵曹はあとについている。海岸線まででると、高橋兵曹に合図を送り、さらに左に変針した。十分ほど飛んだ眼下に飛行場があった。

「あそこへ不時着します」

高島中尉に断わりながら降下に移った。

そこは陸軍の飛行場だった。調べてみると、やはり富樫兵曹のいうとおり、あの通過した市街地がクアラルンプールだった。この飛行場から三〇マイル（約五六キロメートル）の位置である。

高島中尉は、航法の計算をまちがえたのだった。

「すまん」

と、面目なげに一言いった。

「いいですよ。なれるまでは誰だって一回ぐらいそういうこともあります」

富樫兵曹はそういいながらも、やはり実戦で鍛えあげた足立原兵曹なら、こんな間違いはしないものを——と思った。陸上だからよかった。万一、海上航法なら、燃料がなくなるまで飛んで、一巻の終わりだったな、と思うと背筋のさむくなる想いがした。

二番機の整備を陸軍の整備兵にたのむが、なれていない機種のせいか、燃料系統のちょっとした故障なのに、どうも正規の調子にならない。夕暮れちかくまでかかり、応急修理ができたので、クアラルンプールへむけて出発した。

十分あまりでクアラルンプールへ到着したが、到着すると同時に、また二番機が故障してしまった。

「高島中尉、これじゃあ燃料補給して、今夜ペナンへ帰るのは、危険ですよ。ここに一泊してる間に修理してもらいましょう」

富樫兵曹の言葉にたいして、高島中尉は否定しない。夜間飛行にでもなって、もし事故でもおこしたら責任重大だ。ここは一番、経験ゆたかな部下の意見にしたがった方が無難だ、と考えたらしい。

整備点検を整備科にたのみ、陸軍航空隊で用意してくれた宿舎へついて、その豪華さに四人はびっくりした。

クアラルンプール駅ちかくの丘の中腹にたてられた立派なホテルであった。本来ここは、佐官、将官クラスの高級将校の宿泊する所で、富樫兵曹のような下士官は、普通は泊まれる所ではないと聞いて、一同大いに感激してしまった。

「富樫兵曹、今日はみんなに迷惑をかけたから、気分なおしにこれを飲もう」

高島中尉が偵察バッグから、スコッチ・ウィスキーをとりだした。

「ほう、そんないいもの、どこで……？」

「ジョホールを発つ前に、ある先輩が手紙とこれをもってきて、ペナン基地の親友にとどけてくれって」

「じゃあ、悪いじゃないですか」

「大丈夫だよ。途中部下が病気になったので薬にしたことにする」

「ハッハハ、高島中尉もやりますね」

「航法はうまくないが、酒はつよい方だ。おれたちは、学徒出陣の短期養成で戦地配属になった速成士官だ。技術面では経験不足でおとるかもしれんが、国のために命を捧げる心意気は、君ら予科練出の搭乗員とおなじだ。これからもよろしくたのむぞ」

と、和気あいあいのうちに、四人でウィスキーを飲みつくしてしまった。

翌朝、エンジンの修理ははかどらず、正午をすこしまわるころ、ようやく整備が完了した。

「よし、さっそく試験飛行だ。高橋兵曹、おれは後席へ乗る」

富樫兵曹は高橋兵曹に操縦桿をにぎらせ、ただちに離陸した。急上昇、急降下と苛酷な試験飛行を行なった。

「金星」五四型空冷星型一四気筒のエンジンは、快音をあげて調子いい。

「速力もいいし、わるい所はないな、高橋兵曹」

「はい、大丈夫です。ペナンへ帰れます」

高橋兵曹も安心したらしく声が明るい。

本来なら、試験飛行がおわればすぐ出発するのだが、四人の出張員はすっかりこの古都に魅了されてしまい、もう一泊としゃれこんだ。それというのもここへ着くとすぐ、高島中尉が二番機の故障と、その修理のためにここに滞在することを、ペナン基地へ打電しておいたという気安さがあったからだ。

翌朝はやく、ペナン基地から後席に腕達者な整備員二名を乗せて、境田兵曹の操縦する九七艦攻が迎えにきた。勿論もう修理ずみなので、ここの陸軍航空隊にお礼をのべ、三機編隊でペナン基地にむけて出発した。

## 最後の飛行

八月十四日——。

その日は、夜間訓練であった。

最後に着陸した富樫兵曹が、指揮所前に到着し、搭乗員全員が整列すると、隊長が台上にたち、「訓練終わり」を宣したあと、「お前たちも、うすうす知っているだろうが……」と、言葉をきった。

（いよいよ決戦だな。この間ジョホールで耳にしたところでは、ちかく日本の在外地航空機のすべてを日本へよびもどし、全機特攻機として飛びたつと聞いた。きっとそれだ）

搭乗員一同が隊長のつぎの言葉を、胸をはずませてまった。

やがて隊長が、口を開いた。

「戦争は終わった」

そこでまた隊長は絶句し、言葉をさがしているようである。

一瞬、ざわめいた。富樫兵曹は瞬間（勝ったのか？　でなければ、われわれはこうして生きてはいられない）といった驚喜のようなものを感じていた。

隊長が、三たび口を開いた。

「日本は……連合軍にたいし、無条件降伏をしたという……電報が入り、現在、休戦状態である」

一同は電気にでもうたれたように立ちすくんで、食い入るように隊長の顔を凝視した。

「……であるが、日本本土は戦いに敗れようとも、われわれ南方軍の陸海軍は、最後の一兵となるまで闘う。その旨の電報を南方総軍の司令官寺内元帥より大本営に打電ずみとの事である。われわれは、大決戦にそなえ、ますます猛烈な訓練を行なう」

隊長は、こう結んだ。

兵舎に帰った搭乗員たちは、呆然として声もなかった。あちこちから嗚咽《おえつ》の声がおこっていた。

日本軍が戦争に負けた——という現実が、現実として受けとれない。しかし敗れたことは事実のようだ。ながい苦しい訓練と困苦欠乏に耐えながら生き抜いてきたのは、祖国の勝利を信じていたからであり、敗れるときは一億国民が全員玉砕するときだ、と固く信じてきたからだった。

富樫兵曹は漠然と死を考えた。どういう形で死を選べばいいのか、それは分らないにしても、とにかく祖国が滅亡したからには、その運命に殉ずる以外に道はない。

戦死してしまった戦友たちにすまないという気持ちが、ひしひしと迫ってくる。かつて外国との戦争に敗れたことのない日本の歴史に、自分たちが汚点をのこしてしまった。それがまるで自分の責任ででもあるかのように思われる。

日本軍の潜水艦基地などが置かれ、終戦まで占領下にあったペナン市の全景。三八一空に転属となった富樫は九九艦爆の搭乗員として同地で終戦を迎えた。

隊員のすべてが、虚脱状態となり、やがてそれが自暴自棄にかわっていった。またある者は酒をがぶ飲みし、ある者は拳銃や機銃を夜空にむけて乱射している。ある者は日本刀を抜き放ち、バナナやパパイヤの木に切りつけているのだった。

一夜が明けた。

富樫兵曹は外へでた。すがすがしい朝の空気のなかにたって、あたりを見まわした。やはり敗北したのだ、ということが実感となってそこにあった。

昨夜切りたおされたバナナの切株から、水分をふくんだ新しい芽が、もう一五センチも伸びてきている。

「逞しいなあ……そうだ、おれたちだって……たとえ内地が降伏しても、われわれ外地部隊は……　訓練だ、以前にもまして猛訓練だ」

と思いつめた表情でつぶやいた。

飛行作業がはじまった。どの搭乗員もひどくあらっぽい操縦をしている。よくも飛行機が空中分解しないものだ、と思うほどの操縦ぶりである。そんな有様を見ていながら、隊長はなんの注意もしない。いや、隊長みずからが、かなりきわどい危険と思われるようなはげしい操縦ぶりなのだった。

その夜おそくなって、ある噂が搭乗員の耳から耳へ伝わりはじめていた。

神風特別攻撃隊最後の特攻機として、第五航空艦隊司令長官宇垣纏《まとめ》中将が、水上機母艦「テンダー」に突入したというのだ。長官は突入前、機上から各隊にたいし訣別の辞を送ってきたという。

「過去半歳にわたり、麾下《きか》各隊将士の奮戦にかかわらず、驕敵《きょうてき》を撃砕《げきさい》、皇国護持の大任を果すこと能《あた》わざりしは、本職不敏の致すところなり。本職は皇国の無窮《むきゅう》と全航空部隊特攻精神の昂揚《こうよう》を確信し、部下隊員の桜花と散りし沖縄に進攻、皇国武人の本領を発揮し驕敵米艦に突入轟沈す。指揮下各部隊は本職の意を体し、あらゆる苦難を克《こく》服《ふく》し、精強な皇国の再建に死力をつくし、皇国を万世《ばんせい》無窮たらしめよ。大元帥陛下万歳」

搭乗員たちは、みなふるいたった。なんとかして、残存機に搭乗して敵艦に体当りをするのだ、と誰もがその方法を懸命に考えはじめていた。

八月十六日になった。

飛行作業開始時刻、搭乗員たちはいつものように整列した。

「大本営より命令がきた。ただちに作戦を中止し、連合軍に降伏せよ、との内容である。われわれは日本人である。である以上、国籍をのぞかれてまでも勝手な戦闘を続行することはできない。そのような事をして、内地の同胞に迷惑をおよぼすようなことになれば、やはり不忠者となる。やがてきたるべき決戦のためにと訓練をかさねてきたが、もはや、その技量をふるうべき機を逸《いっ》した。残念であるがいたし方ない。そこで、今日は最後の飛行である。どのような飛行をしてもよろしい。飛行作業かかれ」

一同命令を聞きながら唖然としていたが、やがてその意味が鮮明となってきた。今日を最後に、二度とこの大空を飛びまわることができなくなるのだ。

(もう一生、おれはこの手で飛行機を操縦できなくなるのだ。徹底的に、燃料ギリギリまで、いや、最後の一滴まで飛んでやるぞ)

富樫兵曹は、そう心にいいきかせながら、艦爆の操縦席に乗りこんだ。

「燃料満タンにしてくれ!」

整備兵にたのんで、あふれそうなほどガソリンを補給してもらう。いざ出発という間ぎわになって、一人の少尉がかけつけてきた。

「富樫兵曹、同乗させてくれ!」

学徒出陣の田幡少尉だった。

「駄目だ。今日は燃料がつきるまで飛ぶ。あらっぽく飛ぶから、最後までがんばれっこない」

「そんなことはない。絶対、音《ね》はあげない。今日をはずしたら、おれは生涯後悔するかもしれないんだ。どうしても乗せてもらう」

と田幡少尉はいいながら、勝手に後席へ乗りこんだ。

富樫兵曹は眉をしかめた。一度着陸したらその者の飛行は終わり、という制約をうけての今日の飛行だ。

「どんなことがあっても、燃料のあるうちは降りないよ」

と断ってエンジンを起動した。

できることなら「彗星」で最後の飛行をしたかった。しかし、この際贅沢《ぜいたく》はいえない。

この九九艦爆で練習生時代から今日までの間に身につけた、すべての飛行機操縦術を駆使してやろう、と考えながら、高度二〇〇〇メートルに上昇した。

まず連続宙返りだ。後席の田幡少尉が苦しがって悲鳴をあげた。宙返りでは、機の描く円の中心を基点とした遠心力のGが体にのしかかる。急降下爆撃のひきおこしの際にかかるGから見れば、その何分の一かで、たいしたことはないのだが、なれない者にとってはかなりの苦痛なのだ。胃や腸が下へグーッとひっぱられる。首が胴体へめりこみそうな気がするものだ。

「仕方のない奴だな、このぐらいのことで……だからはじめから下腹に力を入れていろ、といったんだ」

「たのむ、着陸してくれ。もうもたん」

田幡少尉の悲痛な声が、伝声管をつたってくる
「駄目だ。今日は納得《なっとく》いくまで飛びまわるんだ。おれの最後の操縦だ。かまっておられん」

富樫兵曹はいいざま、急上昇する。高度三〇〇〇メートルで連続キックロール（横転）したあとペナン市街の太陽食堂を目標にえらび急降下に入った。高度計がぐるぐるまわって、気圧の変化で耳の鼓膜が破れそうだ。グーンとひきおこし、超低空で屋根すれすれの、危険なまでの操縦である。

「やめてくれ、もう駄目だ。たのむから着陸してくれ……」

田幡少尉の哀願する声が、伝声管にひびく。

（くそ、癪にさわる！）

とは思うものの、いささか可哀想になってきた。そのまま海上へでて、高度二、三メートルの極超低空で飛びながら基地へ針路をとる。

海上に軍艦旗をなびかせてはしる内火艇が見えた。目標をかえて、その艇の舷側すれすれを飛びながらバンク（翼をかたむけること）する。艇の乗組員たちも帽子をふり、手をふっている。たがいに共通する悲愁があるのだ。涙で飛行眼鏡がくもってくる。大小さまざまの舟が浮かんでいる。富樫兵曹は、それが日本人のものであろうが華僑のものであろうが、滅茶苦茶にバンクを行なった。本来、このような低空でバンクすることは飛行軍規に反する行為なのだ。ちょっとでも横滑りしたら、翼で波をたたき、墜落してしまう。

「かまうもんか、どうにでもなれ」

そんな気持ちなのだ。

後席の田幡少尉は、完全にグロッキーである。

（くそったれめ！　もすこし飛びたかったのに……）

残念だが、着陸するしかなさそうだ。これ以上つづけたら、田幡少尉は死んでしまうかもしれない。

滑走路へおり、エンジンを停止する。

田幡少尉が、ほうほうの態で機外にとびだした。

（おれの一生を通じ、自分で操縦する飛行はこれで終わりだ）

そう思うと、富樫兵曹は流れる涙をぬぐうことも忘れて、虚脱したように座席にすわりこんでいた。五〇三空時代からの、いまは亡き戦友たちのあの顔この顔が、はるか前方の雲海に泛《うか》んでは消えてゆく。ビアク島の思い出や、三一空の教員時代の教え子のことが、めまぐるしくかけめぐる。

ふと上空を見あげると、まだ狂気のように飛びまわっている奴がいる。とくに十七期の高橋兵曹は「天山」艦攻で地上二、三メートルのすれすれまで舞い降りて、そのまま地面に激突するかと思われるような操縦ぶりだ。(こんどこそ、本当に翼をもぎとられた鳥になってしまった。永久に翼はもどってこない)

悄然として指揮所へむかう富樫兵曹の肩は、ガックリとおちていた。

## 終戦の詔勅

夜になった。最後の外出である。

富樫兵曹は松橋兵曹とつれだって、さっそく例の太陽食堂へとでかけた。

「大いに飲もう……」

「いいとも、今夜は徹底的に飲むぞ」

二人は二階の座敷を借り切り、華僑の娘たちにいいつけて、酒を沢山運ばせると二人ともがぶがぶと飲みはじめた。だが、いくら飲んでも酔いがまわってこない。

「松橋兵曹、短刀をもっていたな」

「うむ……」

「ちょっと見せてくれ」

富樫兵曹は、いつも松橋兵曹がもちあるいている短刀をうけとると、鞘《さや》をはらった。

「どうする気だ?」

松橋兵曹が心配気にいった。

「……腹を切ろうと思う」

「よ、よせ。馬鹿なことをするな」

「そうだ。おれは馬鹿かもしれん。祖国は絶対大丈夫と信じてきたのだ。こんなことになるとは夢にも思わなかった。大馬鹿なのかもしれん。しかし……このままでは、散っていった戦友たちに顔むけできん」

「そりゃあ、わかる。おれだっておなじだ。しかしおれたちには、おれたちの果たさなければならない責任がのこっている」

いつの間にか、給仕の女たちが全員部屋に入り、恐しさにふるえながらも、成行を見守っている。どうやら彼女たちは、日本の敗戦をうすうす感じとっているようである。

「おれたちが死んだら、あとのしめくくりを誰がやればいいんだ。おれたちがやらなければ、日本人は卑怯者になる」

松橋兵曹は、ひくいが力づよい声でいった。

無言で短刀の刀身を睨《ね》めつけているうち、しだいに富樫兵曹も心の平静をとりもどしてきた。

「わかった。たしかにそのとおりだ。責任をとるためにこの命が必要となるかも知れないからな。そのために、この命が役にたつなら、価値ある使い方といえるかもしれない」

短刀を鞘におさめ、一気にコップの酒をのみほした。

帰隊時刻がせまっていた。

「雪子、ちょっとここへきてくれ」

ふりかえって、一人の娘をよんだ。日本名が雪子、本名が林迎春という華僑の娘で、富樫兵曹はこの娘が気に入っていた。ポケットから自分の写真をだして手わたし、彼女の写真を二枚もらった。

「いいか、元気でくらせよ。幸福を祈る」

「富樫の健康、ねがってる。別れつらい」

雪子は可憐な顔を、涙でぬらしながらいった。

「笑っておれたちを送ってくれ」

松橋兵曹が女たちにいって、富樫兵曹をうながした。店の表まで女たちは送ってでて、口ぐちに下手な日本語で、歌うようにいった。

「日本、戦い敗れた。でもすぐたちなおる。またここへくること、信じてる」

「かならずまた、私たちのところ、くること、ねがってる」

女たちの声を背に、富樫兵曹と松橋兵曹は、外出員集合地点へいそいだ。

「あれはお世辞かな。それとも彼女らは本当に日本人をしたっていたのかな?」

帰隊後、富樫兵曹はみんなに聞いてみた。

「いや、お世辞ではない。ペナンの人たちは、かつてはえげつない英国人の搾取政策のために四苦八苦の生活をしてきた。それが日本人はちがう、在留邦人はむしろ善根を施していた。だから日本人が好きなんだ」

というのが、あらかたの意見だった。

八月十七日、航空隊の主計科の倉庫が解放され、隊員に被服が分配された。隊内の不必要になった物は、すべて焼却されてゆく。そんなとき誰がいいだしたものか、広場の中央に五〇番（五〇〇キロ）爆弾を積んで、これを爆発させれば総員が自決できるとか、いや残存爆弾を全部あつめ、全員爆死するらしいなどと、さわがしくなってきた。間もなく総員集合の号令がかかった。佐藤少佐から、全員に伝えることがあるらしいというのだ。

全隊員が整列しおわると、佐藤少佐が壇上にたち、先任将校の奉持する巻紙を手にした。

終戦の詔勅だった。佐藤少佐が奉誦をはじめた。

「……朕《ちん》深く世界の大勢と帝国の現状とに鑑《かんが》み、非常の措置《そち》を以て時局を収拾せむと欲《ほっ》し、茲《ここ》に忠良なる爾臣民《なんじしんみん》に告ぐ。朕は帝国政府をして米英支蘇《べいえいしそ》四国に対し、其の共同宣言を受諾する旨通告せしめたり……」

頭をたれ聞き入る隊員のなかから、咽《むせ》び泣きの声がおこった。

「……耐え難きを耐え、忍び難きを忍び……」というところにくると、あちこちからすすり泣きの声が一段とたかくなった。

佐藤少佐も、涙を流している。

富樫兵曹はかたく唇をかみしめ、声を殺していた。天皇は国民とともに「耐え難きを耐え、忍び難きを忍ぶ」といっておられる。今後の自分たちに何がおころうと、耐えてゆくことが、祖国日本のためであり同胞のためであるというなら、どんな苦しみにも、辱《はずかし》めにも耐えねばならないのだ——とやがて来たるべき為体《えたい》の知れない、暗黒を思わせる何者かに、敢然とたちむかおう、と覚悟していた。

明日十八日は、全隊員この基地をひきはらい、バタウォースのアエルタワル基地まで移動することになっている。今夜は徹夜ででも、その準備を完了しなくてはならない。

兵舎にかえると、これから先の必要なものを富樫兵曹は点検整備しはじめた。拳銃弾五十発があった。かんじんの拳銃は誰かがもっていってしまったらしいので、弾丸だけ荷物のなかに包みこんだ。

夜が明けた。乗船のため、全員が桟橋へむかって歩きはじめる。やがて船に黙々と乗りこむ。対岸（マレー半島）のバタウォース港の桟橋までの航行時間は、わずかに二十分であった。この狭小な海峡は潮の流れがはやくいまだかつて泳いでわたった人間はない——と、いつか一緒に散歩をつきあってくれた雪子の言葉を、富樫兵曹は思い出していた。

桟橋に迎えの車が数台きていた。ただちにこれに分乗し、割り当てられた兵舎に入ると、富樫兵曹は窓にもたれ、これからの運命をぼんやりと思いやっていた。

兵舎の周囲は砂地で、沢山の椰子の木があり、実が鈴なりになっている。

(ワシレやソロンに似ているな)

そんなことを思っていた。

当分はここで滞在ということで、搭乗員全員それぞれ持参した缶詰や菓子などを食べ休息をとる。

今日から必要な寝具やベッドをここの基地から借用し、これからの全隊員の食糧は、ペナン基地からここまで運搬することになった。ちかいうちに、イギリス軍がペナン島へ進駐してくることになっているので、全食糧をこちらに移動しなければならなかった。

「もう間もなく、桟橋へ運搬船が到着するそうだぞ。がんばろうぜ……」

と、外からとびこんできた境田兵曹がいった。

運搬船から艀《はしけ》がつくと同時に、いそがしくなった。艀の底から一〇〇キログラムの米袋をかつぎ、垂直にちかいラッタルをよじのぼり、甲板へあげる作業だが、重量物の運搬の作業をあまりしたことのない搭乗員にとっては、かなりきつい重労働である。なかにはまったくかつげない者もいた。

富樫兵曹は自分が先任者であるため、みずから模範をしめそうと作業にとりくんだが、あまりの重労働で、悲哀さえ感ずるほどだ。後輩搭乗員たちにカルピスや菓子を用意させ、船員室を使って、疲れた者は遠慮なく休憩さすが、艀がつぎつぎと入港してくるので、作業要員は誰もが自発的に作業にとりくむ。

「さあ、がんばろうぜ。おれたちは日本海軍の搭乗員だ」

みんなが励ましあい、歯をくいしばって作業をつづけるのだった。

そうした苛酷な作業を、連絡船から降りたマレー人や中国人が見ている。こぼれた米が欲しいのだ。彼らは桟橋からトラックの間におちている米をかき集めては拾い、もっている袋につめている。良家の奥様風の女の姿もあった。ここでは、いま米が逼《ひっ》迫《ばく》しているということだった。一人の若い華僑の女性が、富樫兵曹の所へやってきた。子供の手をひき、片手に缶をもっていた。

「この子供に、すこしお米を分けて下さい」

そう懇願するが、富樫兵曹はことわった。これから七年間は日本内地へ帰れないという噂もあるし、自分たちはどんな運命に遭遇するかわからないのだ。気の毒だが、彼らの面倒をみている余裕などないのだ。それに、一人にあたえれば、他の現地人もおなじことをするだろうと思った。女はなかなか去ろうとしない。

「私の体を、好きなようにしていい。だから米を、ほんの少し……」

富樫兵曹は厳然としてことわった。懸命に働いている仲間にたいしても、そのようなことはできない。女は美しい顔に怒りの表情さえ見せて、富樫兵曹をにらんだ。

そんなやりとりを、横目で見ながら、搭乗員たちは桟橋からトラックまで約五〇メートルの距離を、米袋を運んでいる。

山田兵曹が富樫兵曹の近くへ、故意のように一握りの米をザーッとおとして行った。米は桟橋からトラックまで細い白い線となっていたが、いま山田兵曹がおとしていった所はちょっと太い線になった。

つぎにきた高橋兵曹が、またおとした。片目をつむって富樫兵曹に合図をする。ちょっと考えていたが、富樫兵曹は合点がいった。

事情を察した仲間が、わざとそうしているのだ。

「あんた、そんなに米が欲しいなら、ここで拾うといい」

女性にささやいて、足もとを指さした。

「アリガトウアリガトウ……」

彼女はそこにしゃがみこみ、一心に米を拾いながらも、米を担いで行く搭乗員に感謝の意を表わしていた。

こぼれた米は作業員のあずかり知らぬこと……というのが、作業員の判断のなかにあった。せめて日本人の現地人にたいする好意を、すこしでものこしておこうという気持ちだった。

トラックの荷物を食糧倉庫にはこぶ途中、兵舎のちかくを通過するたびに、米、醬油、味噌、砂糖、塩、菓子、果物の缶詰などを、すこしずつ上乗りの作業員がおとす。それを病気や怪我で休んでいる者が拾って兵舎に運ぶというリレー作業で、搭乗員たちはチーム・ワークよろしく自分たちの万全を期することにした。

こうしてあつめた食糧が、ほぼトラック三台分はあった。

# 7　降伏

## 英軍進駐

八月の末、ついにイギリス軍はやってきた。

ホワイト・エンサインの軍艦旗をひるがえした駆潜艇が数隻桟橋にむかって航行してきた。どの艇も一様にペナンの方向に二〇ミリ機銃、四〇ミリ砲、その他の銃砲をむけ、いつでも発砲できる用意をしている。

日本軍がペナン・ヒルに南北砲台を築き、強固な陣地をもっていることを彼らは十分に知っていたのだ。万一日本軍が発砲してきた場合には、ただちに応戦するつもりのようである。

「奴らは日本軍の軍紀厳正を知らんのだ」

富樫兵曹がいった。日本軍は決して個人的感情で行動はしない。上層部の命令は国家の命令として、忠実に守るのが日本の軍人精神である。

彼らのもっとも恐れているのは、特攻機がいつ飛来するかもしれぬということのようだった。

その証拠には、残存機のプロペラを第一にとりはずすよう申し入れてきているのだ。「神風特攻」——それは彼らにしてみれば、理解しがたい愚行と思えたのかもしれないが、日本海軍の搭乗員魂というのは、もともと〝旺盛なる攻撃精神〟〝崇高なる犠牲的精神〟それが予科練いらい、たたきこまれた魂であった。だから、たとえ特攻隊でなくとも、場合によっては体当たりも辞さない例は、枚挙にいとまがない。一〇〇％死ぬことがわかっていながら爆弾とともに散華する行為は、とうていイギリス軍の兵たちには不可解としかうつらないにちがいない。

英艦隊の本隊は、はるか沖合いに碇泊《ていはく》し、先航の駆潜艇の行動を見守っているようだ。

駆潜艇群が錨《いかり》をおろすと、水色に塗装された内火艇《ランチ》が桟橋にむかって近づいてくる。士官が一人、双眼鏡でこちらを見ている。艇には機銃が二梃装備され、こちらにむけられているのだった。

内火艇が着岸し、水兵二名が自動小銃をかまえて桟橋にとびうつってきた。

こちらは搭乗員十名の警備兵が着剣した銃をもち、二人の水兵をとりかこむように対峙した。しかもそのまわりを、日本刀の抜身をかざして、富樫兵曹らが仁王だちでとりまいているので、二人の水兵はふるえている。

艇の上からロープを投げてよこした。その端が、運わるく富樫兵曹の顔にあたった。

(下手くそめ!)

富樫兵曹は、グッと頭にきた。ロープをたぐりよせると、サッと投げかえした。

「もう一度やり直せ!」

艇上の英水兵は狼狽《ろうばい》した。言葉はわからないが意味は通じたらしく、あらためてロープを投げた。今度はいいようだ。

「誰か舫《もや》いをとってやれ!」

富樫兵曹が一同を見まわすが、誰も自信がないらしい。「おれがやる」と富樫兵曹は、予科練時代に習いおぼえた〝舫《もや》い結《むす》び〟で繋留してやった。だが彼は荷揚げ指揮者であるため、つぎつぎと入港してくる艀《はしけ》があるるので、ここでいつまでもかまけてはいられない。警備員をのこして、作業を再開した。

一日の荷揚げ作業が終わり、兵舎へかえる途中で、乗用車に乗ったイギリス海軍士官二名とすれちがった。

(何かあったのか?)

不安がかすめる。兵舎へ帰着すると案の定、先任下士官集合の号令がかかってきた。

富樫兵曹は、本部前に急行した。各ブロックの責任者の整列をまって、隊長が口を開いた。

「英軍軍使の連絡により、われわれは三日以内に別な地域に移動することになった。すでに自動車で食糧および物資を運ぶ準備はしておる。各員はそれぞれの荷物をとりまとめておくように」

さあ大変である。ようやくペナンからここへきておちつきはじめたと思ったら、またもや移動だ。移動予定地は日本人が以前経営していたというゴム園で、ニホンパパルという所だ。

富樫兵曹は搭乗員一同に、わざと破れた服や帽子を着用させ、内緒でかくしている小銃や機関銃を菰《こも》でつつみなんの荷物かわからぬように偽装した。トラックに食糧や私物と一緒に積み、その上に乗りこむと出発した。飛行場を通過し、十分ばかり行くと三叉路にでた。どちらへ行ったらよいかと迷っている所へ、後方から追って来た乗用車が移動さき変更を伝えた。新しい最終目的地はスンゲランだという。

搭乗員以外の部隊の者は、すでにスンゲランへむかって移動中であった。荷物を手引車に積んで歩く者、自動車で行く者、牛車を調達して運んでいる者——さまざまな姿である。

富樫兵曹ら搭乗員分隊は、こっそりたくわえた食糧を三つのトラックに分けて、いそいで出発した。三つ、四つと村落をとおり、はじめの目的地についた。アエルタワルの北方約三〇マイル（約五五キロ）の地点である。ここでしばらく生活することになった。

スンゲラランまでは、まだ遠い。

泥水でにごりきった大河のほとりにある、もと日本の造船所（木造船）の倉庫があたえられた居住区であった。一個小隊（十五名）に六坪（十二畳敷）の広さしかないので、みんなの荷物を一ヵ所にあつめても、せまくておりかさなるようにしなければ寝ることができなかった。とにかく、ここの倉庫に千数百人が入っているのだから贅《ぜい》沢《たく》はいえない。

道路には、スンゲラランにむかって、兵隊たちがテクテク歩いている。ただ黙々と、希望のない足どりだ。

（これがかつて東洋の指導者として君臨した、日本軍の敗残の姿なのだ）

富樫兵曹は、胸をしめつけられる想いだった。

翌日からまた、食糧運搬作業がはじまった。

小数の人員を居住区に残し、その連中にベランダを川の方へひろげる作業をやらせ、部屋をすこしでもひろく使おうと思案をめぐらすのだが、所詮たいした拡張はできない。

潮の干満で川の水が上下し、うようよ川に棲《す》んでいる大鰐が、いまにもベランダから這いあがってきそうだ。誤って川におちたら、たちまちパクリとやられてしまうに違いない。

運搬作業からかえったきた若い搭乗員の話だと、海軍司令部や他の部隊は、もと住友経営の錫《すず》鉱山の環境のよい宿舎におさまり、三八一空搭乗員たちが汗を流して運んだ食糧で安穏《あんのん》にやっているらしい。しかも彼らのいる所は清流があり、邦人の女や兵隊たちが水を浴び、洗濯し、ゆっくりとくつろいでいる、というのだ。

「先任、なんでわれわれ三八一空だけが継子《ままこ》あつかいなんですか?」

若い搭乗員たちが、不平をいうのも無理のない話だった。さすが温厚な佐藤少佐も、司令部の連中の態度や、参謀連中の威圧的な言動に腹をたて、何回となく口論をするのだった。

一番の悩みの種は、飲料水がないことだった。そこで搭乗員たちは三ヵ所に井戸を掘り、この問題を解決した。

ずいぶんと苦労したおかげで、どうやらここも住みよくなってきたころ、いやな情報が入ってきた。近くまた宿舎の移動が行なわれるというのだ。その移動先はスミリングであった。

つぎの集結地スミリングまで出向き、新しい宿舎の建設作業に、富樫兵曹たちは懸命に従事した。

日一日と竹と木を組み合わせた骨組ができてゆく。どうやら形をつけ草を刈り、屋根を葺《ふ》く。壁をつくって、なんとか格好がついた。ある夕暮れ、隊長が関大尉（予備学生出身）をつれて巡回してきた。労をねぎらい、激励してくれる。

「なかなか立派な宿舎になるね。もうすこしだ。がんばってくれ」

ちょうどそのとき、本部から伝令がきた。

「いまから二十四時間以内に、スミリングへ全員移動すること。明日の正午以後に指定地域外にのこっている者は戦時俘虜《ふりょ》としてとりあつかう」

宿舎づくりの作業をしていた搭乗員は狼狽した。あわてて現在の宿舎にとってかえすと、各自の荷物を荷車に積み、半完成のスミリングの宿舎にピストン輸送を行なうことにした。何しろ自動車は全部、部隊全体の食糧運搬にいそがしく動きまわっているので、そうするより仕方がないのだ。

富樫兵曹は人員を二つに分け、半数を荷物とともにスミリングにむかわせ、のこり半分を米、味噌、醤油の食料運搬にあてた。すべての食糧を、スミリング地区内に明日の正午までに運ばせるのも、富樫兵曹の担当なのである。まだ食糧の方は、半分も運んでいない。夜どおし全速力で動きまわるので疲労困憊《こんぱい》である。

朝の光が東の空にさしてくる。まだ食糧運搬は終わっていない。約束の時間は正午だ。極度に疲れているが、気が気ではなく血走った目で死物狂いだ。

隊員はほとんど移動を完了したのだが、食糧はまだ三分の一ほどのこっている。あと一時間しかない。

命令で作業をうちきり、富樫兵曹は作業員にそのことを伝達し、行きがけの駄賃のつもりで、各自もてるだけの缶詰をせおわせ、自動車がないので近道をとり、駆け足でスミリングにむかった。

途中、日本軍戦死者の墓標が五つ、ゴム林のなかに建てられている。その近くにイギリス軍人の墓もある。これに日本文で戦死年月日が書かれてあるところをみると日本軍が建てたのもののようだ。

「やはり日本の武士道精神は立派だな。たとえ敵でも、死んだらおなじに扱う。これがあるから日本人は偉いんだ」

境田兵曹が、敬礼をしながらいった。

やがて大きな道路にでた。そのむこうにスミリングの宿舎が見えてきた。あと五分で正午である。三叉路に英軍の警戒兵が立哨している。いそいで境界線内に走りこんだ。とたんに気がゆるみ、全身の力が脱落してゆくようだ。

「よかった」

富樫兵曹が、深呼吸をしながらいった。

四千人の兵員と邦人の婦女子で、ごったがえしている。

疲れてはいるが、富樫兵曹は休むわけにはいかなかった。宿舎を今夜から泊まれるように、再整備しなければならないからだ。

割り当てられた部屋は約十畳で、これまでの宿舎よりまだ狭い。そのうえ家とは名ばかりで、雨でも降ればひどい漏り方で、とても安心して眠れる所ではなかった。

当分、ここで自活しなければならないので、毎日畑の開墾に行くのだが、体が疲れてたまらない。雨の日がいちばん苦手で、天を呪いたくなるのであった。

食事量が少ないうえに労働がはげしいので、一同空腹でたまらない。誰かが手に入れてきたタピオカらしいものを煮て食うが、どうも水っぽくシャリシャリしている。

富樫兵曹はビアク島で原住民の子供からもらって食ったときのことを思いだしてみる。あのときは、ポクポクしていて、とてもうまかったのに——と思う。よく調べてみると、豚に食わす芋《いも》であることがわかったが、なんとしても背に腹はかえられない空腹状態だった。食べて毒でないものなら、なんでも食べるという調子で、富樫兵曹は、あのニューギニア戦線を、なにかにつけて思いだす日が多くなっていった。

ペナン基地をでたとき、こっそり温存した食糧はそのまま貯えていたが、富樫兵曹は、日本へ帰還できるのがいつか、見とおしが皆無のため、どんなことがおこるかわからぬという理由で、部下たちにいっさい手をつけさせないでいたのだった。

搭乗員たちの居住区のそばに、米袋が山積されていた。それでも搭乗員たちは、だれ一人手をつけようとはしなかった。横目で、うらめしそうに眺めてはいるが、これは、ここにいる日本人のすべてが、いつ終わるかわからぬここの生活を生きぬいていくための、貴重な命綱である。可能なかぎり自給自足をし、生きぬいていかねばならない。

若干の乾パンの配給があるが、富樫兵曹はかつて味わったニューギニア戦線の体験を思いだし、乾パンだけは絶対に手をつけさせずに保存させていた。若い搭乗員たちが空腹を訴えてくるたびに、ニューギニアでの体験をきかせ、日本本土に帰りつくまで、命だけは守らなければならないことを強調する。

若い搭乗員たちは、ほとんどの者が富樫兵曹のかつて三一空時代の教え子たちで、彼に全幅の信頼をよせている。それだけに不憫であるが、富樫兵曹にしてみれば、食糧管理担当の責任者であり、彼らの命を守りとおして行かなければならない。

たとえ憎まれようと、一日でも命をながらえさせなければならない、という信念は固かった。

作業が重労働であるため、病気でたおれる者が続出するなかで、富樫兵曹は健康であった。

マラリアもアメーバ赤痢も、不思議と再発しないようである。

このスミリングには、ほとんどの部隊が集結していて各隊から交替で巡羅《じゅんら》（パトロール）をだし、地区の警備にあたらせていた。むろん三八一空も例外ではなく、その当番がまわってくる。

富樫兵曹はみずから衛兵伍長（巡羅の責任者）をかってでた。ある夜、巡回して行くと部下の番兵たちは疲れはて、居眠りをしているのだった。そっとゆりおこし励まして歩く。

「つらいだろうけど、がんばるんだ」

飛行機搭乗員は、誰も番兵の経験などないのだ。しかも番兵としてもっている武器は、手製の木刀だけである。万一、わるい奴に襲われでもしたら、ひとたまりもないにちがいない。それだけに気をゆるめることはできない。道路をへだてたむこう側の宿舎には、邦人の女子供がおおい。それらの人びとを、不測の事態から守ってやらねばならないと思うとき、木刀一本をもっての警備は心ほそいものだった。

ある晩、日本人にかつて世話になったという華僑の男が、一つの情報をもちこんできた。

「今晩、共産党系のゲリラの襲撃がある」

というのだ。大変なことになった。それが事実なら、木刀では、とてもささえきれない。かといって、拳銃や機銃をもちだせば、不法所持ということで英軍からどんな制裁をうけるかわからない。そこで司令部に事情をはなし、軍用犬を借用し、将校たちが腰に吊っている軍刀をかりあつめてきた。

各部隊から警備兵をだし、厳重な警備体制をととのえた。英兵も自動小銃を肩に巡回し、警備に協力してくれているようだ。

「襲撃者があった場合は、殴り殺してもよろしい」という命令がでた。搭乗員たちは緊張し、平素のすきっ腹を忘れて大いにはりきったが、どうやら襲撃もなく夜が明け、警戒配置は解除された。

そんなことが何回かつづいたある日、三八一空のある搭乗員が、付近の華僑の家に行き娘を襲い暴行未遂で逃げるという事件がおこった。富樫兵曹は悩んだ。いくら心がすさんでいるからといえ、予科練いらい、礼節と信義を徹底的に教育されたわが搭乗員のなかにそのような者がいるとは、とうてい考えられないのだ。しかし、現場に脱ぎすてられていた飛行靴が、三八一空の搭乗員のものだというのだ。そんなことが英軍に知れたら、生活にもっと厳しい制約をうけることになる——というので、日本軍司令部は、やっきとなって犯人さがしに力をそそいだ。

被害をうけた華僑の家族は、威丈だかになって、はやく犯人を捕えるか、金をよこせ、さもなければ英軍に訴えてでる、とおどしをかけているのだった。

翌朝、犯人は逮捕された。やはり三八一空の者ではなく、まったく別な部隊の兵隊だった。

その男は、三八一空の倉庫から飛行靴を盗んではいていたのだそうで、華僑の家に芋を調達に行った所、娘に誘惑され、華僑のずるい手段にひっかかったらしいのだ。まだ二十歳そこそこの若者で、手錠をはめられ、懲罰の意味で司令部の縁の下に幽閉されることになった。

## 敗残の悲哀

華僑のなかには、色々とずるい者がいた。

スミリング地区はゴム林になっており、ゴムの木に傷をつけたり伐り倒すことを、英軍が禁止していることを知っていて、宿舎補修のためにやむをえず日本人が伐るのを、じっと待っていて姿を現す。そして脅迫するのだった。そのたびに貴重な米をもっていかれる。

金か米をくれなければ英軍に通報する、というのだ。そのたびに貴重な米をもっていかれる。

そのうちに彼らはさらにずるくなり、大きな顔で米をもらいにくるようになった。たとえ伐採の事実があろうとなかろうと「米をくれなければ英軍に伐採したと告げるぞ」と脅すのであった。

「畜生、口惜しい。おれたちが自分たちでさえ食わずに我慢している米を、あんな連中に脅しとられるとは……これが敗残兵の宿命なのか」

富樫兵曹は、その無念さになんど泣いたかしれなかった。

立木の伐採は、すべての種類の木について禁止されていたが、あまりの空腹に耐えかね、ひくい椰子の木をこっそりたおし、農作業の現場で芋をつみとり、みんなで等分にして生のまま食べる。味は生栗に似ている。煮て食べると、筍《たけのこ》のような味がした。伐りたおした木は、切り口に泥をたっぷりなすりつけ、巡回してくる英軍の目をごまかしている。

「富樫兵曹、大変だ。英軍が銃器所持の有無を調べにくる。地雷探知器をもってくるそうだ」

ある日、下士官の一人が、そんな通報をしてきた。富樫兵曹は大いにうろたえた。万一、居住区にかくしてある拳銃や機銃を発見されれば、可愛いい教え子や部下たちがどんな目にあわされるかわかったものではない。

いそいで銃器類をとりまとめ、川底に沈め、あるいは庭に穴をほってうずめ、その上に空缶をばらまいた。こうしておけば、地雷探知器をごまかせるからだ。

だが実際には英軍は、探知器などもってこなかった。彼らはインド兵で編成された部隊で、搭乗員たちがひろげてみせた持ち物のなかから、パラシュートを分解してつくった絹のマフラーとか紐とかを、わがもの顔に自分の雑嚢《ざつのう》につめこみ、もっていったただけだった。

たまたま彼らは、それをイギリス人将校に発見され、罰として小銃を片手にさしあげさせられ、将校の号令で駈足をし、クルクルと方向転換をする、という罰をうけていた。そのこっけいな姿を見て、搭乗員たちは小気味よさそうに笑いとばした。

だがいつまでも、そうしてはいられない。今日は、これから水の工面と便所づくりをしなければならないのだ。

宿舎の裏に小川があり、水は流れているのだが、川の上流に現地人の家が多数あって、便所が川の上につきだして建ててある。彼らはごきげんの水洗便所のつもりだろうが、下流に住む富樫兵曹ら搭乗員はたまらない。

大小便が流れてくるのだ。さらに、ずっとその上流には、日本の看護婦の集団があり、水を浴びたり洗濯をしているのだ。

「これじゃあ、おれたちは、とても水浴なんかできん。ウンコと小便と、女の汚物と洗濯水の混合水を浴びることになる」

富樫兵曹は、中隊長の高島中尉と相談し、水をさがしに行くが、飲めるような水はなかなか見つからない。かなりさかのぼった所で、邦人の女性が多数水浴をしているのを、横目でうらやましいおもいで見てとおるだけだ。炊事用の水は、そこからさらに数百メートル上流まで行かねばならなかった。

ところで便所は、宿舎のちかくに細ながく溝を掘り、掘立《ほったて》小屋をつくった。臍《へそ》のあたりまでかくれる垣でしきっただけなので、外からまる見えであり、尻をだせばすぐに蚊が群がりよってくるので、ゆっくりと用をたすことなどできない。女性と雑居でないのがまだ救いだ。

「女でもいたら、はずかしくてやっとられんよ。ふんずまりで、しまいにはひっくりかえるのがおちだ」

津田兵曹（新潟県出身）の言をかりれば、そういうことになる。

こんな不自由な生活を送っているうちに、九月に入っていた。

## 降伏式

九月八日、スリミングから二六キロはなれたスンゲラランへ、海軍部隊四千人が行進することになった。これまで佩用《はいよう》をゆるされていた軍刀を英軍にわたし、さらに降伏式を行なうためである。

歩行できぬ重症患者以外、総員が行かねばならないのだ。

午前二時三十分、総員起こし。ただちに隊伍をくんで行進がはじまった。隊列はただ黙々とスンゲランへの道を行く。陽がのぼり、灼熱《しゃくねつ》の猛暑になる時刻、あっちでもこっちでも落伍者が続出しはじめた。なにしろ満足に食わずにつづけてきた重労働で、すっかり体力を消耗しているのだ。午前十時ころになると、精魂つきはてたおれたまま死ぬ者がでてくる。後方から救急車につくりかえたトラックがきて、死人や落伍者をひろって行く。老兵や病人は、さらに哀れであった。

そのような情景を見ながら、富樫兵曹は、ビアク島の玉砕寸前の、将兵の悲愴な有様を思いだしていた。

四十五分行進し、十五分の小休止だが、この休止がまちどおしい。

途中、英軍所属のグルカ兵に着剣銃でかこまれ、枯木をせおって歩いてくる陸軍兵にであった。

なんという哀れさか……。

(故郷をでるときは、歓呼の声と旗の波に送られ、勇ましく征途についた皇軍の末路がこれか……故郷の肉親には見せたくない)

富樫兵曹は思わず涙をおとした。

考えてみれば、自分も木更津を四十機ちかい大編隊の新鋭機で、堂々と出撃した一員だった。それから南洋群島から、南方各地を転戦し、最後は十六機の編隊でビアク島に出撃した。

ついに三機になったソロン基地の残存機はフィリピンにひきあげ、日本海軍最初の特攻隊として祖国の勝利を信じつつ散華してしまった。

いま生きている五〇三空の艦爆乗りは、自分と目下ジョクジャカルタにいるはずの足立原健二上飛曹だけだ。いや、その足立原兵曹も達者かどうかわからない。

そんなことが疲労した頭のなかをかけめぐる。部下たちに見られまいとすればするほど、涙があふれてくるのだった。

スンゲラランのスンゲーパタニー飛行場へは、午前十時三十分までに着かなければならない。もう休んでいる時間がなくなった。南方特有の猛暑に噴きだした汗が、白い塩の固まりになって額や頬に付着する。

休憩のない強行軍がつづく。

やがて十時三十分かっきりに、四千人の大部隊はスンゲーパタニー飛行場に到着した。

十一時から海軍部隊の降伏式がはじまるのだ。

最前列は司令部の人員が整列し、三八一空ペナン基地隊は後列から三番目の列に、二列横隊でならぶ。いずれも先任将校から階級順に、飛行科、整備科、一般兵科とつづく。

雲ひとつない空から太陽がてりつけ、微風さえないなかで直立不動の姿勢をとり、英陸軍デボン連隊の連隊長カーギル准将の到着を待つ。

デボン連隊は、ビルマ戦線で日本軍と戦闘をまじえたもっとも勇猛をうたわれた部隊である。やがてカーギル准将が壇上にたった。海軍士官も幕僚とともにひかえている。

十一時きっかりに一斉に服装検査が開始され、顔の黒いグルカ兵が、各部隊の下士官以下の日本兵の一人一人を検査してゆく。

(おれだって歴戦の下士官だ。この野郎どもに度胸の点だって負けやせん)

富樫兵曹はグルカ兵の目玉を睨みつけ、両手を左右に上げた。二人の兵が自動小銃をかまえ、一人が検査する。上から下までていねいになでていく。

「オーケー」の声を聞いたとたんに、富樫兵曹は力をこめて手を下した。パチンと鋭くグルカ兵の手の甲をたたいた。

「オー!」

グルカ兵が、びっくりして叫んだ。

(ざまみやがれ……)

それが富樫兵曹の精いっぱいの抵抗であった。

前方の台上では魚住少将を先頭に、将校が一人ずつ敵将軍の前にでて敬礼し、軍刀をさしだしている。何百人もの日本士官が、つぎつぎとおなじことをするので約三時間、直立不動のまま全員が動くことができない。

一時間半ばかりたったころ、あっちこっちで倒れる音がする。

英兵とておなじことで、一人、二人とぶったおれ、番兵はひっきりなしに交替している。

銃をかまえたままひっくりかえる格好は、こっけいである。精神的にも肉体的にも、日本軍の方が不利である。ろくに食っていないのだから当然であろう。それでも搭乗員たちは、彼らの前でぶざまな姿は見せられない、と最後までがんばったのは、さすがであった。

式がおわり、分列行進で最後のしめくくりである。魚住少将が先頭を行進し、幕僚、各部隊の順に進む。

敵将カーギル准将も、じっと答礼をかえして不動である。さすがに将官である。他の兵員が落伍するなかで、しっかりしている。

各隊員とも、それまでこらえにこらえていた涙が止まらない。すべての武器をとりあげられ、敗残の屈辱に耐えながら、これから何年の間生きてゆけばいいのか……。

いま分列行進をしながら、かつてこのなかの誰一人として、今日のこの場面を予期した者があったろうか。

日本本土の同胞は、やはりおなじような辱めをうけているのであろうか……。

彼らは暗澹たる気持ちになるのだった。

## 再び移動

皮肉なことに、帰途についてから雲がひろがりはじめ陽ざしがよわくなった。

往路には軍刀を吊っていた士官たちも、いまは丸腰で淋しい姿であった。

また二六キロの行程を行軍するのかと思うとうんざりだが、それでも若い搭乗員たちは口惜しさを吹きとばし、笑い興じながら元気よく歩いて行く。

途中までくると、トラックがまっていて、水や乾パンを配給してくれる。いまは全隊員がたがいに助けあい、力をあわせて生きぬいて行かねばならない時なのだ。

夜八時、スミリングに到着した。邦人の女性たちが総出でむかえにきてくれている。

誰もが、母親のもとへ帰ったようにホットした顔になった。

「おれ、十三もできた。富樫兵曹はいくつだ?」

宿舎へつくと、境田兵曹が足の裏にできたまめを見せながらいった。みんなが一様に足をいためていたが、搭乗員のなかからは一人も落伍者はなかった。

落伍者のなかったのは、四千人中、三八一空搭乗員中隊だけだった。

「これが〝飛行機乗り魂〟というやつさ」

富樫兵曹は中隊下士官の先任者として、ちょっと得意な気分でもあった。

翌日は身の回りの整理で、一日作業休みとなった。

割り当てられた畑はたがやし終わっている。あとは甘藷やタピオカを植えれば、ほとんど作業はない。暇あるごとにケダヒルの麓まで川ぞいにさかのぼり、竹を伐採してきて宿舎をよりよく改築するだけだ。

一ヵ月ばかりで、どうやら宿舎も住みよくなった。

このころになって、またいやなことがおこった。もう移動はこりごりしたと思っていたのに、いままでよりもっと苦しい条件のもとに移動命令がでたのだ。

シンガポール北方一五〇キロにあるレンバクが、今度の行き先である。

ここへは富樫兵曹は以前空輸で飛んだとき、燃料補給で着陸したことがある。

「日本内地に帰れるらしい」「いや重労働の作業らしいぞ」などと種々な噂が流れは

じめた。

食糧をもっていくことは禁じられ、被服も極度に制限されることになった。

「どうせもって行けないなら、いま残してある食糧を食えるだけ食おう……」

全員の意見が一致し、いままで何があっても手をつけずに保存してきた食糧を放出し、思いきり贅沢な会食をはじめた。

「うーむ、臍《へそ》がとびだしてきやがった」

「おれもだ。だが恨みかさなる食い物め、もっと食うぞ」

一同はりきってくらいつくが、まだまだたっぷりある。移動は搭乗員中隊が一番はじめに出発することになっているので、すべての物の整理をしてゆかねばならない。きめられた量の衣類をとりまとめ、あとにのこったパラシュートの絹地や余分な被服など、なかば自棄的になり、油をそそいで燃していくことにした。

ちかくの現地人があつまってきてほしそうにするが、搭乗員たちはかまわずに火をつけるのだった。

「これらは、日本国民が汗と脂と涙でつくりあげた物資だ。日本勝利の日までは、と自分たちの不自由を耐え忍びながら作ってくれたものだ。お前さんたちにくれてやれるものか！」

搭乗員たちは口ぐちにいいながら、いさぎよく燃やしつづけた。

出発前夜まで、食えるだけ食いまくったので、その夜おそく主計科から特別料理をつくってきてくれたが、腹いっぱいでもう入らない。万一にそなえて保存していた缶詰や乾パンを全部、ちかくの中隊に分けた。

最後に富樫兵曹は米をこんがりと狐色になるまで炒り焼かせ、各自三合ずつを荷物につつみこませた。

「いいか、おれの許可があるまで絶対に食ってはならん」

富樫兵曹は、厳重に一同にいいわたした。

翌朝――。

持って行く荷物をならべ、褌一本で英軍の点検をうける。もし許可された品より一点でも多ければとりあげられてしまうので、余分なものは一括して宿舎にのこした。

被服、所持品の検査がおわると、ただちに待機しているトラックに便乗した搭乗員たちに、魚住少将はじめ幕僚たちが見送りにきていて、邦人たちとともに手をふってくれる。

「おたがいに、元気な体で日本へ帰って下さい」

富樫兵曹は、邦人へむかって大声に叫んだ。

「しっかりね！　達者でがんばってくれー！」

邦人たちも、ちぎれんばかりに手をふり、叫んでいる。

トラックは速度を増し、スンゲーパタニーの駅にむかって走りはじめていた。

# 8　シンガポールの空、故郷を望む

## クルアンへ

列車のなかは、人と荷物で身動きもできない有様だった。グルカ兵が数人ずつ各車輌に乗りこんで護衛しているが、護衛というよりも、監視員としての役割りのようである。暑いので窓をあけると、たちまち煤煙のためにグルカ兵とおなじような黒い顔になる。

あたえられる食事は、一〇センチ×五センチほどのうすい乾パンのようなものが四枚で、水がなければとても食えない。水はドラム缶にいれてデッキにおいてあるのだが、煤煙がはいって水面に黒い幕がはっていた。煤をかきわけ、生ぬるい水を飲んで渇きを癒やす。たまに親切なグルカ兵がイギリス兵（監督兵）の目をかすめて、ミルクコーヒーを飲ませてくれたりもした。

昼ごろ停車した駅で、チャンドラ・ボースのインド解放軍（日本の友軍）の乗った車輛が増結された。彼らはイギリスを裏切った者たちという考えかたからすれば、日本軍人よりいっそう前途は暗いのかもしれないと富樫兵曹は思った。

クアラルンプールでは二時間の停車なので、飯を炊こうとするが水がなく、それができない。

富樫兵曹は駅前の丘を眺めていた。空輪できたとき宿泊したホテルが、あのときのままのたたずまいで見えている。あの時のことが思いだされる。大いに飲んで気勢をあげたものだ。

やがて列車が動きだした。しばらく行くと左側に、あのときの飛行場が見えてきた。列線に連合軍の戦闘機が、ずらりとならんでいる

（畜生、操縦したいなあ……）

富樫兵曹は、むしょうに湧きあがるその欲望をおさえる。

停車する駅々で、ホームに入りこんだ現地人の子供や青年たちが、車内の搭乗員に唾をはきかけたり、侮辱した仕草をしてみせるので、しだいに怒りがこみあげてきた。

「いくら忍び難きを忍ぼうとしても、こりゃあ、ひどすぎる。いまに見ておれ」

誰かが吐きだすようにいった。搭乗員たちは停車するたびごとに小便するふりをして、小石や棒切れを車内にもちこみはじめた。

ある駅にきた。ここでも列車の入るのを待って、子供や心ない大人たちが窓ぎわへ寄ってきて、口ぎたなくののしりはじめた。

「テーッ！」

富樫兵曹の号令一下、侮辱しようとなってきた連中に石がとぶ。棒がうなる。連中は悲鳴をあげて逃げちった。

「ざまみやがれ。怒りたくなるのはこっちの方なんだ。お前たちが戦争に勝ったわけじゃあるまいし」

搭乗員たちは、これでいささか溜飲が下った想いだ。

車窓から、ときおりゴム林のなかに、天幕をはって生活している陸軍兵や引揚者のキャンプが見えた。たがいに「元気で内地へ帰れよー」といいかわし、見えなくなるまで手をふりつづけるのだった。

窮屈な汽車旅もようやく終わり、三日目にクルアンの駅に到着した。

駅前から陸軍の連絡兵の案内で、仮宿舎に一泊、翌日は英軍のトラックで飛行場へむかって出発した。クルアンの街にも英軍が駐屯している。一時間ばかりで飛行場へ到着した。

富樫兵曹は、一度ここへ着陸したことがあるので、感慨無量である。あのときは、栄光ある日本海軍の搭乗員であったのが、それがいまは敗残の兵だ。

「まったく皮肉な運命だ」

ふと呟きがでる。

宿舎のある場所は乾燥している砂地なので、スミリングの湿地帯にくらべれば、ずいぶん気分がよかった。

また農作業にあけくれる生活がはじまった。

宿舎の反対側にある荒地を耕し、甘藷の苗を植える。半数の人員を富樫兵曹は草むらへ追いやった。「わらび」「ぜんまい」を採集させるためだ。

数日たったころ、スミリングからぞくぞくと後続部隊が到着した。そのたびにあたえられる食糧が少なくなる。前は少ないとはいえ椰子の芽を食べ、豚のエサにするタピオカを食って飢えをしのいだが、ここでは一切それができない。椰子の実は鈴なりであるが、採ることをかたく禁じられているのだ。

富樫兵曹は部下たちのために何かないかと思案し、発見したのが〝アフリカかたつむり〟と呼ばれている、大型の蝸牛《かたつむり》だった。これをとってきては焼いて食うことにした。ちょうど田螺《たにし》とおなじような味である。あのマノクワリにいたとき、なんでも食えると思ったが、またあれを実践するしかない、と思いはじめていた。野草をつみ、塩で味つけして食べた。

日一日と、部下たちがやせていくのを見て、富樫兵曹はせっぱつまった思いであった。

野豚がいるというしらせを耳にして、一同元気百倍してでかけた。草の根をわけ、丘をこえて走りまわる。足あとはあるが、腹ペコの人間に捕まるようなのろまな豚はいないようだ。食いたい一心で走りまわったせいか、よけいに腹がすいてしまった。

空腹をかかえて宿舎へ帰っても、食べる物はあいかわらず、ほんの小量の飯だけだ。〝耐え難きを耐える〟生活に、はやくも危機が迫っているようであった。

## 人間の運命

ある日、名も知らぬ猛獣の仔を誰かが捕えてきた。

ある者は黒豹の子だといい、ある者は山猫だという。真っ黒な体で、見るからにたけだけしい顔で、真紅の口を大きく開いて人間を威嚇《いかく》するのである。結局は塩で味つけして食ってしまったのだが、肉はフニャフニャしてあまり味は良いとはいえなかった。

なにしろ食う物がないのだ。蛋白源《たんぱく》になるようなものは、皆無である。宿舎付近にはドリアンの木が密生しているが、実を結ぶのはまだ数ヵ月もさきのことらしい。

暑さをさけるために水浴をするには飛行場のはるかむこう、一五〇〇メートルもはなれたところまで行かねばならず、きわめて不便であった。井戸をほっても水がでず、たまにでたと思うと海がちかいため、塩水である。

空腹はさらにひどくなり、食べられそうな草をとって食べても、もう空腹に勝てない限界にきていた。

「よし、もう仕方がない。スミリングを出発するとき皆にもたせた煎り米をだせ。今夜は粥《かゆ》を食わせる」

富樫兵曹が、いまはこれまで、と率先して煎り米をだした。いままでどんなに空腹でも、搭乗員たちは富樫兵曹のいいつけをまもり、一粒も食わずに保存していた。みんな大よろこびで草をとってきて塩煮にしたり、蝸牛を塩もみして食べた。

富樫兵曹はうれしかった。この苦しい生活のなかで、教え子や若い搭乗員たちが、心だけはかたく結ばれ、苦楽をわけあっていてくれることが、そのまま自分への信頼のあらわれだと思うと、「おれのようないたらない者のいうことを、よく聞いてくれて、ありがとう」といいたい気持ちでいっぱいになるのだった。

英軍からの通達で、宿舎内での煮炊きはかたく禁じられており、団体生活の統制を乱させないために、毎日のようにバトパハの司令部から巡羅兵が巡回しにきた。

（万一、見つかった場合は、おれが責任をとろう）と富樫兵曹は腹をくくっていた。たとえ罰せられようと、この者たちの信頼にこたえるためなら、おれは平気だと思っていた。巡羅兵がきたら、皆が食いおわるまでなぐりあってでも、時間をかせごうとさえ思っていた。

天の助けか、ついに巡羅兵はやってこなかった。だが、皮肉なことに、この夜から食事の量がぐんと増えた。後続部隊が運んできた米が倉庫に入ったのだった。久しぶりに、大食器いっぱいに飯がもられ、一同に笑いがもどった。満腹とまでゆかなくても、いままでほどのような空腹感はなかった。

十月の下旬になっていた。

そんなある日、こんどの明治節（十一月三日）に、各部隊対抗の演芸大会がひらかれることになった。

「大いに趣向をこらして、よその隊の連中をびっくりさせてやろうぜ」

三八一空の搭乗員たちは、はりきってその企画をねりはじめた。何しろ、毎日重労働のあけくれで、たのしみといえば腹いっぱい飯が食いたい、と思うぐらいのことしかない生活なので、演芸会は普段のうさばらしにはもってこいだった。

役者はスター級がたくさんいる。山田兵曹はハーモニカ、オルガンやピアノなど音楽についてはいい腕である。丙飛出身の津田兵曹は部隊一のユーモラスで頓智《とんち》のきく男だし、甲飛十三期偵察員、九州出身の河野兵曹は、丸ポチャの女形にはもってこいの少年だ。

ほとんど総員が出演する猛稽古《もうげいこ》がはじまった。

いよいよ明日演芸会というときになって、富樫兵曹を不運が見舞った。突然高熱がでてぶったおれたのである。

せっかくの主計科員が心をこめて作ってくれたご馳走も咽喉《のど》をとおらぬほどの高熱である。ながい間おとなしかったマラリアが再発したのだった。

当日、搭乗員全員演芸場へいってしまったあと、教え子が一人看病にのこってくれたが、

「行け、せっかく楽しみにしていた演芸会だ。おれは一人で大丈夫だから、はやく行け」

富樫兵曹は命令するようにいった。どうせ氷もなく水もなまぬるいのだから、看護人がいてもいなくても、たいしたちがいはない。

翌日、富樫兵曹の病状はいっこうによくならないので入院と決定した。バトパパハというところだった。

三八一空はもともと戦闘機隊であったが、戦闘機の大半は四月のうちに内地へ空輸され、若干の零戦がジョホール基地にのこり、艦爆隊と艦攻隊をペナン島基地に、中攻隊をアエルタワル基地に配置したものであった。

富樫兵曹は本隊の当直室へ行き、入院手続きをすませた。

バトパハは便宜上、甲、乙、丙の三地区にわかれており、病院は奥の丙地区のゴム林のなかにあった。さっそくマラリア病棟へ収容されたが、そこはうす暗くきたない部屋で、雨期のために湿気がひどく、病室内には蚊がむらがり、この分ではかえって病気が悪化するのでか、と思われるほどだ。

（はやく治して、みんなと一緒に暮らしたいな）

ベッドに横たわり、思うことといえば、そのことばかりである。

となりのベッドに陸軍の軍曹がいた。彼も富樫兵曹とおなじ昭和十五年に入隊した下士官であった。

「満州の関東軍に所属していてね。あるとき南方派遣の命をうけて出発したんだが、船便がないので、北支、中支、南支と転戦しながら南下したんだ。タイを通過してマレー半島の国境まできたときに終戦になってね……なんのことはない、英軍に捕まるために苦しい南下行軍をしてきたようなものさ……」

彼は、そういって苦笑するのだった。

「人間の運命なんて、とくにこういう戦争の流れのなかでは、一寸先がわからないものだね」

と、富樫兵曹はしみじみとした口調でいった。

あの同期生の杉山兵曹はひと足おくれでソロン基地へダグラス機で到着し、残存三機の一員としてフィリピンの特攻隊として散ってしまった。

逆に、杉山兵曹の愛機で出撃して撃墜された自分は、命ながらえてこうして生きている。

人間の運命というものの不思議さを、今さらのように思いかえしていた。

と、そんな富樫兵曹に、いきなり声をかけてきた入院患者があった。

「おい、富樫、富樫だろ……?」

見ると、それは同期生の和田浩上飛曹（乙十五期偵察員、高知県土佐清水出身）であった。やはりマラリアで苦しみぬいたあげくのはてに、この病院に入院加療中なのであった。

「いやまったく奇遇だな。土空（土浦海軍航空隊）いらいだな」

和田兵曹はこの再会をよろこび、各地の転戦情況から、ここにいたるまでの経緯を語るのだった。

## 「彗星」がシンガポールにあった

富樫兵曹の経過は良好で、日一日と快方にむかっていた。こうなってくると、退屈をもてあますと同時に腹がすいてやりきれない。何しろ病人ということで半減食だから、背中の皮がくっつくかと思うほどだ。

主計課の薪《まき》割り作業員を希望し、この軽作業につくことになった。そうすると、握り飯が一個と砂糖水の増加食にありつくことができるのだった。

つらい一ヵ月の入院生活がおわった。全治ということで宿舎に帰ると、搭乗員一同真黒に陽灼けし、たくましい体つきになっていた。富樫兵曹は生っ白い自分の体をながめ、いささか恥ずかしい気がする。一ヵ月の入院中に佐藤少佐は、第一次セレター軍港作業隊の隊長として先発してしまっていた。

富樫兵曹が、ただ一人宿舎で静養しているところへ、長妻大尉が訪れた。この人は、かって三一空で富樫兵曹が先任教員をしていたときの分隊長である。

「具合はどうか?」

「はい、若い連中がよくやってくれて、こうして休養させてもらってるので、ずいぶんよくなりました。分隊長はお元気ですか?」

「ありがとう、このとおりピンピンしとるよ。ところで富樫兵曹、今日はおりいって話したいことがあってきたんだ」

長妻大尉は温厚な顔をほころばせながら、そう前置きして、来訪の用件をきりだした。

現在、シンガポールに「彗星」艦爆が一機あり、目下英軍がその性能を調査中なのだが、それがよくわからない。同時にその取扱い方なども不明の点が多いので、もと「彗星」艦爆専門の操縦員である富樫兵曹が、クルアンにいることがわかったので、ぜひ教えてもらいたい、というのだ。

「これは日本軍の上層部からの指名なのだ。ひとつシンガポールへ行って、連中に教えてやってくれんか?」

長妻大尉の話はすじのとおった話であった。富樫兵曹はだまって腕をくんだまま、何事かじっと考えていた。

長妻大尉がさらにいった。

「英軍もずいぶん『彗星』の操縦員をさがしたらしいのだが、一人もおらんので、零戦の搭乗員に見させたらしい。ところが各部の機構がすべて電動式になっていて、よほど訓練された者でないと、この複雑な機構が操作できないというんだ。どうだ、引き受けてくれるか？」

「お断りします」

富樫兵曹はきっぱりといった。

「分隊長。私は三一空いらいずいぶんお世話になっています。恩は感じていても、分隊長に何の恨みもありません。しかし、考えるところがあってお断りしたいのです」

「なぜだ。理由をいえ」

「では、いわせていただきます。『彗星』艦爆がありながら、なぜ唯一の「彗星」操縦員である私と足立原兵曹を搭乗させてくれなかったのですか？　……その一機を私たちにあたえて下されば、戦友たちの仇討ちの一部でもできたはずです。私たちは、もう南方には、『彗星』は一機もないと思っていたのです。だからこそ、足立原兵曹との仲を裂かれたときでもじっとこらえて……」

富樫兵曹の声は、ふるえていた。「彗星」に乗せてくれさえすれば、決戦場へいけたものを――というその気持ちが、長妻大尉の胸にひしひしと感じられた。

「しかしな、もう過ぎたことなんだよ、富樫兵曹……どうだ、やってくれんか……」

「噂に聞いたのですが、ジョホールにいた戦闘機の連中が、イギリス軍の監督下で、零戦のテスト飛行をやっているそうですが、実にうらやましいです。私にその『彗星』を操縦させて下さい。そのチャンスが頂けるなら、よろこんでシンガポールでもどこでもいきます」

「それはおそらく無理だろう。彼らは艦爆を日本の搭乗員に操縦させたら、何をされるかわからない……つまり特攻のようなことをやられるんじゃないか、と怖れているようだから。とにかく話だけでもいい。なんならおれが君から聞いてメモをしてゆく……」

そこまでいわれては、富樫兵曹も拒否できなかった。どうやらよい結果をもって帰らねば、長妻大尉がこまる立場らしいことを感じたのだ。

「わかりました。では、これはイギリス軍のためにいうのではなく、分隊長に説明するという考え方でしゃべります」

それからながい時間をかけて、富樫兵曹は微に入り細にわたって、操作の説明と各部機構にかんする性能の説明をしたのだった。それを長妻大尉は、一つ一つ克明にメモをしてゆく。

「彗星」、一一型、略号D4Y2、主翼は低翼単葉、乗員数二名、発動機アツタ三二型液冷V型一二気筒、離昇出力一四〇〇馬力、全幅一一・五メートル、全長一〇・二二メートル、主翼面積二三・六平方メートル、自重二五四八キロ、搭載量一二〇〇キロ、全備重量三七四二キロ、最大速度三一三ノット、上昇性能五〇〇〇メートルまで七分四十秒、実用上昇限度一万七二〇〇メートル、航続距離一四〇〇マイル、搭載爆弾二五〇乃至五〇〇キロ一発。

——その要目のほか、電気系統の取扱い法を図にして富樫兵曹はわたした。

考えてみると「彗星」艦爆にかんするかぎり、搭乗員のほとんどが戦死してしまい、何人も生存していないはずである。現に富樫兵曹の同期飛練（宇佐海軍航空隊、第二十九期高等科飛行術練習生艦爆操縦専修）卒業生七十二名のうち、生きのこっているのは富樫兵曹自身と、一般兵科から飛行科に転科してきた境田兵曹だけだ。だからこそ長妻大尉をとおして上層部が富樫兵曹を指名してきたのは、ごく自然のなりゆきだともいえた。

長妻大尉が帰ると、富樫兵曹はいままでよりも、いっそう寂しい気持ちになっていた。それは、数すくない「彗星」艦爆操縦員の一人として、たとえ操縦する機会がなかろうと「彗星」の、他の人の知らない知識を今までは大切にしまっておいた。その宝物のようなものを人にわたしてしまった、という感情からきているもののようであった。

## 重労働志願

富樫兵曹が退院して三週間ばかりたったある日、宿舎にのこっている搭乗員全員が、シンガポール作業員として出発することになった。

「富樫兵曹、君は病弱なので一緒につれていくことができん。あとにのこった病弱者とともに行動してくれ」

当然、一緒に行くつもりでいた富樫兵曹に、長妻大尉がそう申しわたした。

「待ってください。私は全治退院していらい、どんどん元気を回復して、このとおり元気です。おいていかんでください」

だが、その願いは退けられた。

重労働に従事した場合、マラリアをもっている者は再発する危険度がたかく、すでにたおれた者もあるというのだ。

翌日、富樫兵曹とその他の病弱者（搭乗員以外の兵料も）をのこし、作業隊は出発していった。重労働作業隊に参加している者は、日本へ帰国するのがはやくなる、という噂があったため、体の動く者はだれもがシンガポールへ行きたいのだった。

作業隊が出発して二日目、アエルタワル基地に集まっていた三一空時代の富樫兵曹の教え子だった者たちが、大挙移動してきた。やはり作業隊としてシンガポールへ行く途中にたちよったものらしい。富樫兵曹が教員時代に、よく身のまわりを世話してくれていた賀集練習生の姿が見えないのでたずねると、ジョクジャカルタに足立原兵曹らとともにのこっているという。

やがて、教え子たちも出発していった。

また寂しくなってしまった。混成病弱者集団ともいうべき生活をしているうちに、月日はながれ、昭和二十年もおしせまって大晦日《おおみそか》の晩になった。各小隊から餅つき作業員二名をだし、富樫兵曹が率先、徹夜で餅つきをした。戦いに敗れたとはいえ、正月だけはなんとか餅が食えることになった。

明けて昭和二十一年――。

富樫兵曹は餅をみつめながら、すぎさった年の正月を思いおこしていた。

（昭和十八年の正月は、筑波《つくば》航空隊だったな。死んだ同期生の熊谷順三と森登志男と餅の食いっこして勝ったっけ……彼らとももう会えなくなった……去年は……そうだ、マノクワリでタピオカ芋のまじった餅で祝ったな……岡田報道班員はどうしてるかな……)

つぎからつぎへと、思い出はつきない。

三が日の休みがおわると、病弱者は付近にある隊の農場で働くことになった。さっそく荷物をまとめて出発。農場へ到着してみると、宿舎のお粗末さに、一同はがっかりした。

早朝から朝食前の仕事をやり、食後は七時半から、カンカン照りの太陽のもとで一日中働きつづける割に食事量が少ない。またしても空腹になやまされる。小指くらいになった甘藷をほりだしてきては煮て食うのだが、筋ばかりである。それでもなんとか空腹のたしになる。蛇が唯一の蛋白源で、一匹でも発見すればつかまえて皮をはぎ、焼いて食うのだった。マノクワリでの体験が大いに役にたっていて、猛毒のコブラであろうと躊躇《ちゅうちょ》なくとらえる。むしろ毒蛇の方がうまいとさえ思われた。

畑が砂地のせいか芋はよく育ち、味も良かった。休み時間に煮たり焼いたりして腹いっぱいになるまで食う男ばかりの集団なので、遠慮なく〝主砲〟をブーブーとぶっ放す。それがむしろ沈みがちな気分を明るくさえしてくれるのだ。

四ヵ月で芋は立派に成長し、収穫後は茎の一部をさしこんでおくだけで、つぎの収穫ができるから手間がかからない。茄子《なす》をつくると、人間の背丈ほどもある巨大な実がなるので、ちょっと恐しいような気さえする。

ときおり現地人の芋どろぼうが入りこみ、いざ収穫期になってほってみると、一本もなかったなどということもたびたびある。そんなときは、むやみに腹が立ち、何回か警備班を編成してみたが、ついに犯人を捕えることができなかった。

五月に入ってすぐのこと、シンガポール方面の作業隊員の募集がはじまった。富樫兵曹はさっそく志願した。一日もはやく三八一空の搭乗員仲間のところへ行きたかった。これまでに何回か募集があり、そのつど志願したのだが、病弱者ということで、いつも却下されてきたのだ。ところが今回は、ほとんど志願者全員に許可がおりた。いずれ重労働でさぞ苦しい作業であろうが、自分を鍛えるよい試練だ。それに、重労働に従事することで日本に帰る日がはやくくるなら、よろこんで行く――というのが、あらかたの者の志願の心底であった。

富樫兵曹もながいあいだ病気と闘ってきたからか、それとも空腹に悩まされ過去の栄光から失墜した敗残の身からか、十ヵ月前、いや、わずか半歳あまり前まで抱いていた日本海軍の艦爆乗りという誇りが、いささか色あせてきたようであった。生きているという現実が、できることなら一日もはやく祖国日本の土を踏みたいという、もっとも素朴な願望にかわってきたようだった。

## 始まった屈辱の日々

約六百名の兵員が、レンバク港に勢ぞろいしていた。第八次セレター軍港特別作業隊として出港する一隊である。そのなかに富樫兵曹も加わっていた。

この港については、以前に悲しい事件があった。この港を出港した第五次作業班の船が、港をでて間もなく、米軍が以前敷設した機雷に触れて沈没したのである。

この事故で作業班の軍人三百名が水死した。それから約四日後、生きのこった小数の者が帰ってきた。彼らの話によると、遭難は夜おこり、現場は陸岸に近かったが大きな川の河口であったため、ほとんどの者は沖へ流され、行方不明になった者が多く、生存者はたがいに励ましあい、陸にむかって泳いだそうである。

なかには五十歳ぐらいの老兵もおり、力つきて「皆さんお世話になりました。私はひと足先にまいります」と別れをつげ、みずから海底に沈んでいったとか。中国人の漁場の棒杭につかまっていて、漁師に助けられた者とか、比較的若くて体力があり、岸まで泳ぎつくことのできたほんのわずかな者だけが、帰ってきたのだった。

生きのこった者は、優先的に内地への帰還が約束されていたが、いざとなると、助かった位の若くて元気な者は、ほとんど残留させられた。

遭難死者のなかには、三八一空のはりきりボーイの皆川中尉（学徒出身の偵察員で、富樫兵曹とは親しかった）もいた。

これまで内地に帰還した遭難者以外のなかに、若くて元気な士官がおり、富樫兵曹ら残留組の前で、内地へ帰ったらこうする、ああもすると生活や職業にかんする抱負などを声高《こわだか》に話している者もいた。

富樫兵曹はいま港の桟橋に整列しながら、そうしたことを思いかえしていた。

「あの先に帰国した士官連中は、日本人の風上にもおけない情ない奴らだ。こんなにおおくの部下をのこして、さっさと帰国するなんて……まったくぶん殴ってやりたいくらいだ」

ぶつぶつと、独白のように呟いていた。

隊列の先頭から乗船がはじまった。船は「南進丸」という油槽船である。およそ三十分ばかりで六百名の作業員が乗りこむと、船は桟橋をはなれた。

港を出発して間もなく、はるか沖あいに、海中からマストが突きだしているのが望見できる。過日の遭難船であった。

「安らかに眠ってください」

作業隊員一同、しずかに黙礼を捧げた。

「南進丸」は船室がないため、全員上甲板にひしめきあってすわっていた。

「みんな聞いてくれ。防暑のために陽よけをつくる。各自手持ちの毛布をつなぎあわせる。作業かかれ！」

富樫兵曹は、三八一空の先任下士官として指揮をとるが、ここでは搭乗員だけではなく、各科の兵員がいりまじっていて、しかも応召兵などもおり、富樫兵曹よりも歳上の人が多いので、どうも貫録不足である。それでもみんなよく協力してくれて、どうやら陽除《ひよ》けテントまがいのものができあがった。

「南進丸」はまる一昼夜はしりつづけ、夜明けになってシンガポール島のちかくを通過していった。船員の話では、まだ機雷が完全に除去されていないので、マラッカ海峡をとおり、島の南をまわって行くために、セレター軍港には明朝でないと入港しないとのことである。

「機雷に触れたら一巻の終わりだな」などと、一同心おだやかでない。

セレター軍港に到着したのは夜であったが、沖にそのまま仮泊し、翌朝になって所定の桟橋に着いた。

「よくきたな、もうマラリアは大丈夫か？」

上陸後すぐに、岸壁に出迎えてくれたなつかしい隊長の顔が笑いかけてきた。関大尉も一緒にきていた。その他、先発してここへきた三八一空の搭乗員らが、みんな笑顔で迎えてくれた。

「ありがとうございます。このとおり、おかげさまで元気になれました。これからは隊長はじめ、わが隊の仲間と一生懸命やります」

富樫兵曹は、またもとの仲間と一緒になれたことを、心からよろこんでいた。

翌日から重労働がはじまった。富樫兵曹にあたえられた作業は塗料の荷揚げ作業と運搬であった。

第一日目からつらいことがもちあがった。休憩時間があってもすわって休むことができないのだ。イギリス人の習慣では、すわって一休みということは、ないようであった。彼らイギリス関係の人間は、立って一休みするといった工合で、監督者として配置についているインド人から、富樫兵曹は数えきれないほど注意をうけた。

しかし、インド人のなかには気立てのいい者もいて、かげでこっそり腰を下ろさせてくれたりもするのだが、逆に悪いのにぶつかるとみじめだった。口汚くののしられ、こっぴどい扱いをうけた。むこう気の強い富樫兵曹は食ってかかるようなこともしたが、しょせん彼らは〝虎の威を借る狐〟である。

セレター軍港の作業隊に、日本海軍軍人および軍属は約六千人いた。どこへいっても現地人作業員よりも員数が多いらしく、かならず日本人がいるという現状だった。

富樫兵曹は、そのときにより、作業内容の異る現場へまわされたが、主計科倉庫の作業員と食糧の荷揚げ作業がもっとも好ましいものだった。なにしろ毎回の食事量が乾パン四、五枚では、空腹でやりきれない。ここの作業に従事したときは、英兵や監督の目をごまかし、作業員同士で連絡をとって、交替で物かげに入って今まで食ったこともない餌に、たらふくありつけるのである。

(情ない、いくらなんでも、ドロボー猫かドブ鼠のような生き方だ……)

富樫兵曹は、みずからの行為を考えるとき、その生活のみじめさがやりきれなかった。

かっては東洋の指導者と自認していたはずの自分たちが、現地人やイギリス人に罵声をあびせられ、ときには足で蹴られるのだ。それでも、なおかつ無抵抗にひざまずき、重労働に耐え、食糧も十分にあたえられずに栄養失調で死人まででている。マラリアでたおれても十分な手当もうけられないまま死ぬ者もある。苦しさに耐えきれず、ある者は発狂し、またある者は自殺さえした。

志願してきた作業隊ではあったが、あまりの屈辱に、富樫兵曹は血が逆流し、何度か英兵に飛びかかろうとしながらも、かろうじてその衝動をおさえてきた。

ここまで精神と肉体をいじめ抜かれてくると、自殺をした者の気持ちが、わかる気がする。

（誰が悪くて、何が悪くて、こうした目にあわなければならないのか？　どういうわけで祖国へ帰ることを許されずに、強制にちかい重労働に耐えてゆかねばならないのか？）

自分たち下級軍人にはわからぬ、その原因をつくった何者かを、呪う気持ちにさえなってくるのだった。同時に、純真な心で命を投げだした仲間に、何をどう語って謝罪したらいいのか、富樫兵曹は混乱し、ただただやる方ない憤懣《ふんまん》に身をふるわせるばかりだった。

## かっぱらい作戦

ある日、富樫兵曹は、英軍の病院の便所作業にかりだされていた。いや、かりだされたというより、補充兵として召集された老兵井上亀太郎兵長（岐阜県出身）が便所作業にかりだされたのを見て、自分から申しでた作業だった。井上兵長は体がとくに弱く、少しでも楽をさせてやりたいという、かばう気持ちからだった。

水洗便所のパイプがつまり、これの修理をする仕事だった。褌《ふんどし》一本でマンホールに入り、部分的にパイプをとりはずしては中につまっているものを清掃する。

もちろん作業中は使用禁止としてあるのだが、英兵のなかには、わざと修理中に使用する者があった。

突然ふきだす糞尿と水を、なんども全身に浴びせられた。いくらどなっても、使用した彼らは、いかにも小馬鹿にした笑いをむけ、ざまをみろといわんばかりである。かといって、殴りつけでもしようものなら、仲間の作業隊がどんな手段で制裁されるかわからない。そう思うとただただ我慢するばかりなのだ。

あるときはまた、イギリス人や現地人の家庭からでる塵芥処理作業をすることもあった。食事を満足にとっていないために、力がでないで苦労している作業員を見て、彼らはまたもや軽蔑的な顔をする。

敗残の身にかかる無念さは、筆舌につくし難いものだった。

夜になれば疲れきり、話をするのさえおっくうになる有様である。

「もうすこしの辛棒だ。もうじき日本へ帰れる。へこたれるな。おれたちは日本人だ」

富樫兵曹は意気消沈しがちな部下たちを励ますが、それもから元気でしかなかった。それでもはやい時期に作業隊としてここへきた者たちから、順次日本への帰国が開始され、一同ようやく活気づきはじめていた。

帰国して行った人数分だけ、わずかずつだが、給食の分量も増してきたようだった。作業隊員の服装は、いまやボロボロの服と穴のあいた靴と、形もわからなくなったような帽子である。洗濯石鹸も満足にないため、汗と泥と垢でよれよれであった。

昼食は各自現場で食い、一時間の休憩時間は、現場のコンクリートの上であれ、仕事材料の上であれ、ごろりと横になって高いびきをきめこむ。

どう見ても一文無しの集団である。

何ヵ月かたつうち、あらゆる作業になれてきた。英軍の警戒手うすな場所もわかってきた。どの倉庫に何があるということまでわかってくると、午前、午後の十五分の休憩時間を無駄にすごすのが惜しい。

この時間は、倉庫あらしにあてられるようになった。

いきかせる。

「おれたちは倭寇《わこう》の現代版だ」——といったところで、目標はもっぱら食糧、煙草、被服であった。生きのびるためにはしかたがない、という勝手な大義名分を自分にいいきかせる。

こうなると名誉ある帝国海軍の艦爆乗りという誇りは、一時おあずけである。

(盗人《ぬすっと》といわれようと、これは一種の戦闘である)とかなんとか富樫兵曹は、自分を納得させようと思うが〝貧すれば貪する〟の類で、おちぶれはてた我と我が身にあきれはて、あげくのはて、とうぶんは一文無し根性に徹することを腹にきめこんだ。

片方にやぶれ靴、片方に手作りの下駄《げた》をはき、紐のようになったボロ服を身にまとい、虱《しらみ》を飼いならしながらの作業隊だ。それでも作業隊員は優先して帰国が約束されているので、それ一つに望みをして生きているのだった。

その望みを絶たれたら、死を選ぶばかりである。

盗品のほとんどが食糧であり、倉庫からキャンプまでの盗人道路を開発し、警戒兵の目をかすめてリレーでもちかえり、一同で会食するのだ。

ある夜、会食準備中、同室の服部整備兵曹が炊事の火を全身に浴び、大事にいたるところだったが、幸いに防火用に浴槽を満水にしてあったので、これにとびこませた。危うく大事故をまぬがれたが、もし火災にでもなっていたら、どのような罰をうけるかと思うと、一同底知れぬ恐しさを感じた。

また煙草の不足は、悲しい状況をつくりだしていた。現地人やイギリス人のすてた吸いがらを、作業員たちは先を争ってひろうのだ。盗人生活といいもくひろいといい、どうにもあさましい自分たちの姿に、富樫兵曹は顔をおおいたくなる思いだった。

彼は、どうしても煙草をひろうことだけはできなかった。まだ盗みの方がましだと思った。それでもいよいよ煙草が欲しくなると、マレー語と英語をチャンポンにつかい、人のよさそうな現地人やイギリス人にたのみ、二本、三本ともらうのだった。

荷揚げ作業の現場に行くと、作業員たちは俄然はりきる。

食糧や煙草があると、監督の眼をごまかし〝チャージ〟してしまう。盗む者、運ぶ者と、戦利品を奪ったあとの痕跡をわからぬようにする者と、分担をきめていて、作業員の不足をごまかす仕事までするのは、なかなか忙しいのだ。

ところで荷物のごまかしは、作業隊の者ばかりではなかった。イギリス人の監督官とか取締係のインド人の巡査でさえ、富樫兵曹ら作業員を使って盗みださせ、自分たちはそしらぬ顔で見張り役をするのだった。

こんなときは、作業隊はおおいばりで戦利品をいただき、あるいは分け前をもらうのだった。

被服倉庫の作業の場合は、行くときは故意にぼろ服をきて行き、帰りは新品をかさね着してくる。そして現地人と物々交換する。もらう品物は、ほとんどが食物か煙草である。

また酒倉の作業員になると、ウィスキーやワインの樽に錐で穴をあけ、作業員は交替でストローを使って飲み、持っていた水筒につめこみ、あとは適当に木をさしこんで栓をしておくのだ。

悪事になじんでくると、それがもうあたりまえの生活のように思われ、誰もさほど罪悪と感じなくなった。ときにはその戦果を誇るようにさえなる、というエスカレートぶりであった。

## おれたちはだまされた

ある日、富樫兵曹の中隊が排水溝の清掃作業を割りあてられた。

これは地下下水道で、大人の背丈以上ある大きな地下溝であった。入ってみると、その汚さといったらとても想像の外で、糞便や塵芥が一杯につまっており、作業員一同、どこから手をつけていいか迷うくらいである。

ままよ、とばかり富樫兵曹の号令で作業を開始したところ、この溝に無数の鯰《なまず》が棲《せい》息《そく》していることを発見した。さあ大変である。誰も彼も作業そっちのけで鯰とりがはじまってしまった。

体中に汚物のつくのもものかは、インド人の監督の制止など眼中にない有様で、「ほらそっちだ。いやこっちだ。誰か安全線（海軍は針金をこう呼ぶ）を持ってこい！」と大騒ぎである。

なにしろ一同腹ペコ中隊だから、食えるものがあるとなれば、なによりもそれが先行するのだ。

捕えた獲物は一匹ずつ針金にとおし、老年兵に焼かせておいて、他の者は一匹でも多く捕獲しようと懸命だ。監督はあきらめたらしく、見て見ぬふりで、どこかへ姿を消してしまった。

数百匹の戦果をあげ、宿舎へ帰ってわけあって食べたところ、これがまたなんともいえぬ珍味であった。

それから数日たったある日、先着の作業隊が日本へ帰国し、彼らのキャンプがあいた。富樫兵曹たちの中隊は丘の上のキャンプをひきはらい、海岸ちかくのこのキャンプへ移動した。

ここから見ていると、内還船（日本内地へ帰還する者を乗せて帰る船）がぞくぞく入港してきては、何百人かずつ乗せて出港してゆく。

なにしろ東南アジア地区に終戦後とり残され、重労働作業に従事させられている、陸海軍軍人が十万人以上いるのだから、小型の内還船では何百隻にものぼる船が必要なのである。

「はやくおれたちも日本へかえりたいな……」

出港してゆく内還船を眺めながら、一同のもらす言葉はそれのみであった。

戦勝国の当然の権利で、日本にたいする戦時賠償の一部として無償の十万名の労働力を提供させているイギリスである。作業員たちが希望しているように簡単には解放してくれないにちがいない。徐々に、ほんのわずかずつ、それも作業にある期間従事した者から帰す、という原則のようである。

（おれたちは、あまりの空腹に耐えられずに倉庫破りなどもするけれど、こうして終戦になってからでも国のためになるなら、と、辛さを耐えて重労働に従事しているんだ。それにしても、はやく日本へ帰りたい）

作業員たちは、誰も口にこそしなかったが、みんなおなじ気持ちだった。

富樫兵曹はこのごろ、上層部にだまされたと思うことしきりである。それは、ここへ第八セレター軍港特別作業隊としてくるとき、次の作業隊が到着しだい帰国させる、という約束できた。ところが、第八作業隊はじつのところ最後の作業隊であることがわかった。道理で志願したとき、すんなりと全員の希望が受理されたわけだ、といまさらのように腹がたつ。

つぎの作業隊がこないとなると、現在第八次としてきている者の帰国は、尋常にただ待っていたのでは、いつのことかわからなくなるおそれがある。

「畜生、だましやがって！」

そんな感情がむくむくと頭をもち上げてくるのだ。

内還船をよく観察していると、作業隊に加わらなかった者の顔がときどき見うけられる。そんなときはなおさら腹がたってくる。

「おれたちを帰還させない裏には、上層部と英軍司令部とのあいだに何か取引きがあるらしいぞ」

と、富樫兵曹の中隊の一人が、どこからか情報らしいものをつかんできた。

日本海軍の軍人および軍属の作業能率は、現地雇傭作業員にくらべると抜群であり、特殊技能者が多いためにその腕をたかく評価されている。

元来、日本海軍には志願兵が圧倒的に多く、海軍には、あらゆる兵科についての学校があり、志願兵は実戦部隊への配属前そこで徹底的に技術、学術の教育をうけるのが伝統であるから、特殊技術者の多いのは当然であろう。現地人の日雇労務者などの遠くおよぶところではない。それに軍紀のきびしい集団生活にならされているので、行動もいざとなれば機敏である。しかも給与らしい給与はおろか、わずかばかりの食糧で使えるなら、金銭に換算するならイギリスにとっては、巨額のプラスということになる。

そうした事情から、作業隊を容易に帰還させないらしいというのだ。

「本当にいまいましいイギリス軍め!」

と、腹のたつこと、はなはだしい。

作業隊の内還については、現地人のあいだにも問題がおこっている。つまり、日本人の作業隊がいるために日雇労務者の失業が多く、彼らの死活問題となり、彼らの労働組合のような組織が〈日本人作業隊を、はやく日本へ帰せ〉というスローガンをたてて、再三にわたるストライキをしているのだ。

「とにかく作業隊以外の軍人で、どうしても内還させなくてはならない者があるなら、おれたちの知らないところから出港してもらいたい」

と、富樫兵曹たちにとっては、それがせめてもの望みであった。

ある日、内還の帰女子がジュロンからセレターに移動してきた。幼い子どもたちが、大きな荷物を背おい、疲れはてた顔で母親に手をひかれている姿はいたいたしい。なかにはマレー半島までやってきて、ながい間かかってきずいた財産や地位をすてて帰る人も大勢いるようだ。それでも帰還者の顔は希望に輝いているようだった。

それに反し、作業員たちは、とりのこされてゆくような暗い気持ちになってゆく。せめて日本の消息を少しでも知りたい、と近づくことを禁じられている内還船に行き、船員や船内看護婦から新聞雑誌の古いのを投げてもらい、キャンプに帰って回覧するのが楽しみだった。

ある日、船員からもらった一束の古雑誌を包んであった、色が褐色になっている古新聞を見て驚いた。そこに板橋兵曹の戦死を報じる記事があった。金華山沖合に来襲した米艦隊の攻撃に行き、そのまま体あたりをやってのけたらしいのだ。

かんじんのところが破れていてくわしいことはわからないが、たしかに板橋泰夫上等飛行兵曹とあるからには間違いない。いずれにしても司令部で足立原兵曹と一緒に調べたとき、五〇三空艦爆隊員のなかには生存者は一人もいないことになっていたのだから、戦死は事実にちがいないのだ。

（あの飛行艇に乗りこむことができたのが、板橋兵曹を死へ追いやることになったのだ……）

富樫兵曹は、いまさらのように運命というものの不思議さに打たれていた。あのとき自分と足立原兵曹が飛行艇に乗りこむことができていたとすれば、いまこうして生きている現実はなかったかもしれないのだ。

（この上は、一日もはやく日本へ帰り、祖国復興のために働きたい。それが死んでいった戦友たちにたいするおれの責任だ）

と、考えはじめていた。

望郷の念やみ難く悶々の日がつづき、内還の約束もから手形におわり、絶望のはてに自殺する者や狂死する者がでる深刻な状況になってきた。

また疲労しているために、走ってきた車を避けきれず、轢死する者までてくる。現に、富樫兵曹も隊員運搬の車で転覆し、危うく死にそこねている。その日、作業が終って三十数名の作業隊員を乗せたトラックは、キャンプにむかっていた。運転者は疲れきっていて、対向車が曲り角からでてきたのを避けようとして急ハンドルをきった。そのためにスリップし三回も横転した。

横転する瞬間に、指揮者である富樫兵曹は叫んだ。

「支柱につかまれ、体を固くしろ！」

幌かけの支柱にぶらさがり、体を固くしたときには、車はゴロゴロと転がり、車輪を上にして停っていた。

「はやくとびだせ！　爆発するぞ！」

プーンとにおうガソリンに、ふたたびどなった富樫兵曹の頭の上といわず、腰のあたりといわず隊員たちが踏んづけてはいだして行った。三十数人の一団の、一番下敷きになっていたのだ。

死んだ者は一人だった。幌の所から運転席の上に手をだし風に吹かれていたその隊員は、完全に上半身をつぶされ、即死していた。

「どうかみんな、安全作業に心がけ、あせらず事故のない生活をしてくれ。そして、全員日本に帰れるよう心がけてもらいたい」

隊長の佐藤少佐は、うちつづく事故に心労ひとしおであった。

## ジョホール水道の日本艦艇

富樫兵曹のいるキャンプのすぐとなりの建物には、福富繁海軍中将を長とする第一〇特別根拠地の司令部があり、その先の海岸ちかくに軍人以外の、日本人の男たちで編成された漁労隊があった。

この隊に偶然、富樫兵曹とおなじ北海道美唄《びばい》出身の人が二人いた。

一人は牧野といい、戦前インドのセイロンで手びろく宝石商を営んでいたという上品な老人であった。

そしてもう一人は、中村農場出身の中村という三十歳がらみの人で、富樫兵曹はときどき気晴らしに漁労隊へでかけ、この二人と故郷の話をして、沈みがちな気持ちをなぐさめていた。

司令部では、作業隊を一日もはやく帰国させてくれるよう、英軍当局に交渉しているのだが、どうもらちがあかな。

「それならいい、おれたちは、ここで生活の楽しみをさがすまでだ。そのためには、少々手荒いこともやらかしてやる」

隊員たちは、そんなことを話しあう。

ここから見えるジョホール水道に、日本の重巡洋艦「妙高」「高雄」が碇泊している。この二隻の同型艦はレイテ海戦に参加し、「高雄」は艦尾が吹き飛び、大きな傷口をポッカリと見せて、痛々しい姿だ。この二艦の乗組員は若干の保艦員をのこし、作業隊キャンプに配属になっていた。

別な位置に、英、米両軍の巡洋艦が入港しているが、「妙高」「高雄」にくらべるとひどく貧弱に見える。だが、わが「妙高」「高雄」の二艦は、英軍命令でちかいうちにマラッカ海峡の通称〝一浬暗礁〟という所まで曳航され、沈められる運命にあるということだ。

終戦後、ジョホール水道に停泊中の重巡洋艦「妙高」。英軍によりマラッカ海峡に沈められることを知った富樫は日本の敗戦を実感した。

「あれが姿を消すと、またさびしくなるな」

富樫兵曹は中隊員たちの言葉を聞きながら、なにか日本の力を一つ一つとりあげてゆくような英軍のやり方を陰険なやり方だと思っていた。

ある日の午後、岸壁にときならぬ喚声があがった。

「駆逐艦だ！　日本の駆逐艦がきた」

作業員たちは監督の制止などそっちのけで、岸壁に走った。大きな日章旗をひるがえし、日本海軍の駆逐艦が数隻、ぞくぞくと入港してくる。

懐しい日の丸に、作業員たちは、よごれた顔に大粒の涙を流しながらじっと眺めつづけた。ながい重労働生活に拘束されている外地で、母なる国の旗印を見たのだ。懐しさと悲しさのいり混った感慨が胸につき上げ、わけもなく涙がこぼれる。

日の丸は彼らにとって母であった。母の姿に接した感情なのだ。

「母さん許してくれ、おれたちは戦いに敗れてしまった」

そんな哀切の気持ちで眺めているのだ。

駆逐艦は、イギリスにたいする日本の戦時賠償としてひきわたされるべく、祖国から二千数百マイルもの航海をおえ、全身、潮で真っ白くなっていた。

涙のあとに怒りがやってくる。日本国民の涙と血と汗によって建造されたこの艦をわたさねばならぬとは、無念以外のなにものでもない。

駆逐艦は接岸した。夕方、富樫兵曹は中隊員の何人かと岸壁に行き、艦体を手でながらつぶやいた。

「永いあいだごくろうさん。敵にわたされるのはつらかろうが……日本海軍を許してくれ……」

駆逐艦の乗組員たちは、作業隊員の労をねぎらい、古雑誌、新聞、味噌や漬物まで分けてくれるのだった。

いつまでも感傷にひたってはいられない。翌日からまたつらい作業が開始された。すべての作業隊が一丸となって力をあわせ、帰国の日まで生きぬいてゆかねばならない。

ところがそれをぶちこわすような事件がおこった。というのは、帰国順位をめぐり、軍人と軍属が対立し、それもかなり深刻な状態となってしまったのだ。

軍属の旗頭は菅原金一という三十五歳くらいの人で、軍属をあつめて演説をぶち煽動している。

「いままで軍属は、軍人にしいたげられてきた。消耗品的あつかいをうけてきた。この大戦の原因も敗戦の原因もすべて軍人にある。したがって現在就業させられている作業は軍人だけで行なうべきであるし、軍属こそ先に帰国させるべきである」

たまたま、この演説を、とおりかかった富樫兵曹は耳にした。聞いたからには、そのままでおさまらないのが彼の性格だった。

「寝言をいうな、おおバカヤロー」

と、どなりつけ、さっそく中隊キャンプへとんで帰ると、作業隊員をあつめた。かいつまんで説明したあと、

「いいか、あの野郎、とんでもない世まいごとをいってやがる。おれがいまからいうことをよく聞いてくれ。おれは海軍生活をはじめたときから、おまえたち飛行兵は消耗品だといわれ、予科練をでてきた。高等科飛行練習生のときも、おなじことをいわれてきた。現におれたち艦爆の操縦員は、すくなくともおれの同期生は七十二名中、現在テンガー飛行場の作業隊にいる境田兵曹とおれだけだ。クラス別でいうなら、このキャンプにいる直原上飛曹が艦爆操縦員だが、ほかに艦爆乗りで生きているのはめったにおらん。予科練同期生の六百三十名だって、戦闘機乗りも、艦攻乗りも、中攻乗りも、ほとんど戦死だ。しかるに軍属だけが消耗品的あつかいをうけた、と彼はいっとる。軍人にしいたげられたといっとる。おれの知るかぎり、海軍軍人は決して軍属をしいたげたりしておらん。かつてトラック諸島、春島第二基地において、飛行場建設に来ていた囚人部隊（主に政治犯）のみんなとも仲よくやってきた。たしかに戦争をし、戦争に負けた軍人の罪は大きいということはわかる。しかし、これは日本国民全体が負わねばならぬ責任だと思う。戦争の原因や敗因はわれわれ下級軍人の知らぬことだ。知っていることは、命令に忠実にしたがった、ということだけである。だが、こうなってみれば、せめて日本内地の人たちに責任はあるにしても、できるかぎり軽くすむようにと願う心から、われわれは苦しい重労働を耐えて働いているのだ。

敵弾をくぐり、命をはって戦ったのは、国家の危急に殉じようとしたからである。国家なくして国民はありえない。その国家の危急に、敢然とたたぬ国民は世界中どこにもいないはずだ。そのたちあがった者の責任である、と彼はいうのだ。みんなどうしたらいいか、よく考えてくれ……」

富樫兵曹は一気にしゃべった。中隊員たちはじっと聞いていたが、ふだんおとなしい鈴木兵曹が叫ぶようにいった。

「ゆるせん。そこまで侮られて、だまっている手はない！」

「そうだ、その菅原金一だか金太郎だか知らんが、そんな利己的なやつは制裁すべきだ」

となりの中隊から声がかかった。

なにしろ隊員たちは、ひごろの不満がたくさんある。暴動でも娯楽でも、なんでもいいから、爆発的な感情をむきだしにできることがあれば、いつでも同調できる状況だからたまらない。

「富樫兵曹、号令をかけてくれ、殴り込みだ!!」

ということになってしまった。

角材を用意する者、鉄パイプをひろってくる者など、殴り込みの準備がはじまったところへ、あたふたと佐藤隊長がかけつけてきた。誰か報告したものらしい。

「富樫兵曹、それはよく気持ちはわかる。だが、上層部は決しておまえたちをのこし、軍属だけを先に帰還さすということはしないはずだ。はやまったことをして、治安を乱したことを口実に、これ以上帰国をおくらせられることにでもなったら、いままでの苦労は水の泡になる」

佐藤少佐は、じゅんじゅんとさとすのだった。

いつも隊長は作業員一人一人に注意をはらい、事故のないようにと心配してくれているのだと思うと、富樫兵曹は強行することができなくなった。

## 血でつづる帰国歎願書

軍属だけが先に帰国するなどということは、絶対に許せん。そんな感情が、作業隊員のなかにひろがり、それを契機に、いままでもっていた望郷の念が、いっそう強くなりだした。

誰もがはやく帰国したい、という気持ちをつのらせていた。あの殴り込み未遂事件いらい、依然として軍人対軍属の対立感情はいっこうにおとろえをみせない。ふたたび軍属たちが軍人をいなすような態度にでれば、どうなるかわからない。一触即発の空気が充満しているこのごろだった。

（人間は極限状態におかれると、みんな自分の欲望ばかりを先行させるものなのか）

月夜の晩など、故郷の空を想いながら、考えさせられる日の多くなった富樫兵曹だった。

見ていると利己主義な人間がおおくなり、このところ人間不信におちいりそうな気分だ。搭乗員ばかりならうまく統制もとれるのだろうが、いまは搭乗員だった者はごくわずかで、各兵科の混成集団だから、自分のことしか考えないのかもしれない。

隊長や中隊長のいいつけも守らず、これが日本海軍の軍人かと思うと、富樫兵曹は情ない気持ちになるのだった。上級先任下士官という立場の富樫兵曹は、つらい日々の連続だ。上官にたいしては責任ある立場であり、下級者からはよく思われない場合がおおい。

毎晩、各中隊の「先任下士官集合」があり、明日の作業割りあてをもらう。いやな現場をもらうと大変である。そんなときは率先して作業につき、下の者をなだめたりおだてたりして機嫌をとらねばならない。

富樫兵曹の部下のなかに小林という若い下士官がいた。彼は自分勝手な男で、口が達者で要領がよく、年寄り隊員をいたわることもせず、富樫兵曹などないがしろにするような横着者《おうちゃく》だった。

この男があるときとなりの中隊の者と喧嘩をし、真っ青になって逃げてきた。「富樫兵曹、助けてください」というのだ。

放っておくつもりだったが、相手がわるい。「妙高」の乗組員で、各所を転戦した歴戦の猛者だ。つねに匕首《あいくち》をもち歩いている九州男子だった。

実戦を一度も体験したことのない小林ごときが、とても歯のたつ相手ではなかった。富樫兵曹はこの仲裁に入ったことから、相手の男と意気投合し、仲良くなった。それからは小林兵曹も、よくいうことをきくようになった。

これらの下士官連中をひそかに集め、はやく日本へ帰還させてくれるようにと、その歎願文を血書血判し、日本の閣僚や復員局総裁の高松宮殿下に郵送した。こんなことが英軍に知れれば、むろん没収されるであろうし、首謀者は厳重なる処罰をうけるにちがいないので、たびたび入港する復員船の乗組員に英軍の目をかすめて手わたし、郵送を頼んだのだ。このほかに、英軍の、人間にあるまじき不当な扱い（殴打、足蹴、減食などの奴隷《どれい》的な扱い）や、精神的な悩みなどの現況をくわしく書き、出身地別に署名血判し、各都道府県知事に送るという苦心をかさねたりした。万一、発覚した場合は、すべて先任下士官クラスの責任とし、他の下士官兵には責任がおよばないように配慮したりした。

帰国の見とおしがはっきりしないため、なかには自暴自棄になる者が多く、英軍の倉庫から〝チャージ〟したエチル・アルコールを飲み、手あたりしだいに物をもって暴れる者がいたり、馬鹿のひとつ覚えの軍歌を大声で歌い、近くに居住している英海軍の兵隊たちを驚かす者がでてくる始末である。

それでも月に一度ぐらいは慰安のために、巡回映画がやってくる。「忠臣蔵」や「人生劇場」などを見るが、心がもろくなっているのか、泣かせる部分にくると、オイオイ声をあげて泣くやつがでてくる。そうかと思うとドラマのなかの役者と一緒になって怒ったりする。映写会のあとはきまって望郷の念にかられ、何かにつけて思うことは故郷のことばかりであった。

## 金物回収に決死隊

テンガー飛行場に、三八一空の搭乗員のほとんどが作業隊として働いていた。

ある日、センター軍港の佐藤隊長と富樫兵曹のもとへ一台の乗用車がやってきた。

連絡の兵が一名便乗し、どう手なづけたのか現地人が運転していた。

「テンガー飛行場作業隊より、ご招待にまいりました」

連絡兵の口上である。

佐藤隊長と富樫兵曹は、せっかくだからと出向くことにした。

やはり三八一空のほとんどの搭乗員がそろっていて、セレターの作業隊にくらべたら、元気ではりきっておりまるで底抜けに明るい。

(檀上清秀兵曹の指導力がおれよりすぐれている、ということなのかな)

富樫兵曹は羨望の念にかられた。檀上兵曹(広島県出身)は予科練同期生の一人で、水上戦闘機の操縦からのちに零戦配置となった男だった。

搭乗員総員が、あたたかく歓待してくれる。どういう手段で手に入れるのか、ウィスキー、ビール、コーンビーフ、英国煙草など豊富で、豪勢なご馳走である。

「ありがとう、ほんとにありがとう……」

と結んであった。

富樫兵曹は、かつて三八一空の先任下士官時代の戦友たちが、友情を忘れず、セレターでつらい思いをしていることをどこかで知り、こうして招待してくれたことが言葉に表せないほどうれしく、思わず涙をこぼした。

テンガーの作業員たちが、命がけで集めた貴重な食糧を、惜しげもなくならべてくれているのだ。話によれば、このご馳走を確保するために、英軍倉庫に忍び込んださいに、番兵がめくらめっぽうに乱射した自動小銃弾で、九州出身の角兵曹が死亡するという事件があったという。

「みんな帰国を前に、こんなことで命を失わんようにしてくれ。みんな元気で内地へ帰ろう」

佐藤隊長と富樫兵曹は、若い隊員たちに謝辞とともにさとすようにいった。

自動車のタイヤがへこむほどたくさんの食糧をみやげに、セレター軍港まで送ってくれた。

それから一ヵ月ばかりたったころ、テンガーの作業隊員のなかの、山田兵曹と蓮井兵曹（二人とも逓信《ていしん》省の委託飛行術訓練生出身）から特別便に託した手紙が、富樫兵曹のもとにとどいた。内容は別れの挨拶だった。佐藤隊長と訪問した翌日、内還の通達があり、作業員は全員帰国と決したのだそうである。

〈……この手紙が届くころ、私たちは内還船の上だと思います。どうか先任も元気で内地へ帰られますことを祈っています〉

いちまつの寂しさはあったが、かっての自分の下級者が内還になったということは、やはりうれしい。同時にそれだけ自分の内還もちかくなってくるのだ、と心のはげみにもなった。

いまはもう、自分の心の奥を知ってくれるのは、隊長の佐藤少佐だけになってしまった気がする。

佐藤少佐は、心から富樫兵曹を可愛がってくれる。富樫兵曹も隊長、隊長としたって、ペナン基地にいたころにくらべたら、その親密度は比較にならないほど、深い絆をつくっていた。

また相かわらずの作業日課の月日が流れていった。そのあいだに、英軍の物資管理のルーズさにつけこみ、作業隊員たちはいよいよ小悪党ぶりを発揮し、倉庫荒しなどに活躍（？）するのだった。

現地人で真鍮《しんちゅう》や砲金をたかく買う連中が、キャンプちかくを流れるセノコ川の向う岸に住んでいた。彼らはマレー半島に散在する共産分子だという噂で（実は独立運動の団体らしい）、英軍に対抗するための弾丸づくりに材料として使うものらしかった。

一キロ十五銭という値段は、作業員たちにとっては大いに魅力がある。金さえあれば現地人から煙草や衣料が買えるというので、彼らは砲金や真鍮さがしに血まなこになった。

はじめは各種の残骸物のなかからひろったりしていたが、あるとき富樫兵曹は名案（？）を考えついた。現在使用していない小型船三隻（五〇トン）が岸壁ちかくに繋留してある。この船からなら、かなりの分量がもらえる（盗める）と考えたのだ。

さっそく決死隊を三名つのり、ある夜、海に潜った。まずスクリューを一晩がかりでとりはずした。つぎの夜からは艇内にある真鍮という真鍮、砲金という砲金をかたっぱしから取りはずした。

何しろいまは使用されていない船のことなので、乗組員の配備も巡回もないらしく、誰も気がつかぬらしい。富樫兵曹らはしだいに大胆になり、ついにはキングストン弁《バルブ》も取りはずしてしまった。これを抜いたら、船は一たまりもない。

翌朝、作業員たちが岸壁をとおると、三隻とも沈没していた。

いずれも廃船になるはずの船だったので、たいした探索もなされなかったが、もしこれが日本海軍だったら、犯人たちはたちまち逮捕され、軍法会議ものであったにちがいない。

# 9　戦友よ、安らかに眠れ

## 前進微速

毎週日曜日は、重労働作業は休業であったが、その休業日は退屈でやりきれない。普段、イギリス海軍のゴザート中尉というのがいて、その毛むくじゃらのゴリラのような男は、作業隊の監督長とでもいう立場で、何かにつけて隊員の尻を思いきり蹴とばすのがくせだった。風のようにあらわれ、ちょっとひと息いれてるような者を発見しては蹴とばし、風のごとく消える。

富樫兵曹は、このゴザート中尉を、〝風の又三郎〟(坪田譲治作、同名の童話の主人公)、略して〝風又〟と呼んだ。

作業中には現場の要所要所に交替で見張りをたて、ゴザートを発見したら「風又」と叫び合うことにし、適当にサボるのだった。

ゴザート中尉は、かってビルマ戦線で日本軍の捕虜となり、さんざん苦しんできたので、そのおかえしのつもりで作業一隊員につらくあたるのだ、という噂だった。

それにしても日曜日は、ゴザートのどなる声もなく〝風又〟ゲームもなく時間をもてあますので、ジョホール水道で魚釣りを楽しむのにモーター・ボートがほしくなった。

富樫兵曹は、モーター・ボートづくりの計画をたてた。部下の谷兵曹、整備科の武藤兵曹、服部兵曹、工作科の庄司兵曹を製作スタッフにくわえ、材料あつめにかかった。

まずかんじんのボート本体は、いまジョホール水道沖合に碇泊《ていはく》していて、やがて沈められる運命の日本貨物船の救命ボートを、佐藤隊長の肝入《きもい》りでもらいうけ、セノコ川の岸辺へ繋留した。

つぎはエンジンだ。山ほど積んである廃棄物集積所へ行き、捨てられてある車からシボレーの四気筒エンジンをひろってきた。これは武藤、服部の二人の技術で整備してもらうことにする。スクリューは、キングストン弁をはずして沈めてしまった艇に残っているので、これをはずしてきた。こんどは蓄電池が必要だ。さっそく岸壁にある魚雷艇に忍びこみ、一二ボルトのバカ重いやつを失敬した。これが一ばん骨がおれた。英軍の警備兵をちょろまかすのだが、艇の外へ持ちだすのに、垂直のラッタルをかつぎあげなければならず、死ぬほどつらい思いをした。

まだ材料がたりない。エンジン起動に使うセル・モーターがほしい。ずいぶん日時をかけてさがしたが、使えるような満足なものは一つもない。

「仕方がない。じゃあ、例の手でいくか?」

と相談がまとまり、綿密な作戦計画がねられた。

富樫兵曹、谷兵曹、武藤兵曹の三人は、つねに分解用具をもち歩いていたが、好機は意外にはやくやってきた。

被服倉庫の前へ、英海軍の中尉がジープを乗りつけてきた。

「よーし、いいぞ、やつが倉庫へ入ったら開始だ。む、入った。いまだ!」

物かげから三兵曹は脱兎《だっと》のごとくジープに走りより、ボンネットを開く。手早い作業だ。電光石火の早業で、四分半ほどセル・モーターをはずし、ボンネットをそっとしめ、ちかくの草むらへとびこみ三兵曹は息を殺した。

十五分ほどすると、中尉が被服を一抱えもってでてきた。後席へ荷物を乗せ、運転台に乗りこんだ。エンジン・スイッチを入れた。むろんエンジンはウンともスンとも言わない。彼は小首をかしげながらジープの前へまわり、ボンネットをあげ、エンジンのあちこちを眺めまわすが、異常なしといった顔で運転台にもどる。またスイッチを入れる。起動するわけがない。もう一度エンジンの再点検をはじめた。ながい時間のぞきこんでいたが急にあわてたそぶりになり「オウ！」と肩をすくめた。ようやくセル・モーターがないに気づいたのた。何やら大声にわめき、あたりを見まわしながら、とびあがって地《じ》団駄《たんだ》をふみ、全身に憤りをこめてどなっている。まるでチャップリンの実演さながらだ。

三兵曹は草むらにかくれ、おかしさをこらえていた。

どうやら材料はそろった。起工日を昭和二十二年元旦と定め、一週間しかのこっていない昭和二十一年を、静かに送ろうと話しあった。

暮れもおしつまったある日、あの「妙高」「高雄」の二艦が予定どおり沈められることになった。作業隊全員が、岸壁にあつまり、曳航されて行く哀れにも悲しい姿を見送る。「君が代」「国の鎮め」「海征かば」が静かに吹奏されるなかを、太平洋せましと暴れまわった二隻の巡洋艦は、海底に消えるべき運命をになってその巨体を運んでゆく。見送る誰もが胸をしめつけられる想いだ。敗北した日の姿を見ているような気持ちになり、思わず涙が流れてくるのを、とめようがなかった。

二度目の正月になった。あの「妙高」や「高雄」は海底に沈んだが、わが造船所はこれから新造船への着工だとばかり、富樫兵曹たちモーター・ボート・スタッフははりきっていた。船尾の改造は、庄司二等工作兵曹が腕によりをかけての奮闘だ。三が日がすぎて、作業隊の労働がはじまってからは、毎日作業終了後、手もとが見えなくなるまで組立てに没頭した。

連日、富樫兵曹は疲れた体に鞭うち、完成の暁には、みんなで魚をとりに行くこともできるし、ボート遊びもできるということを楽しみに、組立て作業をつづけた。組立作業の期間中、現地人がよく作業をのぞきにきて、二〇ポンドの値をつけて行った。

(内還のときには売り払って、みんなに金を分けてやろう)

そんなことも考えていた。

ようやく完成したのは、二月の末だった。セノコ川にゆうゆうとうかんでいるボートを眺めながら、富樫兵曹はちょっと得意だった。

試運転をしてみると、きわめて調子がいい。あの廃物のエンジンが、よくもここまで再生されたと思うくらいだ。

「やっぱり、わが海軍の整備技術はたいしたもんだな」

武藤、服部の両整備兵曹に最大の讃辞を贈る。スタッフ一同乗りこんで、川を下り、ジョホール水道沖合めざして処女航海をしてみる。すばらしいスピードだ。何しろ大きなスクリューだから力づよい走り方である。

「試乗したい者は、交替で乗せてやってもよろしい」

富樫兵曹が中隊員に声をかけると、ぜひ手伝ってくれと頼んだとき、そっぽをむいて応じなかった者までが、われ先にと希望してきた。人間という生物の勝手さを知らされる一幕といったところだ。

「エンジン始動……前進微速……前進半速……前進原速……」と、富樫兵曹は号令をかける。機関員配置の武藤、服部の二兵曹が、それを復唱しながらエンジンの操作をする。

艇は舳先をもちあげ快速で疾走する。その艇長席に腰をおろし、グッと前方左右の見張りをしながら、富樫兵曹は、かって飛行機の操縦席にいたときの気分を思いおこす。

このつぎの日曜日は、この艇を使って、何をして遊ぼうか？　漁労もいいし、対岸まで行ってみんなと一日すごすのもいい。この艇があれば、六日間の苦しい作業も苦悩も、七日目の楽しさで少しはほぐれることだろう。みんながへこたれないためにも、おれはいいことをしたんだ、という考えが富樫兵曹の頭にはあった。

「先任、つぎの日曜日がまち遠しいですね」

谷兵曹が童顔をほころばせながらいう。

こうして、このモーター・ボートは、中隊員たちの暗い気持ちをひきたてるのに、おおいに役にたった

## セレター軍港、最後の死者

モーター・ボートが完成して一ヵ月ばかりたったある日、かってニューギニアでひろったアメーバ赤痢が再発し、富樫兵曹は病室へ入ることになった。入室中の艇の手入れを服部、武藤兵曹にたのみ、安心して入室した富樫兵曹だったが、何日目かに竹田上等機関兵曹と谷一等飛行兵曹がやってきて、ボートの借用を申しこんできた。

「いいよ、たのしく使ってくれ。ただし電気系統のあつかいが難しいから注意してな」

と、その使用法をていねいに教えた。ところが、だいぶ夜がふけてから、海上に船火事がおこっていると患者たちがさわぎだした。富樫兵曹はよもやと思ったが、あれだけ教えてやったのだから、と安心したつもりでいるところへ、顔や手に火傷をして谷、竹田両兵曹がやってきた。

「すいません、せっかく苦心して作ったボートを焼いてしまって……」

と、しごく神妙な顔であった。

よく事情を聞いてみると、エンジン起動後の配線をまちがえたためか、太い銅線が過熱し、運悪くエンジンの下にこぼれていたガソリンに引火し、燃料タンクまで爆発して手のつけようがなかったという。よく考えてみると、自動的に作動する継電器が手に入らず、仕方なくダイナモの発電量、運転時間、電池容量などをおおざっぱに計算し、すべて手動でコントロールしていたのだからちょっと油断すれば誰が操作しても事故になるのだ。

「いいさ、ボートなんかなくったって、二人とも無事だったんだ。よかった、よかった」

富樫兵曹は、内心がっかりし、腹もたったが、どうせ盗んだもののよせ集めで、小悪事のかたまりみたいなボートだし、もし英軍に調べられればえらいことになる、と少しは心配もしたものだけに、かえってさっぱりしたような気分だった。ボートは消火艇や哨戒艇に曳航される途中で沈没したそうで、二人ともいちはやく逃げだしていたため、これで悪のかたまりも海底に沈んで、やれやれというところだ。

さて、これからは、何に生活の楽しみを求めたらいいのか——と思うと、病床に伏しながら、富樫兵曹は憂鬱《ゆううつ》だった。これから先、この抑留生活がどのくらいつづくのか、見当もつかない。ひょっとしたら、はじめの噂どおり、七年間もおかれるかもしれない。とすれば、これは何か中隊員たちの楽しみを考えださなければ、また狂気になるおそれがある。

そんな気分になっているおりに、またもや事件がおこった。

富樫兵曹の中隊員、栃木県出身の鈴木旗太郎兵曹がセノコ川で水死したのだ。この川は鰐《わに》がすんでいるので、危険だから水泳は禁止ということになっていた。ところが小林兵曹と二人で対岸まで泳ぐというむちゃをやったのだ。毎日、苦しい重労働や内還できない悩みから、自棄的になって禁を破ったものらしい。

水から上げられた鈴木兵曹が病室に運ばれてきた。小林兵曹はそばにつきそい、首をうなだれている。富樫兵曹の顔を見るなり、ポロリと涙を流した。

「大馬鹿野郎！」

やにわに富樫兵曹は大喝をくれ、とにかく鈴木兵曹をなんとか生きかえらせようと、人工呼吸をし、軍医は心臓に直接「カンフル」を注射する。一時間四十分もやってみたが、ついに手足が硬直しはじめ、軍医から死を宣告されてしまった。

この鈴木兵曹が、セレター作業員の最後の犠牲者であった。

富樫兵曹のアメーバ赤痢は、さいわいに悪化せずに全治し、キャンプへ帰るとまた就労のあけくれをつづけるようになった。

何か楽しみを見つけなくては、ということで、セノコ川の鰐狩りをやることになった。木を組んで檻をつくりこれを対岸にすえおき、川のこちら側でロープをひけば檻の扉がおちるようにした。それから毎晩、交替で見張りをすることにした。

三晩目に、四メートルもある大鰐が檻に入った。みごと生捕りにしたが、それからが大変である。隊員のほとんどが現場に急行し、檻ごとこちら岸にひきよせ、大八車にそのままつみこんだ。捕獲員はねじり鉢巻で檻の上に仁王だちになり、手に大団扇《うちわ》をもって「やーれひけ、そーれひけ!」とやる。他の隊員は手製の松明《たいまつ》をともし、ロープをひいて「よいしょ!よいしょ!」「わっしょい、わっしょい!」とまるでお祭りさわぎだ。そのかけ声が暗闇のなかに反響し、英軍司令部は反乱軍の襲撃と感ちがいして、自動小銃をかまえた兵員を出動させた。だが、事情を知って二度びっくり、何しろ見たこともない大鰐を生捕りにしたというので、大評判になった。

かって、このセノコ川で鰐を生捕った前例はなく、現地人も仰天している。

「どうだ、日本人の知恵と勇気は」

と、富樫兵曹は大得意であった。

これが司令部からイギリス人たちのあいだに知れわたり、毎日見学者が殺到する。写真を撮って行く。なかには生徒を引率してやってくるイギリス人学校の先生までできた。

一週間ばかり当直室の前においたが、なかなか死にそうにもない。皆が棒でつついていじめるので、おおいにまいっているようである。大豆の粒よりも大きい涙をおとす。

（へーえ、鰐が泣くとは知らなかった。故郷の北海道では馬の泣くのを見たことはあるが）

と、富樫兵曹はいささかほとけ心がでて可哀想になった。八日目に鰐は死んだ。キャンプ総員でこの肉を食べたが、かつてニューギニア作戦のとき食べたときより味が悪い気がする。

そんなとき、佐藤隊長から話があるからきてくれという連絡を、富樫兵曹はうけとった。

隊長の部屋へ行くと、佐藤少佐は「これは君にだけいっておく」と前置きして、こんどの大戦中、昭和十九年六月にあったサイパン沖航空戦について語りだした。

当時、ビアク島の戦いが大東亜戦争の天王山といわれていた。五〇三空が敵攻撃の口火をきった形となったがそのころ連合艦隊主力と航空部隊は、続々と南下集結しつつあった。米主力艦隊も出撃してきているらしいが、敵味方、双方とも敵主力の所在が不明で、ともに必死の索敵をしていた。日本側はどうも軍の暗号を敵に解読されていたらしく、サイパンでは裏をかかれる結果となった。そんなとき、ある基地航空隊の飛行隊長が重大なミスをやった。というのは、索敵機を発進させるさい、搭乗員にもたせる暗号書を、前日までの古い暗号書とまちがえてしまったのだ。索敵機の搭乗員はみごと敵艦隊を発見、「作戦緊急信」を大本営宛に打電、敵艦船の数、速力、方位、位置、天候にいたるまで、あらゆる敵情を報告した。たしかに大本営も受信し、基地でも傍受していた。日本軍の方が先に敵を発見したのだが、暗号書がちがうため、わが軍は悲劇をこうむることになった。大本営の〝石頭〟連中は敵の謀略だと一笑に付し、緊急信の取扱いをしなかったのだ。したがって、全兵力を結集したわが部隊に出撃命令もださず、敵艦隊撃滅の機をのがし、逆に敵に利をあたえてしまったのだ。

この話を聞いているうち、暗号をまちがえた飛行隊長のこともさることながら、大本営の参謀たちが、もう少し気がきいていたら、あの戦域にいたはずの大部分の同期生や、先輩後輩の尊い命は失われずにすんだものを、と富樫兵曹はいまさらのように悲しみと怒りが交錯し、首をうなだれてしまった。

佐藤隊長は、もう一つの話をしてくれた。

日本は昭和二十年八月十五日、無条件降伏はしたが、イギリスも日本くらい戦力が欠乏していたらしいというのだ。戦時中、佐藤少佐は短波放送を聞いていた。それによれば、アメリカは物量作戦で強力に進攻してきてはいたものの、国内には反戦気分があふれていたという。どうも考えてみると、かなり敵の諜報網がわが軍部内に張りめぐらされていたようだ。

五〇三空でもトラック基地に駐留していたとき、B－24、B－17の夜間爆撃をうけたが、こんなときはきまって、むかいの春島基地山頂から灯火がもれていたようだ。誘導灯だというので、憲兵が急行しては調査したが、ついにわからずじまいであった。また、昼間爆撃があるのは、全機が出撃したあとが多く、搭乗員たちは不思議がったものだ。

「まあ、日本はスパイ戦に敗北したといってもいいかもしれん」

佐藤隊長はそう言葉を結んだ。

## 帰国前夜、隊長の温情

八月になって間もなく、多数の内地帰還兵の名簿が発表になった。富樫兵曹はおどる心をおさえながら、調べてみた。

（やっぱり、おれはまだか……）

ガックリとなった。整理上、年令順に決定したとのことで、こうなると、年令の若い富樫兵曹があとまわしになるのは無理もないことのようだ。

同郷の大橋友次郎という通信科の上等兵曹が同情してくれ、内還運動をしてくれているのが、せめてもの救いだった。

三日ほどたったとき、富樫兵曹は佐藤少佐に呼ばれた。

「富樫兵曹、おれのかわりに帰還したまえ」

「は……？」

寝耳に水だった。隊長は自分の内還順序を富樫兵曹にゆずるというのだった。

昭和二十年十二月、作業隊長としてここへきてから、もうなんども内還の機会があったにもかかわらず、隊長はそのつど、部下の誰かにゆずってきていることは聞いていた。しかし、自分にこうしてゆずってくれるとは思ってもいなかった。

隊長だって人の子だ。一日もはやく内地へ帰りたいにちがいない。

あまりにも申しわけがない、ありがたい。これまでずいぶん心配をかけたり苦しい種々の状況のなかで、つねにかばってくれた親のような存在の人だ。本来ならその恩がえしに、順位をゆずらねばならないのは自分の方だ——と思うとき、直立不動の姿勢をとったまま富樫兵曹は、涙が流れてきてどうしようもなかった。

「気にするな。次回の内還はすぐのようだし、おれは作業隊の責任者として、できれば最後の一員まで内還するのを見とどけてから帰還するつもりだ。ところで、君に一つ頼みがある」

隊長はそういうと、一冊のガリ版刷りを机の上にだし「これを内地へ持って帰ってもらいたい」

といった。

表紙に《東南亜細亜《アジア》連合軍管理下地区ニ残置サレタル十万名ノ作業隊》と表題がつけられていた。

「これは、この東南アジア地区に抑留されて、おまえたちとおなじように作業隊として使役につき、苦しんでいる十万あまりの同胞の実状を訴えた記録だ。一日もはやく故国へ帰れるようにとりはからってもらうよう、歎願書を添えてある。この書類はおなじものが三冊つくられ、一冊はここの日本軍司令部に、一冊は私が、そしてこの一冊は、富樫兵曹、君が日本へ持って帰ってくれ。この十万の日本人の血のでるような実状を、のちの世の人たちに知ってもらうために、またできるなら、この歎願書によって、苦しんでいる同胞を、はやく日本へ帰してもらうように、という願いをこめてある。ひょっとすれば内還の持物検査のさいに英軍に取り上げられるかもしれんが、その場合は私の責任にしてくれ」

隊長は、なみなみならぬ決意の顔でいった。それから被服入れのなかから、一着の防暑服上衣をだして、

「これは私がこの作業隊長としてきてから、今日まで毎日着用していたものだ。汗でよごれているが、これまでの君の労苦にたいする、私にできるたった一つの贈呈品だ。記念にもっていってくれ。それから、日本へ帰ったら、お母さんを大切にな……。十分に孝養をつくすんだぞ……」

「隊長……隊長……私は、私は、………」

富樫兵曹は涙をポロポロこぼしながら、感謝に胸がせまり、言葉がでない。

「わかっている。何もいわなくてもいい。われわれには言葉はいらん。すべてわかっている」

佐藤少佐も胸がつまり、しっかりと富樫兵曹の手をにぎった。

中隊キャンプに帰ると、内還組と残留組とのあいだにはっきりと明暗があらわれて

いた。

帰国する者たちは、それぞれに荷物の整理をはじめており、その顔は喜々としていてあかるいのだ。だが残留に決まった者たちは、部屋のすみの方にかたまり、壁にもたれて内還者たちの動作を、力なくぼんやりと眺めているのだった。

作業隊員たちは、帰国を唯一の楽しみとして、辛さに耐え、生きぬいてきたのだった。それが、一部の者を内還させ、一部の者を残留させるという残酷なやり方で処理されるのだ。なんど英軍の「内還させる」という言葉にひっかかり、苛酷な作業に労力を進んで提供してきたことか。ののしりや、殴打にも、足蹴にも、歯をくいしばって耐えてきたのは、日本に帰りたい一心からだった。それが意地悪く、一つのグループから何人かずつ残留を強いているのだ。

(みんなになんといって挨拶したらいいのだ。残留する部下やおなじキャンプの人たちに、おれは隊長に順位をゆずってもらって日本へ帰る、などと、いまはとてもいえない。残る者が気の毒だ。なぜ奴らは、キャンプごとにまとめて、一緒に帰してくれないのだ)

富樫兵曹はひとり屋上へ上がり、悩みぬいた。

セレター軍港の灯のむこうに、ジョホールの美しい夜景がひろがっていた。

## 祖国へ

八月十六日の早朝——。

英軍司令部まえに、帰国兵が整列し、MPの荷物検査がはじまろうとしていた。

富樫兵曹は、その列中で極度に緊張していた。日本軍支給の荷物、英軍証明による被服、食糧以外の物の持ちだしは固く禁じられている。富樫兵曹は、あの佐藤少佐からあずかったガリ版刷りが気になっているのだ。

もし発見されれば、没収された上、内還を取り消されるということにもなりかねない。

だが、どうにかうまくごまかすことに成功した。予科練時代、週一回の被服持物点検というものがあり、一点でも余計なものがあると、バッターで尻をなぐられたものだ。学年が進むにつれ、物をかくす要領をおぼえたものだが、その要領がこんなところで役にたち、書類はMPの点検を無事に通過した。

「出発！」

待機していたトラックに荷物とともに、内還者全員が乗りこむ。このとき駆けつけてきた隊長が、「船で食べなさい」と、乾パンを一箱、富樫兵曹に手わたした。

「隊長、何から何まで、本当にお世話になりました。どうか隊長もお元気で帰国してください！」

発車したトラックの上から、富樫兵曹は力いっぱい叫んだ。

トラックがキャンプの前を走る。窓から残留組の隊員が鈴なりに顔をだし、別れの言葉を叫びながら、手をふっている。

「さようなら、みんな一日もはやく日本へ帰れるように祈っているぞー！」

富樫兵曹は、帽子をふりながら絶叫した。

トラックはスピードをあげ、一路ケッペル港へむかって疾走して行った。

午前九時、埠頭につくと、世界一周定期航路の豪華船「ストラスナーバー」号、二万二八〇〇トンに乗船が開始された。

英軍が便乗しており、軍楽隊が勇ましいマーチを吹奏している。

内還者は三等船室に収容され、かなりな人数なのですし詰めの状態だ。だが、これが最後の苦痛だと思えば、むしろたのしいくらいだ。

やがて船は岸壁をはなれた。富樫兵曹は、二年ちかい歳月をすごしたマレー半島に別れを告げようと、中甲板にでてみた。

(あっ、隊長だ……)

と眼をみはった。

まぎれもない佐藤少佐の姿が岸壁にあった。内還者の出港を見送るべくあとを追ってきたのだ。近くに陸軍の沼田参謀長や木下中将も見える。

「隊長ー! 隊長!!」

富樫兵曹は、けんめいに叫んだ。

佐藤少佐が富樫兵曹に気づいたようだ。顔をほころばせてうなずいている。

しきりに昨夜のことが思いだされてくる。最後まで自分の隊員のことを心にかけ、こうして見送りにまできている隊長に、富樫兵曹は(あれこそ日本人の鑑《かがみ》ともいうべき人だ)と感じいっていた。

港が、ぐんぐん遠くなっていく。

午前三時三十分、もうマレー半島は水平線のかなたに没し去ろうとしていた。

八月十七日、大海原を船はこころよいタービンの音を響かせながら、北上をつづけている。富樫兵曹は後甲板にたち、後へ後へと流れ去る水を眺めながら、予科練入隊いらいの六年九ヵ月を回想していた。とくに木更津発進いらい、各方面に散華していった同期生や先輩、後輩の、一人一人の顔が思いだされてくる。

(この船が、あの戦友たちと勝ち戦さで帰国する船だったらなあ)

そんな想いが、チラリとかすめてゆく。

すぐそのあと、ビアク島の洞窟の悲惨な光景が目にうかぶ。

(足立原兵曹は、無事に帰国したかな?)

思いだし、つぶやくことのすべては、順序がばらばらだ。

群青の空に、力強い入道雲がわいている。その雲のキャンバスに、死んでいった各搭乗員の顔がうかび上がってくる。

「今日の手柄は、おれの頂きだ」
おれたちは　いくたびこの言葉を交わしたろう
　生と死を、ともに分ちあった戦友《とも》たちよ
　青春の息吹きを
　祖国の勝利にかけ
　勝利を信じ
　笑って散華した護国の鬼たちよ

君らの挽歌《かなしみうた》を　尊い愛を
おれは生涯忘れはしない
永らえた命を安楽に過しはしない
祖国の未来のために
ひたすら捧げんことをここに誓う
太平洋の波を枕に
戦友《とも》よ　静かに眠り給え

雲の下、藍青色の波の間を、海豚《いるか》の群が行く。
船は、ひたすら北上をつづけていた。

# おわりに

富樫春義

太平洋戦争が日本の敗戦というかたちによって終結してから、三十年が経過しようとしている。いまの日本は、あまりにも平和で、文化的都市国家の観があり、どこをさがしてもこの国があの戦争によって、かつてめちゃめちゃに破壊されたことがある国だなどとは、とうてい思われない。

あの当時、私も海軍少年飛行兵として海軍航空隊に入隊し、教育期間終了とともに第一線の戦闘員として参加したのであったが、ふりかえってみると、前線の将兵も銃後の国民もずいぶん辛い思いをしたものだった。あげくの果てには、かけがえのない多くの人材を失い、あるいは貴重な財産を焼失したりした。思えば戦争というものは、ほんとうに空しいものである。この空しい気持ちを持ったのは、敗れた日本人ばかりでなく、勝利者である米国人も同じであろう。

戦争では、互いに顔も知らない敵味方が、命令のもとに憎しみをむき出しにして殺し合う。結果として勝者にも敗者にも、多数の犠牲が出る。その犠牲者は二度と甦ることはない。戦場をさまよい、犠牲者を目撃するにつけ、そこに残るものは空しさだけであるということを、戦場にのぞんだ者は一しお感じたはずである。

昭和十九年四月、第五〇三海軍航空隊の若年搭乗員の一人として出撃した私は、大した戦功もないままに南方各地を流れ歩き、ずっと後になって、十九年七月十日に原隊が全滅的部隊解散をしたことを知り、なんとも語ることの出来ない淋しさをおぼえたものであった。

予科練習生時代から、共に笑い、共に泣き、励ましあった同期生たちや、懸命な指導をしてくれた諸先輩、あるいは上官方のことを思うと、胸がしめつけられるばかりである。

十九年六月の攻撃行で被弾し、無名の小島に不時着、基地と無線連絡をとりながら、ついに消息不明となったわが第二中隊長の朝枝海軍大尉（操縦）と乙十一期の萱野兵曹（偵察）、七月八日、マリアナ方面に出撃して戦死した同期の杉山繁三郎君（操縦）と鈴木利八君（偵察）、原隊解散後比島方面に転進し第二〇一海軍航空隊員となり九月に戦死した奥内文雄君、熊谷順三君、神風特別攻撃隊大和隊員として戦死した国原千里分隊士、ニューギニア戦線からようやく祖国に帰りつき、昭和二十年八月九日、金華山東方洋上にて神風特別攻撃隊御楯隊員として戦死した甲八期の板橋泰夫君――等々、すべての戦友を失いながら、命永らえて帰国したわが身を思えば、運命の皮肉というか不思議さというか、複雑な感慨である。

部隊全員、誰もが祖国の発展と民族の繁栄をひたすらねがいながら、生命を捧げて行ったのだが、その胸底にあったものは、自分たちが捨て石になることが、そのまま日本の勝利につながるのだ、ということを信じる純真さだけであった。

戦後内地へ復員してからのこと、私は日本人が国旗を愛さぬ姿を見かけ、何度か怒りにふるえたことがある。風呂敷がわりに物を包んだり、甚しいものは子供のパンツに仕立てていた。たしかに終戦後はひどい物資不足だった。一本の手拭も思うように手に入らぬ時代ではあったが、日の丸だけは大事にし、愛してほしかった。

戦場をかけめぐり、死んで行った者たちは、日の丸のもとに命を投げ出して行ったのだ。

〝もう日本は戦争に敗けてしまったのだから、日の丸なんか無意味だ〟という言葉も聞いた。しかし、それは大いなるあやまりといわねばならない。なんとなれば、やはり日本は存続し、日本人は生きていたのだから。

私は戦後二年の歳月を抑留生活に費したが、その間に作業地セレター軍港に入港してきた引渡し駆逐艦のマストにひるがえる日の丸に接した時、この旗のためにも生き抜こうという決心をしたものだった。なぜ生きぬくか——といえば、それは単に生への執着ばかりではなく、この日の丸の下に生活してゆくであろう将来の日本人に、戦争の悲惨さを語り伝えねばならないという義務感のようなものがあったからだ。

帰国後、私はできる限り自分の行動してきた道程を記録しておいた。若干記憶に誤りはあったかもしれないが、やや満足すべきものになった。そこで、この記録を東京在住の同期生倉本十三君にお渡ししておいたところ、予科練後輩の大野景範君の協力によって活字になった。

太平洋戦争では、二百万という多数の、有能な青壮年者が亡くなっているときく。この人びとの霊にたいしても、戦争の実態を知ることは、今日の日本人の彼らにたいする〝礼〟でもあり、今後おなじような悲劇をくりかえさないためにも、ぜひ必要なことと思う。

本書を読まれた戦争体験者も非体験者も、今日の平和的繁栄の基礎には、彼ら戦争犠牲者の尊い命が支払われていることを、どうか忘れないで頂きたい。平和と安逸をむさぼり、真の自由主義の意味を誤り、人びとが勝手放題の無責任生活をするならば、やがてまた不幸な事態を招くことにもなろう。
たとえば、ある種の思想から、同志と称する仲間を惨殺したり、あるいは海外に出かけて行ってゲリラと称する虐殺行為をしたりする若者たちを見るにつけ、彼らのやっていることは、自由主義のはきちがえであり、無数の戦死者にたいする侮辱でもある、と考えるのは言い過ぎであろうか。

戦死者たちは、決してそのような後続日本人たちが出ることを願って死んだのではない。全国民が仲よく平和に暮らしてゆけることを、一途に祈りながら命を投げだして行ったのだ。

運命の皮肉さで生き残った私は、雄飛会本部から送っていただいた予科練顕彰碑のブロンズを神前に飾り、毎朝合掌する生活を続けている。五〇三空隊員の冥福を祈ることはもちろん、太平洋戦争で大空に散った仲間の霊に〝死ぬまで、日本の平和のために、微力をもってつくします〟と誓っているのである。

本書の中に登場してくる、五〇三空生き残りの一人、竹内健二さん（旧姓足立原）、現日本経済新聞社の岡田聰さん（当時海軍報道班員）、福井市在住の山田利造さん各位のご鞭撻ご助言にたいし、心からお礼を申し上げます。なお、特別のご配慮を賜った倉本十三君には深甚の謝意を表します。

竹内健二

〝親の血を引く〟――という流行歌がある。決してそのような種類のものではないが、私と富樫春義君とは、肉親以上の何ものかによって今もなお親密なつきあいをしている。それは文字どおり生死を共にした仲間であり、おなじ部隊のたった二人だけの生き残りということであるからかもしれない。

あの少年時代、私は大空を飛びまわることが出来るという憧れから、土浦海軍航空隊に入隊した。その憧れは、やがて日本の戦士として大空に散華する覚悟にかわり、五〇三空艦爆隊の偵察員として南方戦線に参加した。

南方海域の各基地を転戦しながら、やがてニューギニア戦線へと飛んだのだったが、その時のペアが富樫君だった。本書に記されているとおり、たしかに操縦員と偵察員とは一心同体であり、死ぬも生きるも二人連れの行動である。それゆえに必然的に気脈を通じる仲になるのであろうか……。二人はつねに生命の極限状態の中に、いつも同行している――という連帯感がかくも二人を深く結びつけたのであろう。

二人の前に、昭和十九年六月三日を契機として、死より一転、生への放浪生活が待ちうけていた。それはあまりにも惨めであり、また運命的なものであった。その一つ、マノクワリでの飛行艇による脱出の失敗は、二人を生き永らえさせる道を歩ましめた。あの時、板橋兵曹と共に助け出されていたら、おそらく二人とも特攻隊員となり、生きてはいなかったであろう。

異常な体験の中で、私が会得したものはただ一つ〝自己の心にうち勝つ事を続ける〟という信念だけである。そして、それはその後の私の人生観の中に脈々と生きつづけている。このたび、この本の発行にあたって大野氏のご苦労にたいし、敬意を表するしだいである。

大野景範

戦争は、人間の命と血をもって書いたドラマだといえよう。また逆説的にそのドラマは、人間の歴史であるとも言い得る。

日本人が近代において体験した戦争といえば、もちろん太平洋戦争である。また、歴史上日本が戦争に敗北したというのは、この戦争がはじめてであった。聞くところによると、米国は戦後の日本の復興に、戦争に費した戦費の十倍をつぎ込んだというが、たしかにそれなくしては、今日の日本の文化生活はなかったかもしれない。

〝ノドもと過ぎれば熱さを忘れる〟という諺《ことわざ》があるが、戦争が終わって三十年もたつと、戦場の体験を持つ者の多くがいなくなり、戦争を知らない世代が台頭してくる。やがてあと二十年もすれば、体験者の殆どがいなくなるにちがいない。そうなった時、日本がどう変っているかはわからないが、時の為政者は過まって、〝煮え湯を呑み〟また〝ノドを火傷する〟かもしれない。そんなことにならぬためにも、戦争の実態をわれわれは語っておかねばならない。

ところで太平洋戦争にかんする著書は、ずいぶん沢山出版されている。勇ましい戦闘場面やあるいは戦争を一つの仕事または事業として推進した人びとの眼から見た、作戦状況や戦争の模様などを克明に描写したものは、枚挙にいとまがない。

しかし、私がここに著したものは、決して華麗なる勝ち戦さの様子でもなければ、勇壮なる戦場シーンでもない。下級軍人として参戦した一人の少年兵のたどった戦場記録をもとに、順を追って小説風に再現した、いってみれば敗戦の記録である。

昨今の日本の青少年たちの心に、国家というものがどんな形で存在しているか私はよく知らない。しかし、かつて太平洋戦争当時、戦闘に参加した若者たちは、心から祖国を愛し、その祖国の危急存亡に生命を投げ出して働いた。それは単に国家への忠誠心とか、愛国心とかいうものだけではなかった。自分たちが命を失うことがたとえわかっていても、それをやらなければ、自分の肉親が、恋人が、あるいは隣人が殺されるかもしれない――という気持ちから、これらを守ろうと戦場に立って、命を捧げて行ったのである。

私は、人間の持つ愛というものを〈報酬を求めぬ献身こそ、真実の愛である〉と定義したい。もしそれが当を得ているとするならば、戦争に参加し、身を挺して戦った彼らこそ、真実の愛に生きた人びとといえるだろう。

ずっと以前のことだが、ある大学生から「戦争するために志願して戦場で死んだ連中は、犬死にをしたんだ」といわれた事がある。戦後に生まれた若者だったが、私は彼に言った。

「あなたは、今日の平和生活の中にある一片の幸福すらも享受する資格のない人間だ」――と。

今日の平和な生活は、ここに突然としてあるのではない。敗戦、犠牲という歴史の延長線上にあるのである。もし、あの戦争がなかったら、という仮定の上に立って考えるがよい。あの戦争がなかったとしたら、たとえどう形が変わろうと、依然として軍隊は存続し、徴兵制もなくならなかったであろう。かの学生は、否応なしに軍隊のメシを喰わされていたにちがいない。

戦後、日本は永久に戦争をしない、と憲法で規定した。では、どこかの国から、何かの過ちで攻撃をうけたらどうなるのだろう。黙って死ねばよいのかもしれない。そうすることが正しいなら、そうするしかない。しかし誰もが〝そんな事態は絶対に起こらない〟というであろうが、世界中の、軍備を持つ国から〈日本にたいしては、いかなることがあろうと攻撃しない〉という条約をとりつけたとしても、戦争に巻き込まれないという保証はないのだ。

どんな法律も条文も、ある時、突然として無意味になることがある。歴史上の事実が、それを物語っている。ここに人間の怖さが潜在しているのだ。

話はかわるが、現在地球上の人口は波状的に膨張しつつある。あと五十年ばかり経つと、現在の倍にたっするそうだ。ということは、すなわち食糧危機を意味する。現在ですら、食糧不足のために餓死者を連日だしている国が幾つかある。三十五億の地球人口が七十億になった時、口減らしを目的とした戦争が起こるかもしれない。

戦争は、いい加減な妥協を許さない。ひとたびはじまれば、どちらかが勝ち、どちらかが敗れるまで続けられる。よしんば途中で講和条約によって停戦したにせよ、それまで両者とも多くの人命の犠牲を強いられる。戦争は、それ自体が狂気であり、そこにあるものは残酷と悲惨だけである。読者をして、それを知って頂けたとしたら、望外のよろこびである。

※本書の発刊に当たって、著者・大野景範氏ご関係者の方が本書をご覧になりましたら、光人社NF文庫編集部までご連絡下さい。

単行本　昭和四十九年九月　「『彗星』急降下爆撃隊」　白金書房刊

文庫本　昭和五十七年八月　「彗星爆撃隊」　朝日ソノラマ刊

NF文庫

彗星爆撃隊

二〇二五年三月二十一日　第一刷発行

著　者　大野景範

発行者　赤堀正卓

発行所　株式会社　潮書房光人新社

〒100-8077　東京都千代田区大手町一-七-二

電話／〇三-六二八一-九八九一(代)

印刷・製本　中央精版印刷株式会社

定価はカバーに表示してあります

乱丁・落丁のものはお取りかえ

致します。本文は中性紙を使用

ISBN978-4-7698-3394-9　C0195

http://www.kojinsha.co.jp

NF文庫

刊行のことば

第二次世界大戦の戦火が熄《や》んで五〇年――その間、小社は夥しい数の戦争の記録を渉猟し、発掘し、常に公正なる立場を貫いて書誌とし、大方の絶讃を博して今日に及ぶが、その源は、散華された世代への熱き思い入れであり、同時に、その記録を誌して平和の礎とし、後世に伝えんとするにある。

小社の出版物は、戦記、伝記、文学、エッセイ、写真集、その他、すでに一、〇〇〇点を越え、加えて戦後五〇年になんなんとするを契機として、「光人社NF（ノンフィクション）文庫」を創刊して、読者諸賢の熱烈要望におこたえする次第である。人生のバイブルとして、心弱きときの活性の糧《かて》として、散華の世代からの感動の肉声に、あなたもぜひ、耳を傾けて下さい。

＊潮書房光人新社が贈る勇気と感動を伝える人生のバイブル＊

NF文庫

**写真 太平洋戦争** 全10巻 〈全巻完結〉

「丸」編集部編

日米の戦闘を綴る激動の写真昭和史——雑誌「丸」が四十数年にわたって収集した極秘フィルムで構築した太平洋戦争の全記録。

復刻版 日本軍教本シリーズ **「これだけ読めば戦は勝てる」**

佐山二郎編

南方攻略に向かう輸送船乗船前の将兵に配布された異色の冊子。熱帯地域での戦闘・生活の注意点を平易に記述。解説／小谷賢。

**彗星爆撃隊** 第五〇三空搭乗員・富樫春義の戦い

大野景範

液冷エンジン搭載の新鋭機・出撃す。高速が最大の武器の艦上爆撃機に搭乗、若き搭乗員の過酷な戦いを克明にとらえた従軍記。

新装解説版 **最後の二式大艇** 世界最高水準の飛行艇開発史

碇 義朗

米軍も賛嘆した日本が世界に誇る飛行艇。若き技術者たちの開発ストーリーと、搭乗員たちの素顔を活写する。解説／富松克彦。

**「千羽鶴」で国は守れない** 戦略研究家が説く お花畑平和論の否定

三野正洋

中国・台湾有事、南北朝鮮の軍事衝突——戦争は前触れもなく突然勃発するが、戦史の教訓に危機回避のヒントを専門家が探る。

**誰が一木支隊を全滅させたのか** ガダルカナル戦 大本営の新説

関口高史

作戦の神様はなぜ敗れたのか——日本陸軍の精鋭部隊の最後を生還者や元戦場を取材して分析した定説を覆すノンフィクション。

＊潮書房光人新社が贈る勇気と感動を伝える人生のバイブル＊

NF文庫

新装解説版
佐藤和正
玉砕の島　11の島々に刻まれた悲劇の記憶
太平洋戦争において幾多の犠牲のもとに積み重ねられた玉砕戦。苛酷な戦場で戦った兵士たちの肉声を伝える。解説／宮永忠将。

新装版
川相昌一
硫黄島戦記　玉砕の島から生還した一兵士の回想
米軍の硫黄島殲滅作戦とはどのように行なわれたのか。日米両軍の凄絶な肉弾戦の一端をヴィヴィッドに伝える驚愕の戦闘報告。

藤田昌雄
陸軍と厠　戦場の用足しシステム
戦闘中の兵士たちはいかにトイレを使用したのか——戦場における便所の設置と排泄方法を詳説。災害時にも役立つ知恵が満載。

復刻版
日本軍教本シリーズ
佐山二郎編
「空中勤務者の嗜」
高須クリニック統括院長・高須克弥氏推薦！　空の武士道を極める。実戦を間近にした航空兵に対する精神教育を綴る必読の書。

新装版
佐山二郎
日露戦争の兵器　決戦を制した明治陸軍の装備
強敵ロシアを粉砕、その機能と構造、運用を徹底研究。鉄壁の要塞で、極寒の雪原で兵士たちが手にした日本陸戦兵器のすべて。

石橋孝夫
世界の軍艦ルーツ　艦艇学入門1757〜1980
明治日本の掃海艇にはナマコ魚船も徴用されていた——帆船から急速に進化をとげて登場、日本海軍も着目した近代艦艇事始め！

＊潮書房光人新社が贈る勇気と感動を伝える人生のバイブル＊

## ＮＦ文庫

### ミッドウェー暗号戦「ＡＦ」を解読せよ
日米大海戦に勝利をもたらした情報機関の舞台裏

谷光太郎

日本はなぜ情報戦に敗れたのか。敵の正確な動向を探り続け南雲空母部隊を壊滅させた、「日本通」軍人たちの知られざる戦い。

### 海軍夜戦隊史２〈実戦激闘秘話〉
重爆Ｂ-29をしとめる斜め銃

渡辺洋二

ソロモンで初戦果を記録した日本海軍夜間戦闘機。上層部の無力を嘆くいとまもない状況のなかで戦果を挙げた人々の姿を描く。

### 「イエスかノーか」を撮った男
この一枚が帝国を熱狂させた

石井幸之助

マレーの虎・山下奉文将軍など、昭和史を彩る数多の人物・事件をファインダーから凝視した第一級写真家の太平洋戦争従軍記。

### 究極の擬装部隊
米軍はゴムの戦車で戦った

広田厚司

美術家や音響専門家で編成された欺瞞部隊、ヒトラーの外国人部隊など裏側から見た第二次大戦における知られざる物語を紹介。

### 復刻版 日本軍教本シリーズ 「国民抗戦必携」「国民築城必携」「国土決戦教令」

藤田昌雄
佐山二郎 編

俳優小沢仁志氏推薦！　国民を総動員した本土決戦とはいかなる戦いであったか。迫る敵に立ち向かう為の最終決戦マニュアル。

### 新装版 日本軍兵器の比較研究
連合軍兵器との優劣分析

三野正洋

第二次世界大戦で真価を問われた幾多の国産兵器を徹底分析。同時代の外国兵器と対比して日本軍と日本人の体質をあぶりだす。

＊潮書房光人新社が贈る勇気と感動を伝える人生のバイブル＊

## ＮＦ文庫

**大空のサムライ** 正・続

坂井三郎

出撃すること二百余回——みごと己れ自身に勝ち抜いた日本のエース・坂井が描き上げた零戦と空戦に青春を賭けた強者の記録。

**紫電改の六機** 若き撃墜王と列機の生涯

碇　義朗

本土防空の尖兵となって散った若者たちを描いたベストセラー。新鋭機を駆って戦い抜いた三四三空の六人の空の男たちの物語。

**私は魔境に生きた** 終戦も知らずニューギニアの山奥で原始生活十年

島田覚夫

熱帯雨林の下、飢餓と悪疫、そして掃討戦を克服して生き残った四人の逞しき男たちのサバイバル生活を克明に描いた体験手記。

**証言・ミッドウェー海戦** 私は炎の海で戦い生還した！

橋本敏男
田辺彌八ほか

空母四隻喪失という信じられない戦いの渦中で、それぞれの司令官、艦長は、また搭乗員や一水兵はいかに行動し対処したのか。

**『雪風ハ沈マズ』** 強運駆逐艦 栄光の生涯

豊田　穣

直木賞作家が描く迫真の海戦記！　艦長と乗員が織りなす絶対の信頼と苦難に耐え抜いて勝ち続けた不沈艦の奇蹟の戦いを綴る。

**沖縄** 日米最後の戦闘

米国陸軍省編
外間正四郎 訳

悲劇の戦場、90日間の戦いのすべて——米国陸軍省が内外の資料を網羅して築きあげた沖縄戦史の決定版。図版・写真多数収載。